CRÔNICAS DE VIAGEM

PETER FERRY

CRÔNICAS DE VIAGEM

Tradução de Paulo Reis e
Sergio Moraes Rego

Rocco

Título original
TRAVEL WRITING

Copyright © 2008 *by* Peter Ferry

Todos os direitos reservados. Nenhuma parte desta obra pode ser reproduzida, ou transmitida por qualquer forma ou meio eletrônico ou mecânico, inclusive fotocópia, gravação ou sistema de armazenagem e recuperação de informação, sem a permissão escrita do editor.

Capítulos que aparecem de forma ligeiramente alterada em outras publicações: capítulos um e dois em *McSweeney's#17* (2005); "The Doctor", que é o capítulo dois do livro 2 em *New Review of Literature* em outubro, 2004; capítulo oito do livro 2 sobre Quetico em *Chicago Tribune,* em 23/6/1985.

Copyright da edição brasileira © 2012 *by* Editora Rocco Ltda.

Direitos para a língua portuguesa reservados
com exclusividade para o Brasil à
EDITORA ROCCO LTDA.
Av. Presidente Wilson, 231 – 8º andar
20030-021 – Rio de Janeiro – RJ
Tel.: (21) 3525-2000 – Fax:(21) 3525-2001
rocco@rocco.com.br/www.rocco.com.br

Printed in Brazil/Impresso no Brasil

CIP-Brasil. Catalogação na fonte.
Sindicato Nacional dos Editores de Livros, RJ.

F456c   Ferry, Peter
   Crônicas de viagem / Peter Ferry; tradução de Paulo Reis e Sergio Moraes Rego. – Rio de Janeiro: Rocco, 2012.
   14 x 21cm

   Tradução de: Travel writing
   ISBN 978-85-325-2754-7

   1. Romance americano. I. Reis, Paulo. II. Rego, Sergio Moraes. III. Título.

12-0839   CDD – 813
              CDU – 821.111(73)-3

Embora alguns personagens em *Crônicas de viagem*
sejam pessoas reais, o livro é uma obra de ficção.
Personagens, palavras, ações e motivações são fictícias.

Para Lisa Kim,
Charlie Duke e
Carolyn O'Connor Ferry

Os homens no rio estavam pescando. (Mentira; mas também assim é a maioria das informações.)

E. M. FORSTER, *A Room with a View*

LIVRO UM
• • •

ALGUM TEMPO ATRÁS, COM INTERLÚDIOS CONTEMPORÂNEOS

1.

CONTANDO HISTÓRIAS

Às vezes, eu tento mostrar a meus alunos o poder da narrativa contando uma história para eles. Então digo: "Na noite passada, eu ia voltando de carro do trabalho para casa e", bom, estou tirando essa história da minha cabeça agora, "quando notei pelo espelho retrovisor que um carro vinha ziguezagueando na pista. Eu estava naquele trecho da Sheridan Road logo ao sul de Kenilworth, onde há duas pistas em cada direção, sem divisória nem acostamento. Em outras palavras, ali não existe margem para erro. Assim, eu reduzi a marcha para deixar o carro passar... ou teria reduzido a marcha para deixar o carro passar se isso realmente tivesse acontecido, coisa que não aconteceu. Quando o carro passou, eu dei uma olhadela rápida para o motorista, e vi três coisas. Primeiro, era uma mulher, muito exótica e bem bonita. Segundo, eu percebi — ou teria percebido se não estivesse inventando isso — que havia algo errado com ela. Sua cabeça balançava como se estivesse bêbada, doente, ou lutando contra o sono. A terceira coisa que notei foi que seus ombros estavam nus, e tive a estranha sensação de que mais coisas estavam nuas — que seus seios estavam expostos, ou que talvez ela estivesse completamente nua. Lembrem-se de que estou simplesmente inventando isso tudo." De qualquer forma, fui seguindo a mulher por algum tempo, observando seu carro ziguezaguear e bater no meio-fio, enquanto imaginava o que deveria fazer, desejando ter um telefone celular, apesar de não saber ao certo para quem eu poderia ou deveria ligar, quando alcançamos um sinal vermelho, e eu me vi parando ao lado dela."

A essa altura, uma garota cujo cabelo hoje é verde e que estava passando bilhetes já começou a prestar atenção em mim; um garoto com cara de cachorro que estava fazendo escondido o dever de casa de espanhol parou de escrever; e um garoto que estava com a cabeça reclinada sobre o braço (daremos a ele o nome de Nick) aprumou o corpo. Quando, enfim, consigo fazer contato visual com todos os alunos da classe, eu paro de falar.

Depois digo: "Mas é claro que nada disso aconteceu na realidade. Eu já disse isso a vocês quatro vezes, e vocês sabem que não aconteceu. Mas olhem para vocês. Estão todos interessados, querem saber o resto, querem saber se ela estava nua, o que havia de errado com ela, o que eu fiz ou deixei de fazer e todo o resto, embora eu esteja inventando tudo isso bem na cara de vocês. É por isso que as histórias são tão poderosas."

Bem, sou professor, um professor do ensino médio. Na nossa sociedade, isso não me confere muito prestígio. O maior elogio que a maioria das pessoas pode fazer a quem dá aula é perguntar por que ele (ou ela) escolheu essa profissão. Supostamente isso é algo elogioso, como na frase "Você poderia ter feito algo realmente importante na vida". Então, para engrossar o orçamento, eu também escrevo, especialmente artigos de viagem para jornais e revistas, além de guias de viagem.

Leciono inglês em uma escola pública do ensino médio no afluente subúrbio de Lake Forest, nos arredores de Chicago. Estranhamente, isso me confere ainda menos prestígio do que se eu ensinasse em um bairro operário ou numa localidade rural. Pelo menos lá eu teria mais instrução do que os pais da maioria dos alunos. Já aqui em Lake Forest, às vezes os professores são tratados como jardineiros: "Amor, veja se dá tempo de telefonar para os banqueteiros sobre a reunião de sábado. Precisamos arranjar alguém para consertar a privada, além de alguém para ensinar a Charlie a diferença entre voz ativa e passiva." Nós somos os encanadores da mente. Mas tudo bem. É um lugar lindo para ensinar, e somos pagos com o suficiente para viver. Além disso, eu gosto de trabalhar com gente que traz o almoço de casa e dirige carros pequenos. A maioria dos professores são pessoas muito legais.

Antes de virar professor, eu trabalhava numa editora. Ficava sentado em um cubículo sem janelas, escrevendo livros-texto com que outros ganhavam montes de dinheiro. Não é uma coisa glamorosa, mas você pode ficar rico se conseguir que cada aluno da oitava série no Texas leia, ou pelo menos compre, o seu livro ao preço de trinta dólares. E, de certo modo, as pessoas acham que isso *é* glamoroso. Eu ia a festas e dizia que era editor; as pessoas, principalmente as mulheres, e na época isso era importante para mim, erguiam as sobrancelhas, olhavam-me com mais atenção e diziam: "Ah, é mesmo?" Também me lembro da primeira festa a que fui depois de virar professor. Alguém perguntou qual era o meu trabalho e eu disse: "Sou professor do ensino médio." O sujeito olhou por cima do meu ombro, meneou afirmativamente a cabeça, disse: "Eu cursei o ensino médio", e depois foi embora.

Uma vez contei esse episódio numa mesa repleta de comida mexicana no jardim de um lugar chamado La Choza, em Chicago. Becky Mueller, uma professora da minha escola, disse que eu era um "contador de histórias". Eu gostei de ouvir isso. Queria ser algo que não fosse "só" professor, e "contador de histórias" parecia servir. Sou professor e contador de histórias, nessa ordem. Ganho a vida dando minha contribuição real para a comunidade, como professor, e foi muita sorte descobrir essa vocação. Durante todos esses anos, porém, tenho me divertido e ocasionalmente divertido outras pessoas contando histórias.

Mas a história da moça no carro realmente aconteceu, é claro, ou poderia ter acontecido, ou talvez tenha mesmo acontecido. É um acontecimento tão real quanto a ida de Ernest Hemingway a Pamplona com um bando de pessoas, das quais uma não era Lady Brett Ashley, mas sim Lady Duff Twysden, que realmente dormia com todo mundo sob o sol, de modo que anos mais tarde, quando ela morreu de tuberculose aos 45 anos de idade em Taxco, no México, todos os que carregaram o caixão eram seus ex-amantes. Também é verdade que eles deixaram cair o caixão enquanto desciam os degraus da catedral. Todos ali bebiam demais, dormiam uns com os outros, ou pelo menos tentavam e não conseguiam, de modo que uma manhã, tomando café no Café Iruña, ou seis meses depois em Paris, Hemingway disse "E se..." e "Vamos supor que...". É um acontecimento tão real quanto o naufrágio de Stephen Crane ao largo da costa da Flórida, em 1896: ele passou quatro dias num bote salva-vidas, e mais tarde escreveu um dos melhores contos americanos sobre o assunto. Só que a coisa não acontecera na noite anterior, e, é claro, a mulher não estava nua; eu simplesmente inventei isso para provocar os adolescentes. Não, a coisa aconteceu há algum tempo, numa noite de sexta-feira de dezembro, uma ou duas semanas antes da chegada do inverno. Eu tinha ficado arrumando minha mesa, portanto só depois das seis parti de carro para casa, a fim de aproveitar o fim de semana, cansado e feliz. E ela realmente *estava* ziguezagueando como louca, e ia batendo o carro no meio-fio, e eu realmente fiquei atrás dela, e quando ela passou por mim, dei só uma olhadela, e vi que era realmente uma mulher muito bonita, embora deva admitir que tenho mania de me apaixonar por mulheres que vejo através de um vidro. Uma vez tive uma fantasia que durou meses; ela era uma caixa de voz sensual, em um desses postos bancários onde a gente nem salta do carro. Mas eu precisava ver quem ela era, então um dia entrei no banco. A distância avistei a mulher no guichê, com as costas voltadas para mim, e fiquei todo empolgado, mas, quando ela se virou, vi que era uma balzaquiana com cara de cavalo. Voltei para o carro desapontado, tentando imaginar pelo que eu me apaixonara, e se ainda estava apaixonado. Em todo caso, fui seguindo Lisa Kim (era esse o nome dela) pela Sheridan Road naquela escura noite de inverno. Isso não foi muito difícil, pois o vidro de sua lanterna traseira direita estava quebrado e a luz que saía era branca. Fui indo atrás dela, cada vez mais fascinado e preocupado ao mesmo tempo. Como ela ficara tão bêbada ainda tão cedo? Será que estivera numa festa no escritório? E o que eu poderia fazer a respeito daquela situação? Fiquei procurando um policial, ou melhor, torcendo que um policial visse aquilo, porque, quando eu terminasse de contar a história, ela já teria desaparecido no meio do tráfego. Será que eu poderia fazer um sinal para ela? Deveria emparelhar com o carro dela e dar outra olhadela? Mas não havia dúvida de que ela estava em apuros. Além disso, ela poderia desviar para a minha pista e me empurrar para os veículos que vinham no sentido contrário. E por que eu estava tão preocupado? Ficaria assim se fosse uma mulher falando ao celular numa dessas picapes possantes? Um negro com o boné virado para o lado? Um velhote? Chegamos então ao tal sinal. Eu emparelhei com ela, no cruzamento da estrada Sheridan com a rua Lake, aquele logo antes da curva em S que rodeia o templo Baha'i. E lá estava ela, com a cabeça balançando e o carro enevoado de fumaça. Lá dentro a música era tão alta que eu ouvia a letra, embora os vidros das nossas janelas estivessem levantados. Nessa hora eu poderia ter feito algo. Alguns dias mais tarde, tomando cerveja, um amigo que era advogado disse:

— Você se meteria numa grande encrenca, sob o ponto de vista legal.

— E sob o ponto de vista moral?

— Quanto a isso não sei, mas legalmente você estaria encrencado.

Pouco importa. Eu não fiz coisa alguma. Ela olhou para mim, e por um instante sutil e fugaz fizemos contato visual. Vi no rosto dela uma expressão que podia significar "preste atenção", ou talvez "faça alguma coisa". Mas o sinal abriu e ela se afastou. Depressa. Derrapou, passou direto pela curva em S e errou a trajetória completamente, atingindo fortemente o meio-fio com os pneus dianteiros, o que fez o carro ser lançado no ar, batendo em um poste de luz feito de ferro a pouco mais de um metro de altura e quebrando a porcaria ao meio. Eu cheguei lá quase ao mesmo tempo que um sujeito com casaco de pele de camelo e uma mulher mais jovem, que talvez fosse sua esposa. Eles estavam vindo do norte. Olhamos pela janela do motorista. Lisa Kim estava caída de rosto para baixo, entre o assento do carona e o chão. Havia um pouco de sangue, mas não muito. Puxei a maçaneta da porta cuidadosamente, abri a porta (ela rangeu, mas cedeu), enfiei o braço lá dentro e desliguei o motor, embora minha mão tremesse tanto que quase não consegui. Já se ouviam as sirenes.

O jovem policial disse que eu não deveria me preocupar, que eu não poderia ter evitado o acidente.

— Mas se eu tivesse bloqueado o carro dela no sinal e tirado as chaves?

— Nesse caso, eu provavelmente estaria aqui prendendo o senhor.

— Mas ela estava dirigindo bêbada. Veja só o que aconteceu.

— É, eu sei, mas na verdade o senhor não podia fazer coisa alguma.

— Isso é um pouco difícil de aceitar.

Mas eu aceitei, pelo menos em parte, e comecei a me sentir um pouco melhor. Todos nos sentimos melhor quando alguém (o sujeito com casaco de pele de camelo?) disse que a moça se mexera na maca e outra pessoa (talvez a mulher mais jovem, que devia ser sua esposa), teve certeza que ela gemera.

— Ela vai ficar bem.

— Esses jovens são durões. São resistentes.

Ser americano é maravilhoso por isso: nós somos invariavelmente alegres e otimistas. Nosso copo está sempre meio cheio. Para nós, o sinal verde de Daisy está sempre lá, nos enchendo de esperança. Eu simplesmente não acredito que um grupo de europeus teria chegado à mesma conclusão que nós tivemos antes de voltar para nossos carros e tocar nossas vidas para a frente.

Li em algum lugar que 60% dos americanos ainda acreditam no céu e no inferno. Desses 60%, 97% acham que eles, pessoalmente, irão para o céu. Apenas 3% daqueles 60%, ou 1,8% de todos os americanos, acham que irão para o inferno. Isso não incomodaria

Cotton Mather? Não deixaria Norman Vincent Peale orgulhoso? Me refiro a esse tipo de pensamento positivo movido à base de cereais, Rocky Balboa e fábulas infantis. Um mínimo de compreensão sobre a natureza humana e as regras estatísticas já iriam sugerir um erro de cálculo.

Lisa Kim estava morta. Morta ao chegar ao hospital.

Uma vez ouvi Kurt Vonnegut dizer que um escritor precisa acreditar que o que está escrevendo naquele exato momento é a coisa mais importante que alguém já escreveu na vida. No começo isso foi difícil para mim, porque meu pai, um pastor presbiteriano, me ensinou a ser modesto, humilde e circunspecto. Durante as ceias singelas no porão da igreja, nós sempre esperávamos até sermos os últimos da fila. Eu nunca aprendi a ser importante.

Então David Lehman apareceu. Durante o ensino médio, uma professora de inglês falou que David era um poeta, e ele acreditou. No dia em que o conhecemos, ele pôs a cabeça para fora da porta de seu quarto no momento em que eu entrava no meu pela primeira vez, ainda com as malas nas mãos (nós dois éramos alunos de um curso de verão no St. Hilda's College, Oxford), e me perguntou:

— Você não tem um exemplar da *Paris Review* aí, tem?

— O quê?

— A *Paris Review* nova. Eles publicaram um poema meu. Oi, eu sou David Lehman. Sou poeta.

Eu não vi poeta nenhum. Via um garoto de 18 anos, desajeitado, cheio de espinhas, com sotaque nova-iorquino e um timbre de desenho animado na voz.

— Muito prazer. Pete Ferry, subsecretário do Interior — respondi.

David pareceu não me ouvir, e apertou minha mão. Ah, nós nos divertimos muito com David durante duas semanas. Nós (eu e mais dois vínhamos de Ohio, e jamais havíamos visitado Nova York, que dirá Londres) éramos um tanto despeitados, provavelmente com alguns resquícios de antissemitismo adolescente do Meio-Oeste e fobia total de sermos considerados americanos feios. E ali estava David, nosso pior medo, o americano mais feio de todos, um judeu nova-iorquino. De modo que debochávamos dele, fazíamos imitações, perguntas idiotas ("Os poetas usam cueca samba-canção ou sunguinha branca?"), e ele não entendia a gozação. ("Acho que na verdade pouco importa. Eu uso cuecas comuns. Já o Kenneth Koch usa cueca samba-canção. Sei disso porque uma vez cheguei ao meu apartamento e encontrei Kenneth só de cueca, tocando violino para uma aluna de literatura comparada. Ela era muito bonita.") Passamos duas semanas cochichando sobre todas as coisas idiotas que David fazia e dizia, até que ele fez algo ainda mais idiota. Desafiou John Fuller para uma leitura de poemas. Nós ficamos simplesmente mortificados.

John Fuller era um de nossos decanos. Era jovem, bonito, espirituoso, seco, entediado, muito britânico e um astro em ascensão entre os poetas ingleses. Era também filho de Roy Fuller, o então poeta-laureado da Universidade de Oxford. Fuller aceitou o desafio, e na noite de quarta-feira, depois do xerez e da torta de carne com batatas assadas, nós nos sentamos alegremente para assistir à vivissecção de David.

John Fuller começou a noite com comentários claramente depreciativos sobre seu jovem desafiante oriundo do outro lado do oceano. Demonstrava no mínimo irritação, e talvez se sentisse até insultado. Abafávamos o riso, despeitadamente, mas David sorria para nós com inocência, certo de que estávamos todos do seu lado, ou pelo menos certo de alguma coisa. Então eles começaram a ler. Revezavam-se de pé no pódio. Nós ficamos em silêncio. David não se saiu tão mal assim. Foi até bastante bem. Nós nos entreolhávamos, erguendo as sobrancelhas. Depois de meia hora, David disse que leria alguns poetas nova-iorquinos que o influenciaram: Koch, Frank O'Hara, David Shapiro.

— Não, não — disse Fuller com um aceno. — Leia seus próprios versos.

Eles continuaram lendo, e David foi realmente bem. Depois de uma hora, Fuller subiu ao pódio e olhou para David lá trás.

— Você tem algum poema longo?

— Bom, não...

— Eu tenho um único poema longo que quero ler. Se você também tem algum, podemos ler os dois e depois ir para casa.

— Bom, eu tenho um, mas que ainda está sendo trabalhado.

— Tente. Quero ouvir isso.

— Está bem, está bem.

— Você primeiro — disse John Fuller.

E David leu um poema chamado "Supercarga". Folheando as páginas, ele começou em voz baixa, talvez por insegurança. Sua voz foi se elevando com a leitura, porém, e ele acabou na ponta dos pés, embora já fosse alto. Foi maravilhoso. Quando ele finalmente se sentou, nós nos pegamos aplaudindo.

Fuller subiu ao pódio e ficou olhando durante bastante tempo para suas folhas soltas. Por fim, disse:

— Não posso acompanhar isso. — E também se sentou.

Ah, nós demos uma festa naquela noite. As garotas balançavam as pernas nuas, bronzeadas pelo verão, nas janelas dos nossos quartos, que davam para o rio Cherwell. Todos nós ríamos, cantávamos e passávamos de mão em mão as garrafas de Spanish Graves. Ficamos a noite toda fazendo brindes a David.

No resto do semestre, passei a maior parte do tempo que pude com David Lehman. Comíamos comida chinesa, porque David estava com saudades de casa, viajávamos para o litoral recitando poesia entre as caronas e fizemos planos para ir até a França, onde David dizia que todas as hortaliças tinham gosto de fruta. Antes do fim do verão, Fuller, que tinha uma pequena impressora no porão, publicou panfletos com os poemas de David (eu ainda tenho uma cópia em algum lugar), e eu descobri que queria ser escritor. Era até capaz de dizer isso em voz alta, pelo menos para mim mesmo.

Na noite de sábado, Lydia Greene e eu fomos jantar com amigos na Davis Street Fish Market. É o lugar onde nos reunimos com maior frequência, porque tem frutos do mar bons e baratos, além de um esplêndido balcão de ostras onde sempre começamos e frequentemente terminamos a noite (às vezes nunca chegamos ao salão principal). O balcão serve travessas de ostras, mariscos e lulas, tijelas de mexilhões, camarões para descascar na hora, feijões-vermelhos com arroz e pão fresco, além de montes de cervejas e bons vinhos.

Como sempre, Steve Lotts foi o primeiro a chegar. Ele já ocupava nossa mesa favorita, e bebericava uma taça de vinho *pinot grigio* enquanto lia o *Times* e esperava por nós. Steve é um policial pouco comum. Filho temporão de pais de meia-idade, que viajaram com ele pelo mundo e lhe deram tudo que há por aí, inclusive uma casa num subúrbio arborizado, todos os discos já lançados e um reluzente conversível branco com bancos de couro bege quando fez 16 anos, Steve Lotts já dizia aos quatro ventos que queria ser policial da cidade de Chicago. "Claro", respondiam as pessoas, "que bom!". Mas ele continuou repetindo isso ao ir para a faculdade estudar direito criminal, e ainda dizia o mesmo depois de passar um ano como guarda em uma usina nuclear, dois e meio como agente jurídico e quatro como investigador da corregedoria, quando finalmente se matriculou na academia de polícia. Mesmo nessa época, as pessoas ainda tinham certeza de que Steve cairia fora e voltaria à boa vida dos subúrbios. Entretanto, hoje em dia ele investiga sob disfarce crimes de gangues, passando o dia inteiro na rua, e frequentemente a noite também. Steve é uma das poucas pessoas que eu conheço que realmente ama seu trabalho. Tem um apartamento cheio de plantas e gatos, usa óculos com aros de tartaruga, corte de cabelo estilo *O Pequeno Lorde* e sempre atrai mulheres ansiosas e desamparadas.

— Veio de bicicleta? — perguntei, puxando uma banqueta.

— Vim. — Pela janela, ele apontou para a bicicleta acorrentada a um parquímetro.

— Armado? — perguntei, levantando e sentindo o peso de sua mochila.

— É claro — respondeu ele.

Steve raramente vai a qualquer lugar sem sua arma. Eu passara a semana toda esperando para falar sobre Lisa Kim e quase lhe contei a história, mas sabia que precisaria repetir tudo mais tarde, por isso não contei. Foi difícil.

    Logo todos estavam lá, rindo, comendo e contando histórias. Carolyn O'Connor estava namorando um gastroenterologista de Terre Haute. Ele levou Carolyn para passear a pé pelo bosque de uma fazenda que tinha no município de Brown. Numa clareira eles encontraram uma mesa posta, com toalha de linho, velas, uma refeição maravilhosa e taças já com o vinho servido.

    — Não sei como ele fez aquilo — disse Carolyn, sorrindo. Talvez ela tenha o melhor sorriso do mundo.

    Sua família e a minha tinham casas de veraneio na mesma praia de Michigan, e nós nos conhecemos há muito tempo, embora na infância eu brincasse com seus irmãos e irmãs mais velhas. Carolyn se mudou para Chicago ao terminar a faculdade de direito e alugou um apartamento com Steve Lotts na rua Fargo, a dois quarteirões do lugar onde Lydia e eu morávamos. Começamos a sair com eles e também com Wendy Spitz, uma advogada colega de Carolyn na firma de advocacia.

    Foi Wendy que virou para mim naquela noite e disse:

    — Li seu artigo sobre a viagem com Lydia ao México.

    — Eu também, e tenho uma pergunta para você — disse Carolyn.

    — Lá é mesmo tão lindo assim? — perguntou Wendy.

    — É claro que é — respondi. — Por que você está perguntando isso?

    — Bom, você sabe como são esses cronistas de viagens...

    — É um paraíso — disse Lydia, salientando ao mesmo tempo que muitos lugares bonitos estão cheios de gente esquisita.

    — Como Charlie Duke — disse Carolyn. — É essa minha pergunta. Ele existe mesmo?

    — Ah, ele existe — respondeu Lydia.

    — O que eu quero saber é se ele é gay — disse Wendy. — Você nunca deixa isso claro.

    Seguiu-se uma discussão confusa sobre nosso amigo Charlie, sua sexualidade, seu hábito de beber, os hábitos de beber dos homossexuais, a definição de alcoolismo, a honestidade dos alcoólatras, a natureza da amizade e a natureza do próprio amor. Nada daquilo me interessava, mas eu ainda não vira uma abertura para falar de Lisa Kim. Cruzei os braços e fiquei escutando, feito um atirador de tocaia, deitado à espera do alvo.

— Mas você pode amar alguém em quem não confia? — indagou Wendy.

— É claro que pode — disse Carolyn. — Pense numa criança. A gente ama as crianças, mas não confia nelas. Assim como a maioria dos adolescentes. E até muitas pessoas idosas.

— Na verdade, algumas pessoas não conseguem amar alguém em quem *realmente* confiam. Elas perdem o interesse — disse eu. Logo depois, fiquei imaginando se minha declaração tinha um subtexto. Se tivesse, queria saber qual seria a interpretação de Lydia.

Não olhei para ela, mas ouvi sua voz dizer:

— Acho que isso não é amor verdadeiro.

— Ah, quem diabo sabe o que é amor verdadeiro — atalhei depressa, em tom brincalhão.

— Vamos mudar logo de assunto — disse Lydia. — Não deixem que ele comece a discursar sobre o amor.

— Tá legal, qual é o seu próximo assunto, Pete? — perguntou alguém.

— Tailândia. Vou à Tailândia lá pelo Natal.

Contei a eles que eu queria fazer uma versão moderna daquela ideia de Europa-a-cinco-dólares-por-dia da década de 1960. Seria Tailândia-a-cinquenta-dólares-por-dia. Depois, um bando de outros lugares na Ásia e na América Latina.

— Caramba, de onde você tirou essa ideia, Pete? — disse Steve.

— Você não ganhou uma passagem aérea gratuita para fazer isso, ganhou? — indagou outra pessoa.

— Você também vai, Lydia? — perguntou alguém.

Ela revirou os olhos e abanou a cabeça.

— Prefiro esperar a série dele sobre férias extravagantes em lugares ridiculamente opulentos. Essas agora terão noites passadas em cabines de trem, restaurantes onde servem macarrão ruim, e hospedarias sem ar-condicionado.

A essa altura todos nós já tínhamos tomado alguns drinques. Houve uma pausa muito rápida na conversa, e eu puxei o gatilho:

— Pessoal, preciso contar a vocês o acidente que eu vi.

Eles escutaram atentamente a maior parte do relato.

— Você estava com o celular? — perguntou Steve quando terminei.

— Não. Bem que queria estar.

— Mas o que você acha que podia ter feito? — perguntou Carolyn.

— Ele acha que podia ter saído do carro, aberto a porta dela, desligado o motor e tirado as chaves — disse Lydia. — É isso que ele acha.

— Tá legal, mesmo que você tivesse feito tudo isso, e então? — perguntou Carolyn.

— E então? Não tenho certeza — disse eu.

— Bom, você estaria bloqueando o trânsito nas duas pistas. Ia dirigir o carro dela? E o *seu* carro? — continuou ela.

— E se ela pulasse do carro e fosse atropelada? — perguntou Wendy.

— Você podia ser responsabilizado — disse o policial Lotts. — Podia até ser preso.

— Por que motivo?

— E se ela começasse a gritar? — perguntou outro.

— Assédio — disse Steve. — Agressão. Quem sabe? Talvez até sequestro.

— Mas ela estava descontrolada! Quer dizer, vejam só o que aconteceu, caramba.

— Sim, mas nada teria acontecido se você tivesse detido a mulher — disse Wendy, frisando que minha única justificativa para interferir com a bêbada era o acidente ter acontecido. Se eu tivesse interferido, porém, nada teria acontecido. Sem acidente, não haveria justificativa. Ela acrescentou que eu fizera a coisa certa, que era nada fazer.

— Como pode ser a coisa certa, se eu tinha o poder de salvar a vida de alguém e não fiz isso? — perguntei.

— Mas você arriscaria o quê? — perguntou Steve. — Sua própria vida, talvez? Nossa regra é só agir para ajudar outra pessoa quando você tem certeza de que não vai correr risco algum. A primeira prioridade é sempre a sua própria segurança.

— E o bombeiro que entra num prédio em chamas para resgatar alguém?

— Ele não entra. Na verdade, ninguém faz isso. A menos que o sujeito tenha plena certeza, e seu supervisor também, de que pode entrar e sair com segurança. Um supervisor nunca deixaria seus subordinados entrarem lá sob qualquer outra circunstância. É a regra número um. Segurança própria em primeiro lugar. Já se o teto cai ou o prédio desaba, é outra história, mas ninguém sabe que isso vai acontecer.

— Pois eu acho que esse é o problema do Pete, entendem? — disse Carolyn. — Ele sabia o que ia acontecer. Sabem o que eu quero dizer? Ele viu o acidente acontecer antes que acontecesse, e então aconteceu. (É claro, agora sei que, mesmo se eu pudesse ver o que aconteceria com Lisa Kim, eu não fazia ideia do que já acontecera com ela, e não saberia por um bom tempo.)

— É quase como uma árvore caindo no meio da floresta — disse Wendy.

— Ou como a caixa de Pandora — disse Carolyn, acrescentando que o conhecimento do futuro era a única coisa que não saíra da caixa de Pandora. Por um momento, eu tivera esse conhecimento, e muito fugazmente fora como Deus. Ela também disse que, por ser Pete Ferry e não Deus, eu quis fazer algo humano, como consertar as coisas.

— Eu achava que a esperança não tinha saído da caixa — disse alguém.

— Tá legal — disse eu. — Eu tenho uma pergunta jurídica.

— Nada de perguntas jurídicas! — Wendy levantou as mãos. — Estamos de folga do trabalho. Nada de orientação jurídica gratuita. Além do mais, estou largando o emprego. Cansei desse negócio de leis.

Todos nós resmungamos. Já tínhamos ouvido aquilo um monte de vezes.

— Cansei de tornar os ricos ainda mais ricos. Cansei dessa merda empresarial. Vou fazer alguma coisa que tenha importância para a minha vida — disse Wendy. Depois começou a falar sem parar que ia pegar sua indenização salarial e se desligar da sociedade, vender o apartamento no condomínio, ver o mundo, correr uma maratona, aprender espanhol, fazer o mestrado em administração de empresas e se mudar para a América do Sul. — Dentro de cinco anos pretendo ser ministra da Economia de um pequeno país em algum lugar da América Latina.

— *Ándale!* — disse alguém.

— Finalmente vou fazer alguma coisa importante da minha vida!

— *Arriba!* — gritamos nós. A essa altura os garçons já nos encaravam com o olhar cansado.

Mais tarde fiquei deitado na cama, acordado, pensando em fazer algo importante na vida. Eu já estava consciente de que algo em mim mudara. Não sabia direito o que era, o tamanho da mudança ou quanto tempo duraria, mas alguma coisa estava diferente. Eu vira uma pessoa morrer. Pensei nos soldados que, depois de entrarem em combate, nunca mais conseguem voltar a ser o que eram antes, nunca mais conseguem comprar meias de cano longo no Wal-Mart, disputar por uma bola de beisebol lançada nas arquibancadas ou adormecer em cima do sofá com um livro aberto no peito. Não conseguem sequer ler um livro, tomar sopa ou fazer amor sem a lembrança do que fizeram ou viram.

Entretanto, para mim, era a lembrança do que eu não fizera. Ah, eu sabia que meus amigos eram bem-intencionados, que haviam sido gentis, sensatos e generosos ao me reconfortar, e também tinham razão ao falar que qualquer ação que eu houvesse empreendido poderia ter falhado, saído pela culatra ou até mesmo piorado a situação, mas eles não percebiam o foco da questão. Eu vi uma pessoa viva, e depois vi a mesma pessoa morta. Nesse ínterim, eu poderia ter agido, pelo menos teoricamente, pelo menos hipoteticamente, para mudar a dinâmica entre as duas coisas. Talvez fosse isso que mudara. Talvez eu nunca houvesse percebido que detinha tanto poder. Talvez não houvesse sequer pensado sobre isso.

A primeira coisa séria que escrevi foi um monte de histórias curtas para Walter Tevis, como tese de final de curso na Universidade de Ohio. Desde então vinha carregando comigo algo que Tevis me dissera, uma coisa que, embora eu tenha passado grande parte da minha vida escrevendo, fazia com que eu hesitasse ao me considerar um escritor.

Eu adoraria dizer que Walter Tevis foi meu orientador, mas seria mais correto dizer que eu queria que ele fosse meu orientador, coisa que até tentou ser. Acho que eu não era muito orientável, estava apenas brincando de ser escritor, experimentando como a gente experimenta uma roupa, e acredito que ele sabia disso. Mas Walter era amável, indulgente, e me tratava como um orientando, ainda que nós dois soubéssemos que tudo era fingimento.

Ele era um homem distraído, desajeitado e dentuço. Conhecia Paul Newman e bebia vinho, às vezes demais. E isso não é lorota de quem já se formou: ele era sincero sobre seu pendor alcoólico, até costumava brincar que o único dia do ano em que não bebia era a véspera de Ano-Novo, que chamava de "noite dos amadores", e todo dia primeiro de janeiro Walter oferecia um *brunch* aos amigos, só para poder gozar de todos os amigos com ressaca e saudar a entrada do ano com um Bloody Mary. Quanto a Paul Newman, diziam os boatos que ele frequentara por um tempo muito curto a Universidade de Ohio. Nós, universitários, ficávamos muito mais impressionados pelo fato de Walter conhecê-lo do que pelo motivo desse relacionamento. Os dois se conheciam porque Walter escrevera dois romances, chamados *Desafio à corrupção* e *A cor do dinheiro*, que viraram dois filmes estrelados pelo ator. Isso transformou Walter numa espécie de celebridade local, e eu me considerei um cara sortudo por conseguir entrar no curso de escrita criativa que ele dava, e mais sortudo ainda quando ele concordou, ainda que com certa relutância, em patrocinar meu projeto literário independente no ano em que voltei de Oxford.

Passei os meses de inverno sem dormir no meu quartinho apertado, fumando cigarros e bebendo Nescafé enquanto datilografava cinco histórias confusas e medíocres sobre o processo de crescimento. Uma vez por semana, Walter e eu nos encontrávamos tarde da noite. Era nesse horário, em parte, porque nós dois éramos como corujas e, em parte, porque, conforme vim a perceber, Walter teria uma razão para abrir uma garrafa de um licoroso vinho branco espanhol, que algumas vezes nem seria a primeira. Começamos a nos encontrar na sala de estar da casa dele, mas sua esposa, que avaliara bem a situação e via claramente em mim uma má influência e um facilitador, vivia passando por nós com olhares reprovadores. Assim, logo mudamos nossas sessões para uma garagem afastada que Walter transformara em gabinete. Era um espaço apertado, e gastávamos grande parte do nosso tempo lá dentro evitando o contato visual. Eu parecia aquele tipo de pessoa que arranja um amigo, uma namorada, uma esposa ou até mesmo um filho só porque outra pessoa disse que ele devia fazer isso, um cara que faz e diz todas as coisas certas, mas que só está obedecendo ao roteiro. Ficávamos sentados lá inúmeras vezes, apostando na chance remota de que Walter um dia viesse a dizer "ele foi meu aluno", e eu um dia viesse a dizer "ele me ensinou tudo que eu sei". Mas isso é cinismo demais. Na realidade, Walter me ensinou três coisas muito importantes:

(1) Ele me falou de San Miguel de Allende, um adorável vilarejo colonial no planalto, cerca de três horas ao norte da Cidade do México. Lá havia uma boa escola de arte, uma escola de música, alguns cursos de línguas-satélites, uma linda catedral numa perfeita praça diminuta, ruas calçadas de paralelepípedos, pousadas baratas, uma livraria de livros em inglês e um número razoável — mas não excessivo — de americanos. Walter viajara para San Miguel com o adiantamento que recebera por *Desafio à corrupção*, e passara a maior parte do tempo enchendo uma gaveta com *osos negros*, aqueles pequenos ursos-pretos de plástico que vêm presos ao gargalo das garrafas de vodca. Eu estive lá recentemente, para ficar sentado ao sol e escrever boa parte desta história que vocês estão lendo.

(2) Ele também me ensinou algo valioso sobre os segmentos e a importância da cultura, a nossa cultura. Na época em que nos conhecemos, Walter estava processando um homem chamado Rudolph Wanderone, alegando que ele roubara sua mais valiosa criação. Numa tarde de domingo, sentado num balanço na varanda de sua casa em Lexington, Kentucky, Walter esperava ser chamado para o jantar e inventara do nada um personagem fictício chamado Minnesota Fats, que viraria o protótipo universal do vigarista de salões de sinuca. De acordo com ele, Wanderone se apropriara do nome, e passara a ganhar rios de dinheiro aparecendo na televisão como Minnesota Fats. Walter andava gastando rios de dinheiro tentando provar que Rudolph Wanderone era mesmo Rudolph Wanderone. Como a coisa parecia ser uma batalha perdida, eu perguntei por que ele estava fazendo aquilo. Para variar, Walter me respondeu seriamente, dizendo: "Pete, eu escrevi algumas histórias boas, mas não sou William Faulkner. Ninguém vai se lembrar dos meus troços daqui a cem anos. Mas todo garoto de escola e toda velhota dos Estados Unidos sabem quem é Minnesota Fats. Ele é meu. Foi inventado por mim. É a minha pequena contribuição à saga americana, e não quero que isso seja tirado de mim."

"Meu Deus", pensei e ainda penso agora, "que coisa maravilhosa ter nos dado Minnesota Fats, uma canção como 'Yellow Brick Road', ou aqueles marshmallows em miniatura da Kraft. Não é preciso descobrir a penicilina, ganhar o Prêmio Nobel, ou escrever Hamlet. Basta ter pensado no peixe-banana ou ter inventado um 'amigo chamado Piggy'".

(3) Só que isso me leva à terceira coisa que aprendi com Walter, algo sobre mim mesmo. Foi uma coisa muito específica, ligada a um momento muito específico: uma espécie de revelação. Como de costume, estávamos sentados tarde da noite no gabinete de Walter, e eu ficava tentando assumir um articulado tom literário, falando das minhas histórias. Walter tentava demonstrar interesse. Inclinando o corpo em direção à mesa de centro para pegar a garrafa de vinho, porém, ele perdeu o equilíbrio e tombou lentamente no chão, aos meus pés. Fiquei horrorizado. Ele nem se perturbou. Permaneci ali

todo empertigado, com os joelhos juntos feito a mulher de um pastor. Ele rolou de costas e ficou deitado, olhando para o teto. "Pete", disse ele, "eu sei que crescer é difícil. Sei bem disso, mas envelhecer é terrível", disse ele, sem se mexer. Ele não se mexia, mas depois continuou: "Eu gosto do que você está fazendo, gosto muito. Acho você sincero, e acho que tem talento. Você não tem muito a dizer, mas diz muito bem."

Desde então, acho que venho procurando algo para dizer. Ao longo do caminho, já escrevi muita coisa. Logo de início, escrevi um romance desafiadoramente sem enredo. Recebi uma amável carta de rejeição de um jovem editor da Alfred Knopf, mas publiquei alguns dos capítulos como contos. Escrevi alguns outros contos de uma literatura flagrantemente autoconsciente, chegando até a ganhar um prêmio por um deles. Contudo, a maior parte das coisas que escrevi são coisas práticas e utilitárias, coisas que falam por si mesmas. Escrevi livros-texto, claro, além de solicitações de bolsas e prêmios. Também escrevi uma brochura de 16 páginas e capas acetinadas para promover um referendo sobre a construção de uma escola por 31 milhões de dólares, que foi aprovado por meros quatrocentos votos, e pelo qual assumi secretamente o crédito quase completo. Muitas outras pessoas também assumiram crédito quase completo pelo negócio, que de fato ganhou uma espécie de prêmio nacional, tenho a placa comemorativa na minha sala de aula. Ao longo dos anos, escrevi uma boa quantidade de crônicas de viagem bastante subjetivas e altamente personalizadas, pois me interessa o que fazemos e aonde vamos para dar sentido às nossas vidas quando não encontramos ou não conseguimos encontrar isso em casa. Às vezes, a vida em casa se torna tranquila e previsível demais. Então precisamos criar desafios — ou até mesmo dilemas — para nós mesmos, porque problemas são interessantes e importantes, e porque sem eles a vida não é nem uma coisa nem outra. É por essa razão que as pessoas vão trabalhar no circo, acho eu, ou bebem demais, dirigem depressa demais, pulam fora de coisas, pulam dentro de coisas, escalam coisas, fogem de casa e vão fazer canoagem em lugares desertos. E também é por esse motivo que elas contam histórias.

2...

LYDIA E LISA

Agora preciso falar de Lydia Greene para vocês. Obviamente, essa é a minha versão da história. Durante uma época, pensei que fosse a nossa versão, que Lydia teria contado a vocês a mesma história, e até certa altura talvez ela houvesse feito isso.

Lydia Greene trabalhava em uma agência de publicidade com Tom MacMillan, um antigo colega meu do ensino médio. Depois das aulas na faculdade, eu costumava sair com eles e outros empregados da agência. Numa dessas sextas-feiras embaladas a cerveja, nós três descobrimos que estávamos procurando apartamento e, ao final de uma longa noitada no Near North Side, já nos sentíamos íntimos, naquele estado que ficamos quando estamos bêbados — eu só conseguia ver os outros dois se fechasse um dos olhos —, até que então alguém disse:

— Caras, cada um de nós precisa de um quarto, certo?
— Certo.
— Certo.
— Mas não precisamos de uma sala para cada um, certo?
— Certo.
— E também não precisamos de uma cozinha e um banheiro para cada um, certo?

— Certo.

— Nem salas de jantar?

— Certo.

— Então por que alugar 12 dependências, se na realidade só precisamos de seis? Vamos nos juntar e alugar um desses apartamentos maravilhosos com três quartos, piso de madeira de lei, pé-direito bem alto e janelas com sacadas.

— Por mim, tudo bem.

— Tanto faz.

Na agência de publicidade onde Lydia trabalhava, um contador já veterano só chamava a turma dela, que incluía os demais jovens diretores de arte e os redatores, de "juventude do tanto faz". Dando de ombros, ele fazia uma imitação muito engraçada do ar de desinteresse estudado dos colegas, e alegava que eles haviam transformado aquela frase "em um bordão que destilava quatro mil anos de cinismo ocidental e misticismo oriental numa só expressão da qual virtualmente nenhum usuário lembra a origem, o significado e a implicação".

Assim é que nós três alugamos um apartamento em Rogers Park, um bairro que não conseguia decidir se ia para a frente ou para trás, mas que ainda era um meio-termo para nossos objetivos. O piso de madeira de lei estava salpicado de tinta, mas o apartamento era grande e arejado, com uma pequena sacada, e, se você esticasse bem a cabeça para fora, uma vista para o lago. A noite em que nos mudamos foi novamente regada a muita cerveja, mas dessa vez Lydia e eu descobrimos que éramos ambos liberais, torcedores de beisebol e aficionados por cinema, e terminamos a noite na mesma cama.

— Isso foi um erro — disse ela logo que acordou de manhã. Quando eu murmurei algo em protesto, ela continuou: — Olha, eu preciso de um apartamento mais do que preciso de um namorado.

Passamos muito tempo sem mencionar aquela noite outra vez.

Dois anos depois, porém, Tom se apaixonou e foi morar com a namorada. Lydia e eu não conseguíamos nem manter o apartamento sem ele, nem encontrar um substituto adequado. Apesar disso, vivíamos bem juntos, pois éramos ambos asseados, tranquilos e independentes.

— Quer encontrar um sala e dois quartos barato, então? — perguntei.

— Por que não?

Em vez disso, encontramos um sala e quarto caro, mas muito jeitoso. Ficava no lago Michigan, cheio de luz e janelas envidraçadas até o chão. Tinha só quatro dependências, mas eram enormes.

— Um de nós podia dormir no sofá-cama da sala — disse Lydia.

— Eu não.

— Nem eu.

— Bom, podíamos ficar no quarto em camas separadas — disse eu.

— Rob e Laura. Eca...

Nós nos entreolhamos, e eu disse:

— Acho que podíamos dormir juntos.

Depois de nos entreolharmos um pouco mais, Lydia deu de ombros e disse:

— Tanto faz. Já fizemos isso uma vez. Não foi tão ruim.

De modo que foi assim. Por que não? A princípio nós fingíamos ser colegas de quarto. Só colegas de quarto. Mas as pessoas davam uma espiadela no nosso quarto e erguiam as sobrancelhas. Então decidimos ser amantes, mas as pessoas diziam: "Por que Lydia não vai com você ao casamento? À casa de seus pais no Dia de Ação de Graças? Ao Equador?" Então resolvemos que estávamos inventando uma forma de relacionamento inteiramente nova, totalmente original. Na época, Lydia gostava muito dessa ideia. Em Bennington, ou talvez antes, ela adquirira certa postura em relação à coisa toda de apaixonar-casar-e-envelhecer-juntos. Chamava isso de uma "narrativa sentimental infeliz". Eu aceitava e às vezes até adotava a mesma postura, embora não achasse a coisa tão original quanto ela. Mas só fazia isso por uma questão de conveniência pessoal. Na verdade, eu achava, na época, que faltava algo nela, ou em mim, ou entre nós dois. Mas era algo que só podia ser definido por sua ausência. Ao mesmo tempo, eu suspeitava que essa coisa faltasse em todo mundo: que histórias de amor e devoção ou eram ilusão ou romance.

E, para ser justo, havia muita coisa em comum entre mim e Lydia. Nós dois gostávamos das mesmas coisas: romances policiais, filmes estrangeiros, comida apimentada, cozinhar, jogar caça-palavras, Django Reinhardt, quebra-cabeças e cachorros (nós acabamos comprando um cachorro branco e preto em um abrigo, que recebeu o nome de Art). Também gostávamos de beisebol e, mais tarde, do México. E eu gostava de Lydia. Gostava de morar com ela. Portanto, dávamos um ao outro companheirismo, sexo-quando-os-dois-estavam-a-fim-mas-nunca-fora-dessa-condição, respeito, atenção, preocupação, e mesmo afeto até certo ponto, além de liberdade. Muita liberdade.

No princípio, podíamos sair com outras pessoas, e éramos livres para viajar separadamente. Na realidade, éramos livres para ir a qualquer lugar a qualquer hora com qualquer pessoa, sem perguntas. Uma vez Lydia passou quase um mês sumida, e só o fato de que ela parecia ter levado algumas roupas me impediu de telefonar para seus pais ou a polícia. Quando finalmente apareceu, parecia três anos mais velha, e eu nunca descobri onde esteve. Decididamente fazíamos o gênero "se não perguntar, não conto", e nunca, nunca exigíamos, pedimos, insistíamos ou nos queixávamos. Até perguntas tão neutras e inócuas como "A que horas você vai chegar em casa do trabalho hoje à noite?" eram proibidas. No princípio.

A história de sair com outras pessoas funcionou bem, até que eu trouxe uma garota para casa.

— Onde você encontrou *aquilo*? — perguntou Lydia no dia seguinte.

— O quê?

— A vagabunda que você estava traçando na sala ontem à noite.

— O quê? Por que você está dizendo uma coisa dessas?

Mas ambos sabíamos, embora nenhum de nós pudesse sequer pensar na palavra: ciúme. Que coisa horrivelmente ordinária. Com o tempo, nosso relacionamento se tornou exclusivo, embora nenhum de nós jamais declarasse isso, e no final virou convencional. Isso foi triste, porque mais tarde eu perceberia que a principal vantagem do nosso relacionamento era não ser convencional.

— Sabia que aos olhos do estado de Illinois nós somos casados? — disse Lydia um dia.

— É mesmo? — disse eu.

— Foi o que alguém me disse. Casamento consensual. Quem coabita durante cinco anos tem um casamento consensual.

— Não brinca.

Foi nessa época que decidimos passar um período morando no México, e esse pode até ter sido o motivo, ou um dos motivos. É verdade que eu estava farto de editoração empresarial, e queria tentar escrever aquele romance que mencionei. Lydia também estava farta do ramo da publicidade e queria tentar pintar. É verdade que viver no México era muito barato, mas também era verdade que Lydia e eu estávamos com muito medo de ficarmos parecendo iguais a todo mundo.

— O que aconteceu com aquela história? — pergunta o garoto com cara de cachorro.

— Que história?

— Você sabe, a da moça morta. A moça no carro. A história terminou?

— Ah, *aquela* história. Não, não terminou.

— Mas você fica desviando do assunto — diz a garota que hoje está de cabelo verde. — Não pode simplesmente nos contar o que aconteceu?

— Estou contando.

— Não com você, com ela. Não queremos ouvir falar de tudo que você já escreveu na vida, de um vilarejo idiota no México, e toda essa besteira.

— Mas tudo isso faz parte da história. A mulher no carro é simplesmente uma outra parte.

— Você não pode nos contar só essa parte? — pergunta Nick.

— Tá legal. Aí vai um pouco mais.

Evanston Weekly   *Terça-feira, 14 de dezembro*

ACIDENTE FATAL NA SHERIDAN ROAD

    Na noite de sexta-feira, uma moradora de Chicago morreu num acidente com um só carro na Sheridan Road, em Wilmette. Lisa Kim, de 28 anos, estava indo para o sul perto do parque Gillson, quando seu carro saiu da pista e bateu num poste de luz. Kim foi dada como morta quando chegou ao hospital Evanston às 7:12 da noite. Era a única ocupante do veículo.

    Kim morava no número 1.854 da N. Wolcott, era natural de Kenilworth e cursou o ensino médio em New Trier. Frequentou a Escola de Artes Dramáticas da Northwestern, e participou do elenco original da revista musical *Gangbusters*. Atuou em diversas produções locais, além dos filmes *After the Opera* e *Oops!*. Também fez comerciais de rádio e televisão, e trabalhava no Lemongello, um restaurante italiano em Chicago.

    Os pais de Kim, o doutor Roh Dae Kim e a doutora Pae Pok Kim, ainda estão vivos. Ela também tinha três irmãs: Maud Nho, de Glenview, Sophie McCracken, de Newport Beach, Califórnia, e Tanya Kim, de Evanston. Os preparativos para o enterro estão sendo feitos pela casa funerária Stanton, em Kenilworth.

Frequentou a Escola de Artes Dramáticas da Northwestern, mas não terminou o curso. Participou do elenco original, mas não foi com o espetáculo para Nova York. Morava na N. Wolcott, número 1.854. Frequentava o Wicker Park ou talvez Buck Town, mas certamente Lincoln Park não. O restaurante: ainda servia mesas? Quatro meninas. Aposto que ela era a segunda, e a de Glenview era a primeira. Pais de primeira geração, filhos de segunda geração. A da Califórnia escapou. Casou com um não coreano. Doutor e doutora. Minha intuição dizia que ambos eram pediatras.

Além de Walter Tevis, outra pessoa que encontrei no meu caminho com algo a dizer foi um dos meus dermatologistas, embora eu não fizesse ideia do que ele queria dizer ao falar aquilo, e desde então tenha esquecido grande parte do que ele disse. Ainda assim, misteriosamente eu sabia que aquilo era importante, e, como que para provar a mim mesmo que a quarta dimensão é realmente o tempo, guardei uma parte em algum lugar até estar pronto para entender.

Eu tive mais do que um dermatologista, porque vivia cheio de espinhas. Não lembro onde descobri aquele médico. Nem lembro direito o seu nome; acho que era Lorenz, mas pode ser que fosse Lazaar. Ele parecia ter cerca de setenta anos, tinha um rosto parecido com uma batata, olhos risonhos, um ou dois tufos de cabelo, um sotaque de europeu oriental e era judeu, acho eu. Seu pequeno consultório ficava na esquina das avenidas Devon e Califórnia, que na época era o coração da comunidade judaica em Chicago. Eu me sentei na mesa de exames, e ele num tamborete. Falei seriamente sobre minhas espinhas e tudo que já tentara, contei que aquilo interferia na minha vida social, e que meu cabelo começara a cair. Provavelmente falei sem parar. Ele respondeu contando uma história, que eu não recordo muito bem, mas que na época parecia nada ter a ver com a situação. Acho que nem era original. Parecia uma parábola, e hoje eu talvez até conseguisse encontrar a história em algum lugar, caso procurasse, mas prefiro reter a lembrança imperfeita que tenho dela. Tinha a ver com um jovem, uma figura semelhante a Cândido, que enfrentava uma série de desafios na vida: doenças, acidentes, guerras e catástrofes. Depois de cada um desses desafios, o dermatologista miúdo fazia uma pausa, levantava as mãos e repetia mais ou menos o mesmo refrão, dizendo: "Então isso mata você ou não mata. Se mata, você não tem mais com o que se preocupar, e, se não mata, você vai em frente."

Eu me lembro que depois fui à farmácia no mesmo prédio, onde uma mulher nervosa e macilenta tentava aviar uma receita. Mas o farmacêutico mandou a mulher embora rispidamente. Depois olhou por cima dos óculos e disse: "Viciada em Percodan." Percebi que, pela segunda vez em uma hora, e talvez pelas duas primeiras vezes na minha vida, dois adultos tinham me feito confidências, ainda que de maneiras diferentes. Eu me lembro de ter saído sob o sol quente cheio de preocupações. Deveria me sentir insultado com a história do médico? Sim, meus pequenos problemas haviam sido ignorados, ainda que amavelmente, mas de certa forma eu me sentia lisonjeado. Por que razão achei que ele não contava aquela história para todo mundo? Fiquei um pouco envergonhado quando comecei a juntar dois e dois: avenida Devon, o sotaque dele, a idade. Se ele mesmo não tinha estado num campo de concentração, com certeza conhecia alguém que estivera. E ali estava aquele moleque americano lamuriento, procurando tratamento médico porque não conseguia arrumar trepadas suficientes. Ou talvez esses pensamentos só tenham chegado mais tarde, depois que a história já se acomodara, se aninhara e fermentara em algum lugar dentro de mim. Talvez naquele dia eu só tenha me sentido insultado e ficado um pouco puto da vida, já que ele simplesmente não entendia como era duro ser cheio de espinhas e ficar careca aos vinte anos. Sim, foi isso que aconteceu. Em todo caso, eu fui em frente, mas obviamente Lisa Kim não foi, e aqui estão dez motivos possíveis:

(1) Ela era geneticamente predisposta a assumir riscos.

(2) Ela ainda estava na fase de rebelião adolescente.

(3) Ela vivia bancando a rebelde de segunda geração.

(4) Ela se apaixonara por um cara que partira seu coração recentemente.

(5) Ela almoçara tarde com ele naquele dia e a coisa não correra bem. Ela bebera duas taças de vinho branco.

(6) Por estar magoada e zangada, além de ter bebido duas taças de vinho naquela tarde, ela fora a uma festa natalina à qual não tinha intenção de comparecer, encontrando pessoas que sabia serem más companhias.

(7) Uma delas, um cara chamado Randy que estava tentando transar com ela, deu-lhe um baseado, na esperança de que ela fumas-

se com ele. Mas ela não fumou. Acendeu dentro do carro, já voltando para encontrar, mais uma vez, o homem que partira seu coração.

(8) Duas pessoas na festa compraram doses de bebida destilada na hora em que Lisa partia, e ela entornou direto as duas.

(9) Nenhuma das pessoas na festa disse "Ei, Lisa, você não devia dirigir".

(10) Eu não abri a porta do seu carro, estendi a mão por cima dela e peguei a chave na ignição.

Obviamente eu estava no final de uma lista bem comprida, sendo meu envolvimento tanto tardio quanto relativamente incidental. Ainda assim, se eu houvesse detido Lisa, ela teria vivido um pouco mais: uma hora, um dia, um ano, uma vida inteira. E talvez um dia contasse para alguém o que acontecera naquela noite, rindo de vergonha. "Caramba, eu estava tão doidona que um total desconhecido me fez parar e tirou a chave da ignição. Dá para imaginar? Cara, eu tive muita sorte." Em vez disso, sua vida se acabara, e a minha vida estava, de certa forma, diferente.

Vou tentar novamente falar do funeral para vocês. Já tentei antes, mas sem sucesso. O relato parecia uma comédia de erros, com identidade trocada, suposições equivocadas e pessoas terminando as frases das outras. Riso barato. Só que a coisa não foi assim.

Eu precisava ir ao funeral, é claro, mas não mencionei o assunto para Lydia, ela não tinha paciência com esse meu interesse por Lisa Kim.

Diante da entrada, havia dois grupos de amigos: os antigos colegas do ensino médio, com suas roupas negligentemente caras, folgadas e relaxadas, e os novos colegas do teatro, com as roupas mais apertadas, mais pretas e mais raivosas. Eu notei que todos estavam fumando. Lá dentro, assinei o livro de presença e examinei os murais com fotos. Caramba, Lisa era linda. Mesmo ainda criança, ela já tinha um daqueles sorrisos mágicos que fazem a gente querer confiar, amar, se abrir ou comprar. Aos 14 ou 15 anos, já sabia que possuía aquele sorriso, dava para ver. Tinha as maçãs do rosto salientes, cabelos e olhos muito pretos, e uma pele que dava vontade de tocar com a ponta do dedo. E virou a estrela de todas as fotos desde bem cedo. Suas imagens eram vivas, energéticas, quase explodindo em três dimensões. Caso ela realmente tivesse sido uma alma atormentada, sem dúvida fora no estilo de Dylan Thomas, e não de Sylvia Plath.

— Peter?

Alguém segurara meu cotovelo. Quando me virei, percebi que só podia ser uma das irmãs dela.

— Sim?

— Ah, achei que podia ser você. Sou a Maud, irmã da Lisa.

— É, eu sei. Como é que...

— Você sabe? Sophie, esse é o Peter.

Sophie segurou minha mão nas suas, dizendo:

— Oh, Peter.

— Esperem um instante — disse eu.

— Tanya, esse é o Peter Carey — disse ela.

— Não, não — respondi. Tanya, que tinha 19 ou vinte anos, rapidamente me deu um abraço tímido.

— Peter *Ferry* — falei.

— Ferry? Eu achava que era Carey.

— Eu achava que era Cleary — disse Tanya, dando de ombros. — Acho que Lisa falou "Cleary".

— Ora, ora — disse Sophie.

Vocês podem ficar imaginando por que eu não esclareci as coisas para elas ali mesmo. Por duas razões. Primeiro, eu não sabia quem era Peter Carey, ou Cleary, nem se ele existia mesmo. Segundo, se eu tivesse falado para elas que não era Carey, precisaria falar quem eu *era*, contando todo aquele troço de última-pessoa-que-viu-Lisa-viva, cenas do acidente, mea-culpa. Eu não queria aquilo. Obviamente elas já estavam com os nervos em frangalhos. Ainda assim, eu tentei:

— Preciso explicar uma coisa.

— Você não precisa explicar nada — disse Maud, pegando minha mão. Foi andando e me puxando com ela, enquanto dizia: — Ninguém pode culpar você por ter rompido com ela, acredite.

Todos nós sabemos que às vezes ela era uma pessoa difícil. Mas a gente também percebia como você era bom para ela.

— Não, não.

— Nós *podíamos* ver isso. E estamos muito contentes por você ter vindo. Mãe, esse é o Peter.

— Ah.

Eu estava perdido. Era tarde demais. Sorri, balancei a cabeça, pedi desculpas por não sentar com a família, fui para a última fileira e caí fora assim que a cerimônia começou. Se o verdadeiro Peter Carey, ou Cleary, aparecesse, elas perceberiam seu engano. Já se ele não aparecesse, não haveria mal algum. Eu queria muito encerrar o caso de Lisa Kim, queria mesmo. Queria dizer adeus, fechar a tampa, colocar o caixão no chão e ir embora. Só que não seria tão fácil assim. Eu estava começando a perceber que compartilhava com aquela total desconhecida uma intimidade mais intensa do que sexo, confissão ou até traição. Já começara a sentir que aquilo era mais intenso do que qualquer coisa que eu sentira antes.

John Thompson, o chefe do meu departamento, espiou pela vidraça da porta da minha sala de aula e acenou para mim.

— Só um minuto — disse eu para a turma, e fui até o corredor.

— Desculpe, mas há um detetive no meu gabinete querendo conversar com você — disse John.

— Um detetive? Ah, o acidente.

— Vá lá ver o que ele quer. Eu tomo conta da turma para você.

O tenente Carl Grassi estava sentado à mesa de John, falando ao telefone como se fosse dono do lugar, e fez sinal para que eu sentasse. Depois pediu que eu lhe falasse do acidente.

— Tenho certeza de que tudo já consta do relatório oficial — disse eu.

— Só mais uma vez — disse ele.

Enquanto falava, eu fiquei observando o tenente. Era um homem entediado e ligeiramente hostil, que sequer tentava ser amável. Ostentava um sorriso irônico, como se assim parecesse mais inteligente ou sofisticado.

— Só mais uma coisa — disse ele, quando terminei. — Onde você estava naquele dia, de meio-dia até a hora do acidente?

— Onde eu estava? Eu estava aqui.

— Alguém viu você?

— Bom, eu dei aula até às 15:15. Meus alunos me viram. Por que você está me perguntando isso?

— Só responda às perguntas, tá legal? E depois disso?

Ele queria saber se alguém me vira depois da escola, e se eu parara em algum lugar a caminho de casa. Quando eu falei que comprara uma garrafa de vinho no mercado, ele quis saber se eu tinha a nota fiscal. Vasculhei minha carteira até encontrar o papel. O horário marcado era 18:17. O tenente Grassi levou a nota.

Na hora de almoço, telefonei para Steve Lotts, o policial.

— Parece que eles abriram uma investigação qualquer — disse ele.

— Você acha que eles suspeitam que eu tenha feito alguma coisa?

— Provavelmente não. Devem estar falando com todo mundo que viu a mulher por último. É um processo de eliminação. Ou talvez seja porque você foi ao enterro. Quando há alguma coisa errada, eles observam os enterros.

— Que tipo de coisa errada?

— Não tenho ideia.

— Meu Deus — disse eu. — Isso me incomoda... até me assusta.

— Esquece isso — disse ele. — Pode ficar tranquilo. Se ele aparecer de novo, ligue para mim. Vou descobrir o que puder, mas não há por que se preocupar.

No meu primeiro sonho com Lisa Kim, nós estávamos sentados no jardim do La Choza. Era fim de outubro, mas o sol ainda aquecia nossas costas e brilhava nos nossos rostos. Estava alto demais no céu para aquela hora da tarde, e nós usávamos suéteres grossos. Todos parecíamos encantadores. As mulheres tinham dentes claros e mechas de cabelo na frente do rosto. Ríamos sem parar. O ar estava dourado. Éramos todos amigos, embora eu não encontrasse algumas daquelas pessoas havia anos, não conhecesse muito bem uma ou duas e jamais houvesse visto uma outra. Ainda assim, eu me sentia íntimo delas. Parecia mais à vontade com elas do que com meus verdadeiros amigos ou comigo mesmo. Talvez estivéssemos doidões. As coisas se moviam lentamente. Tinham um gosto maravilhoso.

Nós passávamos de mão em mão grandes travessas de *kamoosh*: lascas de *tortillas* fritas cobertas de feijões, depois queijo amarelo derretido, e em seguida *guacamole*. Comíamos filés Oaxaca: *tortillas* de farinha cobertas por pedaços de carne assada, cebolas com cilantro, e depois queijo branco derretido. Bebíamos cerveja em latas tão geladas que era difícil tocar o metal. Segurávamos as latas bem alto no ar.

Alguém brindou a Carlos Zambrano, um arremessador de beisebol que acabara de ser campeão, enfrentando os 27 rebatedores dos Red Sox de Boston sem que eles conseguissem rebater uma só bola. Acho que acabáramos de voltar do estádio Wrigley. Devia ser domingo.

Brindamos a Ernie Banks, por marcar pontos rebatendo uma bola que fora cair em cima de um telhado do outro lado da avenida Waveland.

Brindamos a Bill Madlock, que no último dia da temporada ganhara o título de melhor rebatedor da liga.

Brindamos a Rick Reuschel, por ser tão gordo e gracioso.

Brindamos a John Kenneth Galbraith, por ser tão alto e velho.

Brindamos a Dag Hammarskjold, por ter dado a vida pela paz mundial.

Brindamos a Homer Simpson, Julia Child, Dave Van Ronk, Susan Sontag e Snoop Doggy Dogg. E então Lisa Kim surgiu na outra ponta da mesa de piquenique, feito um alegre Banquo, erguendo uma delgada taça de champanhe. Ela deu aquele sorriso, com os olhos grudados em mim, e abanou levemente a cabeça, como quem diz "não acredito", mas, na verdade, o que ela disse foi "Um brinde a você, meu chapa, e nós dois sabemos por quê".

Na manhã de sábado, eu comprei um bloco de desenho encadernado em pano na Good's Art Supplies e segui pela rua até o Café Express, um lugar cheio de divãs de segunda mão e mesas de cozinha perto do nosso apartamento, em Evanston. Pedi uma grande caneca de cerâmica cheia de café, e comecei a escrever. Há muito tempo não escrevia algo sem valor utilitário ou comercial e não sabia bem como começar. Decidi fazer uma lista, talvez um catálogo, de algo que vinha me preocupando bastante: as ocasiões em que estive próximo da morte. A primeira vez em que estive perto da morte foi aos dois ou três anos de idade, quando minha temperatura atingiu 40ºC. Meus pais me enfiaram numa banheira de água fria com cubos de gelo, e eu berrava desesperadamente. Mas o primeiro evento desses que consigo recordar só aconteceu três ou quatro anos mais tarde, quando escorreguei de um ancoradouro no lago Michigan num dia de maré agitada e alguém — nunca soube quem — conseguiu agarrar as costas da minha camiseta. Também houve um gélido fim de semana primaveril que minha família passou na nossa casa de veraneio, antes que a água e o telefone estivessem funcionando. Acendemos um fogaréu na lareira da sala, e dormimos em colchões espalhados no chão. Como os tijolos da lareira eram velhos e fracos, porém, o calor transformou a parede de trás num braseiro. De madrugada, acordamos todos juntos com a sala cheia de fumaça. Eu e meu irmão corremos ladeira abaixo num breu total buscando socorro, enquanto meus pais tentavam controlar o incêndio com água, soda, leite e depois areia, até que os bombeiros voluntários de Covert, a oito quilômetros de distância, chegassem.

 Outra vez, em janeiro, meu pai sentiu uma dor de cabeça depois de passar a tarde de domingo trabalhando no porão. Ele suspeitou que havia um vazamento de gás, mas, em vez disso, os dois funcionários da companhia de gás encontraram um vazamento de monóxido de carbono, e interditaram a fornalha de calefação da casa. Falaram que foi uma sorte não termos esperado a manhã de segunda-feira antes de telefonar para eles. Eu me lembro que meu pai desembolsou boa parte da grana que poupara a vida inteira, sem uma palavra de queixa, para substituir a fornalha naquela mesma noite, que por acaso foi a mais fria do ano. Nós ficamos nas nossas camas, sob uma montanha de cobertores e edredons, ouvindo os homens trabalharem lá embaixo. Já eram três da madrugada quando eles finalmente acenderam a fornalha, e a temperatura da casa já havia baixado para pouco mais de 3ºC. Depois disso, passei muito tempo datando as coisas a partir daquele dia: o dia em que não morremos.

Nos meus anos de adolescência e juventude, escapei de morrer por pouco em diversas ocasiões que envolviam carros, álcool, ou as duas coisas. Uma vez meu irmão foi tentar fazer a picape Chevrolet do meu pai passar de 160 quilômetros por hora em uma estrada vicinal comprida e reta, no interior de Michigan. O trecho inteiro só apresentava um ponto cego, no alto de uma lombada, mas, quando chegamos lá, havia uma carreta de duas toneladas e meia atravessada na estrada. O motorista nos viu e avançou depressa. Nós demos uma freada brusca e desviamos por trás. Derrapamos e entramos embaixo da traseira da carreta, que acabou num ângulo de 45 graus, quase arrancando o teto da picape.

Uma vez, depois de jogar softball e beber cerveja, fui dirigindo o carro de outra pessoa em alta velocidade por uma estrada que eu não conhecia. Quase errei o mesmo tipo de curva que Lisa Kim errou. Freei, derrapei no cascalho do acostamento, saí da estrada e fui parar num capinzal. Se ali houvesse uma vala, eu teria capotado; se houvesse uma árvore, eu teria batido com muita força. Em outra ocasião, depois de ajudar uns amigos a se mudarem num dia quente, fomos beber cerveja e comer pizza no terraço do prédio novo deles. Logo nos desafiamos uns aos outros a caminhar pela marquise ao redor. Ainda não sei como todos nós saímos dali vivos.

Já os voos de avião foram dois. Um saiu de Columbus, e logo ao decolar bateu numa frente fria que parecia uma muralha de pedra. O outro chegou a Quito, no Equador, numa noite enevoada no meio dos Andes; o piloto tentou pousar três vezes, mas por três vezes arremeteu, e só na quarta conseguiu finalmente aterrissar, fazendo os comissários de bordo puxarem aplausos pelo que um deles descreveu como "um pouso muito, muito difícil".

Também passei por um caroço que acabou se revelando um cisto cebáceo, um murmúrio no coração que desapareceu e um exame de laboratório equivocado. Além disso, houve um bandido com um boné dos Yankees, uma bandana azul no rosto e um revólver muito pequeno na mão direita. Ele saiu subitamente do mato durante uma cavalgada minha pelas colinas de Jalisco, no México. Fez que eu desmontasse, pegou minha carteira, e me obrigou a deitar de cara para baixo na estrada poeirenta. Enquanto se inclinava para tirar as notas mexicanas da carteira (o dinheiro americano ele deixou), o sujeito encostou a arma na minha nuca. E essas são as únicas situações arriscadas que recordo. Quem sabe por quantas outras posso ter passado sem me dar conta, feito o Mr. Magoo, com as coisas todas desabando a meu redor.

Já era de tarde quando finalmente descansei a caneta, exausto. Não esperava escrever tanto, nem por tanto tempo; os incidentes foram voltando um após o outro. Eu não sabia quanta sorte tivera, nem quanta sorte qualquer um de nós precisa ter para sobreviver neste planeta por tanto tempo. Fechei meu diário e fui para casa.

No dia seguinte, abri novamente o bloco. Desta vez comecei escrevendo tudo que eu recordava sobre o acidente de Lisa Kim. Acho que, de certa forma, era o início do relato que vocês estão lendo agora.

Na faculdade, eu atravessava correndo o campus só para examinar a minha caixa postal, e a visão de um envelope pela fresta fazia meu coração bater mais forte. Hoje, se estou ocupado, muitas vezes passo dois ou três dias sem abrir a caixa. Geralmente há apenas contas, catálogos ou ofertas de cartões de crédito, tirando as raras vezes em que vejo o tipo de envelope em papel nobre e endereçado a mão, como o que encontrei um dia no fim de janeiro. O nome da remetente me espantou: Maud Kim Nho, Meadow Lane, Glenview. Fiquei parado ali no vestíbulo e abri o envelope.

Primeiro havia um bilhete escrito em papel timbrado que combinava com o envelope. A caligrafia em tinta verde era pequena e precisa:

Querido Peter,
Tomo a liberdade de escrever para você depois de pensar bastante, e correndo o risco de reabrir feridas que espero estarem começando a cicatrizar. Encontrei esta carta dentro de um livro sobre a mesa de cabeceira de Lisa. Passei semanas examinando e lendo. Em diversas ocasiões, quase destruí a carta, não só por causa de sua natureza íntima, mas também pelo fato de não ter sido enviada por Lisa. Não sei se ela pretendia destruir isso, mas eu não posso fazer o mesmo. A carta é cheia da presença, da energia, do espírito e da intensidade de Lisa, e nós ficamos com muito pouca coisa dela como lembrança. Ao mesmo tempo não é minha, e eu me sinto uma bisbilhoteira ao ler isto. Esta carta é sua, por isso procurei o seu endereço no livro de presença do funeral e a estou enviando para você. Faça disso o que quiser. Só espero não estar incomodando.
Atenciosamente, Maud Kim Nho

Junto havia uma carta escrita com uma caligrafia maior e mais firme, com tinta preta em papel comum:

P,
Acaba de amanhecer e eu acabo de acordar pensando em você. Não existe uma canção assim? É engraçado, nós sempre falamos por meio de versos de músicas: você só precisa de amor, o que o amor tem a ver com isso, muitas lágrimas ainda precisam cair. Eu adoro isso em você: suas camadas sobre camadas, suas alusões, seus apartes. Uma conversa com você exige notas de rodapé e um guia para o leitor. Mas eu amo tanta coisa em você. Estou amando loucamente, se você não se importa que eu escolha essas palavras. Está vendo? Você já está me levando a fazer isso.
E por que não deveríamos falar em versos? Nós somos tão musicais, meu amor. Somos tão ligados à música, ao ritmo,

à percussão e à síncope. *Nós somos uma canção, eu e você. A primeira vez que dançamos, mexendo juntos no escuro, não foi sexo, não foi uma trepada. Foi uma respiração conjunta, um balanço. Nós dois nos tornamos uma terceira coisa durante um momento, alguns momentos. Não me lembro do que aconteceu com minhas roupas. Não me lembro de você me tocar com suas mãos, não nos lugares comuns, só no meu cabelo, nos meus braços e ligeiramente nos meus quadris. E então percebi que você estava dentro de mim, mas isso não vem muito ao caso, foi uma coisa quase incidental, foi como eu sempre pensei que seria (outra canção?). Você pode dizer que nosso amiguinho ajudou, mas acho que não muito. O que aconteceu era inevitável.*

É assim que eu me sinto em relação a nós, meu querido. Nós somos inevitáveis. Somos inexoráveis. Somos uma potência. Fico muito triste por não podermos nos encontrar no Dia de Ação de Graças, mas, como sempre devemos ter a terça-feira, e enquanto estivermos separados, você receberá essa missiva surpresa para se lembrar de mim. Além disso, o que temos é tão forte que não precisamos nos ver. Eu estou bem. Estou feliz, segura e tranquila no calor do seu amor, embora estejamos distantes e sem nos ver há tempos. Amo você profunda e eternamente.

L

"Merda", pensei, parado ali com a mão trêmula ao terminar a leitura, olhando em torno com medo de que chegasse alguém e me surpreendesse. "O que eu faço com esse troço, cacete?", pensei. "Por que eu precisava ler isso?", pensei. "Por que ninguém se sentia assim em relação a mim?", pensei. Pela primeira vez em quase três anos, senti muita vontade de fumar um cigarro.

3

Escritos de viagem

ENTRADA: CUERNAVACA, MÉXICO
por Pete Ferry

No nono dia de marcha, Cortés e as tropas chegaram à forte cidade de [...] Cuernavaca. Era [...] o lugar mais importante em termos de riqueza e população dessa parte do país [...] Pois embora a altitude oscilasse de 1.500 a 1.800 metros, o lado sul do lugar era tão protegido pela barreira montanhosa ao norte que o clima era [...] ameno e revigorante.

W. H. PRESCOTT, *A conquista do México*

Fernando Cortés, eu e Helen Hayes fomos atraídos a Cuernavaca pela mesma propaganda da Câmara de Comércio. O lugar tem um clima quase perfeito. Todos nós fomos para lá pela primeira vez em busca de descanso e relaxamento. Cortés estava fazendo uma pausa em sua conquista do Império Asteca. Helen acabara de ser coroada rainha dos palcos nova-iorquinos. E eu estava tentando passar um período fora dos Estados Unidos, a fim de enxergar o país de longe e escrever. Para falar a verdade, eu queria muito virar um exilado. Acho que via isso como uma coisa boa no meu curriculum vitae. Nessa época, eu me definia pelas coisas que fazia e pelas pessoas com quem andava. Como vinha achando minha vida prosaica e previsível, bolei um plano de autoaperfeiçoamento simples: ir para algum lugar interessante e andar com pessoas melhores.

E Cuernavaca é um lugar interessante. Fica a apenas cem quilômetros da Cidade do México, nas encostas iniciais de uma enorme cadeia de vulcões que se amontoam em torno da capital. Ao sul da cidade fica o vasto e verdejante vale de Morelos, que produz muitas das flores pelas quais nós, aqui ao norte, pagamos tão caro durante o inverno. Cuernavaca é cheia de flores, céus azuis de inverno, cafés nas calçadas, piscinas e palmeiras. A temperatura média, tanto no inverno quanto no verão, fica sempre numa faixa que vai dos 19 aos 25ºC.

Portanto não deveria causar surpresa que, além de Cortês, Helen Hayes e eu, Cuernavaca tenha atraído em diversas ocasiões gente como John Steinbeck, Merle Oberon, Ivan Illich, Anthony Quinn, Henry Kissinger, Erich Fromm, Gabriel García Márquez, o último xá do Irã, John Huston, Malcolm Lowry, que ambientou na cidade seu romance *À sombra do vulcão*, além de todos os luminares mexicanos que se consiga recordar. Foi esse tipo de gente que eu fui procurar em Cuernavaca, o tipo de pessoas que eu queria ser e com quem eu queria conviver: artistas, escritores e livre-pensadores. Em vez disso, porém, lá eu encontrei Charlie Duke. Entre outras coisas, ele me apresentou a um célebre costume da cidade: citar pessoas e eventos importantes durante a conversa para impressionar os presentes. Mas também me mostrou os melhores aspectos da vida de um exilado. Num piscar de olhos, eu passei a me imaginar num exílio como o de Steve Goodman naquela velha canção "Banana Republics", nutrindo a esperança de "curar o espírito que sofre por viver na terra da liberdade".

Duas estradas saem da atmosfera poluída do vale do México e cruzam as montanhas na direção de Cuernavaca. Ambas começam a 2.250 metros de altitude, sobem a 3.000 e descem a 1.500, tudo em pouco mais de cem quilômetros. Embora quem viaje por uma estrada frequentemente aviste quem passa pela outra, as duas rotas são bem diferentes. Às vezes, me parece que a primeira é a estrada do futuro. É muito linda, com acostamentos vermelhos e sebes floridas dividindo as quatro pistas. É também uma maravilha de engenharia, que vai descrevendo gigantescas parábolas cada vez mais altas até a crista do desfiladeiro, onde às vezes se encontra neve no inverno. Dali também se pode ver o que parece ser o resto do continente, e, com um pouco de imaginação, a linha azul do oceano Pacífico no horizonte.

A segunda estrada pertence ao passado. Vai ziguezagueando montanha acima, se contorcendo e bufando a cada metro do caminho, atravessando diretamente os vilarejos, em vez de passar ao largo. O acostamento é cheio de mulheres indígenas acocoradas, vendendo pássaros, contas ou o duro milho indígena chamado *elote*, que vem fervido, besuntado de maionese e salpicado de queijo parmesão. A rota revela descampados elevados, lagos de natureza quase alpina e bosques de pinheiros que desafiam todos os estereótipos do México. Num determinado ponto, passa por uma fileira de singelas cruzes brancas, que assinalam o lugar onde, há quase oitenta anos, Francisco Serrano e outros líderes revolucionários a caminho da capital como prisioneiros foram fuzilados pelos guardas. As cruzes sempre me fazem lembrar que Maximiliano e Carlota em sua carruagem puxada por 12 mulas brancas usavam esse antigo caminho, assim como Benito Juárez, em sua carruagem negra, além de Stephen A. Austin, e talvez Cortés ou Montezuma, transportado em sua liteira por seis fortes guerreiros.

Vale a pena percorrer ambas as estradas. Sugiro subir por uma e descer pela outra. É claro que, se alguém pretende nunca mais voltar, deve tomar a estrada velha.

E é bom saber que aquele paraíso atrai todo mundo, até os mexicanos, até os 99% de mexicanos que não moram em mansões rococós e vão ao dentista em Houston. Há lugares em Cuernavaca frequentados por taxistas e comerciantes. Los Canarios é um deles. Lydia Greene e eu só tínhamos dinheiro para um resort caindo aos pedaços como esse no primeiro fim de semana que fomos passar lá.

No papel, Los Canarios parecia muito bom: piscina, jardim, jogos, restaurante e bar ao ar livre, lojas, palmeiras e uma vegetação luxuriante. O problema é que tudo isso estava espremido em um pequeno quarteirão deprimente da cidade, e a maior parte das instalações estava suja, malcuidada e quebrada. Lá fora, um enorme cartaz quebrado assomava sobre o lugar. Suponho que fosse da época em que os proprietários achavam que poderiam atrair americanos ricos como hóspedes, e dizia: LOS CANARIOS. HOTEL DE LUXO.

Bem diante de Los Canarios, mas do outro lado da rua, fica a outra Cuernavaca. Las Mañanitas, uma velha fazenda em torno da qual crescera a cidade, é uma das mais encantadoras pousadas com restaurante do continente. Atrás dos altos muros guarnecidos de cacos de vidro pode-se encontrar pavões em gramados aveludados, refrescantes piscinas azuis e jardins perfeitos. No gramado e nas varandas há algumas mesas silenciosas, além de muitos garçons de paletó branco que servem vinho, acendem seu cigarro e, nas noites mais frias, acendem braseiros portáteis só para aquecer os seus pés.

Na última vez que vi Charlie Duke, nós jantamos no Las Mañanitas. Na primeira vez que vi Charlie Duke, eu estava jogando Frisbee com nosso cachorro Art debaixo das árvores em Villa Katrina. Charlie apareceu na alameda da garagem, que era curva e calçada com paralelepídedos, equilibrando acima da cabeça uma bandeja cheia de margaritas e *hors d'oeuvres*.

Villa Katrina era o retiro da família teuto-mexicana Kronberg-Mueller nos fins de semana. Ocupava um hectare e meio com jardins semiformais que desciam até o cânion, ou a ravina, de um riacho. Havia uma espécie de guarita no portão, a casa principal (com dependências de empregados, telhas vermelhas, sacadas e uma enorme varanda) e uma casa de hóspedes mobiliada com três dormitórios. Charlie morava na guarita do portão. Nós tínhamos acabado de alugar a casa de hóspedes.

Charlie era um homem extremamente bonito, alto, com ombros largos e quadris estreitos, de 45 anos. Dependendo do humor do interlocutor, seu jeito poderia ser descrito como gentil, afetado ou até afeminado. Sentado num banco lá no meio do gramado, ele começou a falar sem parar, como se fôssemos velhos amigos, mencionando pessoas, lugares e acontecimentos de que eu não tinha referência alguma. Voltei para o nosso bangalô à tarde rindo dele. Que pateta. Quase imediatamente, para mim Charlie virou um triste emblema do que a maior parte dos exilados acaba sendo: pessoas com demasiado tempo livre, com o qual fazem quase nada além de almoçar, beber, mexericar, preocupar-se com a saúde, automedicar-se e reclamar dos jardineiros.

Charlie podia até ser superficial, mas também era sincero. Ele insistiu em nos adotar, e a partir daquele dia nós viramos "as crianças". Ele acreditava tão piamente que nós éramos seus amigos que eu não tinha coragem de não fingir que éramos.

Qualquer dúvida que tivéssemos sobre a sexualidade de Charlie era dirimida por suas constantes menções a Stella. Ela era sua "namorada", e morava em um hotel na cidade construído em torno das ruínas do palácio de Malintzin, a amante indígena de Cortés. Charlie disse que o hotel era adorável, com uma das melhores cozinhas de Cuernavaca, e uma noite fomos comer lá. No meio do jantar, abriram-se as cortinas de uma sala reservada do outro lado da varanda: Charlie estava sentado ali, bebendo e jogando baralho alegremente com três mulheres. A mais jovem tinha pelo menos setenta anos. Nossa comida não passava de sofrível, e fomos embora sem falar com ele.

Passamos diversas semanas nos sentindo os verdadeiros senhores de Villa Katrina, pois a família Kronberg-Mueller ainda não aparecera (nós havíamos alugado o lugar por intermédio de um corretor) e Charlie saiu de férias. A criada e o jardineiro que moravam atrás da garagem eram vistos raramente. Nós colhíamos limas e bananas diretamente das árvores logo junto à nossa porta, rolávamos pelos gramados e devaneávamos nos jardins. Chegávamos até a sentar na grande varanda, e mergulhávamos na piscina que era tipicamente mexicana. (O sofisticado sistema de bombeamento e filtragem nunca fora ligado, e a piscina só podia ser enchida com uma mangueira de jardim, o que levava alguns dias, ao final dos quais a água já estava bastante suja.) Uma manhã, porém, eu voltei para casa depois de tomar meu café matinal na cidade, e encontrei dois jardineiros trabalhando. Todas as janelas estavam escancaradas, havia tapetes sendo batidos e a roupa de cama fora posta para arejar. Logo depois disso, um Dodge Neon dirigido por um motorista (uma das idiossincrasias do México é as pessoas custarem menos que as máquinas) surgiu na alameda da garagem, trazendo a senhora Kronberg-Mueller, sua empregada na cidade, sua filha Cynthia e sua irmã, Louise Speicher.

Katrina Kronberg-Mueller sentou-se na varanda e lá ficou. Era uma senhora imponente, com cerca de oitenta anos. Mantinha a seu lado uma pequena sineta de prata para convocar a criadagem. Falava espanhol com um impávido sotaque ianque, sugerindo que achava obscenas todas aquelas coisas estranhas que os falantes nativos faziam com a língua e os lábios.

Cynthia estava na casa dos quarenta anos. Usava maquiagem demais e um penteado que saíra de moda ao fim da Segunda Guerra Mundial. Parecia fazer parte de um quadro de Edward Hopper. De acordo com Charlie, ela tivera um casamento infeliz e uma filha que virara uma extremista política, de modo que passara a se dedicar à poesia. Já bancara a publicação de um livreto em San Francisco, e falava de seu editor como se o sujeito lhe telefonasse dia sim, dia não.

Uma noite nós fomos convidados por elas para tomar uns drinques, e pela primeira vez entramos na casa principal. Ficamos bebericando vinho doce na sala de estar, que parecia uma cabana de caça devido à lareira gigantesca, e escutando a história da vida de Katrina.

Ela conhecera o señor Kronberg-Mueller numa festa em Boston antes da Segunda Guerra Mundial. Ele cantava com uma rica voz de barítono, e Katrina se apaixonou. Depois de um namoro rapidíssimo, os dois se casaram. Embarcaram num vapor para Veracruz, e de lá pegaram a velha ferrovia de bitola estreita construída pelos ingleses para cruzar as montanhas até a capital.

Ao término da Segunda Guerra Mundial, o señor Kronberg-Mueller construiu Villa Katrina como presente para a esposa. Em seguida ele morreu. Katrina permaneceu no México. Talvez porque tivesse uma família e duas lindas casas no país, mas suspeito que o real motivo era que ela tinha uma posição. Era uma aristocrata. Mesmo que houvesse sido uma aristocrata em Boston antes da guerra, lá ela não seria mais. Em sua terra natal já não existia uma aristocracia. No México ela ainda podia tocar sua sineta de prata.

Em certo sentido, eu e Lydia também podíamos fazer isso. Éramos admitidos em alguns lugares, ou convidados para outros, simplesmente porque éramos americanos, tínhamos a pele clara e falávamos inglês. Na realidade, éramos um casal de artistas batalhadores, mas não morávamos em um apartamento sem água quente. Tínhamos uma bela casa, com mobília de bom gosto, janelas francesas e soalhos de cerâmica vermelha. Havia jardins com jardineiros diante de cada janela em arco, e tudo isso custava apenas uma fração do que custaria nos Estados Unidos. Falava-se que pessoas famosas moravam nas casas vizinhas e do outro lado da rua. Nós estávamos no meio da elite, se é que não pertencíamos a ela.

O mesmo acontecia com Charlie Duke. Ele crescera numa pequena cidade no Kansas, e casou com sua primeira namorada quando ainda era adolescente. Os dois tiveram três filhos em rápida sucessão, e brigavam quase constantemente. Quando o casamento se desfez, Charlie cortou todos os laços e partiu para a Flórida. Lá ele frequentou a faculdade, deu aulas e passou anos trabalhando como vendedor. Mas foi ficando inquieto, e começou a explorar o Caribe durante as férias. Numa dessas viagens, foi parar em Veracruz, e depois na Cidade do México, onde se apaixonou pelo país. Assumiu um cargo de professor numa escola americana, e resolveu se mudar de vez.

Pouco tempo depois, Charlie conheceu sua segunda esposa. Ela era um pouco mais velha que ele, e trabalhava num jornal de língua inglesa da Cidade do México. Como resultado, estava na lista de convidados de todo mundo. Isso era o que Charlie mais queria. Sempre fofoqueiro, ele já nascera com uma flor na lapela, além de um *petit four* entre o polegar e o indicador.

— Sylvia estava absolutamente bêbada, claro — disse ele. — Nós ficamos mortificados. Ela falava sem parar sobre o pobre Renaldo, revelando as coisas mais íntimas e escandalosas... ah, e nós finalmente descobrimos a mutreta do tal conde de araque. Ele sumiu no ar. Desapareceu com 1 milhão de pesos em títulos negociáveis da Marta. Dá para acreditar? Nem um vestígio. Ela teve um colapso nervoso total, e está numa clínica de repouso em Valle de Bravo.

— Hum-hum — disse eu, que não conhecia nem ouvira falar de uma só daquelas pessoas. Vim a perceber que o "nós" de Charlie incluía ele e todo mundo que ele conhecia, com quem já estivera, ou já vira. Se esse todo mundo incluísse você, porém, a afetação dele parecia inofensiva, e às vezes até lisonjeira.

Charlie e sua segunda esposa moravam numa luxuosa *villa* na colônia de San Angel da capital. Durante o breve e glorioso período que passaram juntos, os dois compareciam a qualquer festa de embaixada, evento com celebridades ou baile à fantasia na cidade.

— O que aconteceu? — perguntei.

— Descobrimos que a única coisa que realmente tínhamos em comum era a bebida.

Então Charlie foi se refugiar em Cuernavaca, inicialmente em Las Mañanitas nos fins de semana, e depois permanentemente em Villa Katrina. Ele ficava sentado na varanda da guarita, bebia e esperava chegar alguém como nós. Parecia conhecer todo mundo e ver ninguém.

Tudo mudou em setembro, quando Charlie voltou para a escola. Depois disso, nos encontramos muito pouco. Uma vez ele me descreveu sua rotina diária. Acordava às cinco da manhã, tomava uma chuveirada, fazia a barba, comia, ouvia rádio, lia e corrigia provas. Partia para a escola às seis e trinta, parando no meio do caminho para dar umas caronas: um outro professor, duas enfermeiras e um jovem estudante de arquitetura. Ao final do trabalho, resolvia algumas coisas e fazia compras na cidade. Depois apanhava as mesmas pessoas na viagem de volta, e chegava em casa por volta de cinco da tarde. Até às sete jantava, lia e bebia quase toda uma garrafa de vodca. Depois ia para a cama.

— Eu não sou um alcoólatra — disse Charlie. — Sou um bêbado.

— Qual é a diferença?

— *Há* uma diferença. Um alcoólatra *precisa* beber. Já um bêbado só *quer* beber. Eu gosto de beber. É meu passatempo.

Uma noite daquele outono, Stella morreu. Charlie sequer mencionara que ela estava doente.

— Ah, é... ela estava doente há anos. Cirrose. Era alcoólatra — disse ele, sem demonstrar emoção.

Em outra noite, Cynthia Kronberg-Mueller bateu de leve na nossa porta. Parece que ela mandara o motorista de volta para a Cidade do México e agora, súbita e inesperadamente, a empregada entrara em trabalho de parto.

— Seria possível que... vocês se importariam muito em...
— Não, claro que não.

Encolhida no diminuto assento traseiro do nosso carro, Cynthia foi falando sem parar no caminho ladeira abaixo até a cidade:

— E pensar que a coitada dessa menina, praticamente uma criança ainda... *quantos años tiene?*
— *Vientiuno.*
— Só 21. Vinte e um anos de idade, e vai ser mãe... *quantos niños tiene?*
— *Cinco.*
— Pela sexta vez. Dá para imaginar isso? É tão trágico. Olhem só para ela. Gorda e gasta. Uma criança. Às vezes choro, senhor Ferry, choro por esse povo... coitados — disse ela, alisando o cabelo de Elena. — Coitada dessa garota. *Pobrecita.*

Rezei para que Elena não entendesse aquilo. Ela ia sentada ao meu lado feito um Buda satisfeito, com as mãos cruzadas sobre sua bênção mais recente. Na verdade, acho que ela não gostava muito de nós. Sua postura lembrava a lenta e discreta vingança dos séculos. Elena só trabalhava nos raros fins de semana em que a família Kronberg-Mueller aparecia. Segundo Charlie, às vezes ela recebia a família e os amigos na casa principal.

Nós nos mudamos para a Cidade do México antes que Elena e o bebê voltassem da clínica para casa. Fora lá que Lydia encontrara uma comunidade de artistas, espaço para um ateliê e uma galeria interessada em exibir seu trabalho. Embora a calmaria de Cuernavaca conviesse às minhas necessidades de escritor, ela se entediara com a mediocridade e decadência, ansiando pela agitação e a controvérsia de uma verdadeira cidade. Mas ainda retornávamos para lá com frequência e, tanto irônica quanto previsivelmente, foi apenas como visitantes que viemos realmente a conhecer Cuernavaca e também Charlie Duke.

Uma manhã de sábado, nós cruzamos as montanhas e paramos primeiro em Villa Katrina para deixar Art correr livre por ali durante meia hora. Charlie se levantou de sua cadeira na varanda da guarita quando surgimos a pé pela alameda da garagem. Ainda não era meio-dia, mas ele já estava caindo de bêbado. Ele estava constrangedor e também constrangido, nós fomos embora logo.

Mais tarde, na hora do almoço, Lydia disse:

— Nós invadimos a privacidade dele, sabia? Foi até injusto da nossa parte. Precisamos descobrir uma forma de compensar isso.

Decidimos voltar, mas dessa vez anunciando nossa chegada e convidando Charlie para jantar. Acho que queríamos lhe dar uma chance de se redimir. Charlie fez as duas coisas com a dignidade e a altivez que só ele consegue reunir.

Era uma fria noite de janeiro, e vestimos suéteres pesados. Fomos comer peixe fresco num restaurante ajardinado. Charlie só bebeu cerveja, e estava cheio de histórias sobre um novo amigo, chamado padre Dick, um monge trapista oriundo do município irlandês de Kildare, que morava num pequeno monastério fora da cidade, rezava missa em inglês na catedral e comprara um rancho que pretendia transformar no centro de uma cooperativa agrícola. Charlie planejava construir uma casa lá. Acho que não lhe demos crédito algum, mas passamos uma noite maravilhosa juntos. Depois de Lydia ter voltado para o hotel, Charlie e eu fomos tomar a saideira no Café Universal, na praça. Acho que foi nessa ocasião que fiquei sabendo do passado de Charlie. Lembro que ele perguntou sobre o que eu estava escrevendo. Disse que também queria escrever, e que tinha uma história maravilhosa para contar sobre Cuernavaca.

— Qual é? — perguntei.

— Não — disse ele, abanando o dedo e sorrindo. — Você pode roubar a história.

Lembro disso por ter sido a única vez que vi Charlie mostrar qualquer tipo de precaução ou desconfiança.

Em outra visita a Cuernavaca, conheci o padre Dick. Nós três jantamos juntos. O padre era um homem musculoso e muito tímido, de cabelo bem curto, com cerca de cinquenta anos. Falava balbuciando, com a reticência de quem ficara muitos anos em total silêncio. A noite terminou cedo, no entanto, porque Charlie passou mal. Ele não vinha tomando o remédio para controlar a pressão alta e quase desmaiou. Fiquei observando o padre Dick se afastar de carro. Charlie ia ao lado dele, com a cabeça derreada sobre o encosto do assento.

Só revi Charlie para me despedir. Um ano se passara, nosso dinheiro acabara e não havíamos conseguido um visto de trabalho que nos permitisse ficar. Cruzamos as montanhas pela última vez e, já caminhando por Villa Katrina com Charlie, ficamos surpreendidos ao encontrar a família Kronberg-Mueller na varanda. Eles nos convidaram para almoçar. Não nos víamos desde nossa mudança para a Cidade do México, e levamos algum tempo para colocar a conversa em dia. Então, depois da costumeira discussão sobre bolcheviques e jardineiros, eu me virei para Cynthia.

— Como está nosso bebê?

Ao receber de volta um olhar vago, insisti:

— E o bebê de Elena?

— Ah... é verdade — disse ela, recuperando a fala. — Está bem, muito bem...

— Saudável e feliz? — perguntei.

— Ah, é... muito saudável e feliz — respondeu Cynthia.

— É menino ou menina? — perguntou Lydia.

Nem Katrina nem sua irmã Louise fingiram conhecimento, interesse ou embaraço. Mas Cynthia ficou olhando para mim durante bastante tempo com um sorriso idiota no rosto, antes de ser salva pela aparição de Elena.

— Como está o bebê? — indaguei. — É menino ou menina?

— Uma menininha — disse ela.

— Com é o nome dela? — perguntou Lydia.

— *Gordita* — disse ela rindo. — A gordinha.

— Podemos ver a criança? — perguntei.

Elena trouxe o bebê numa grande cesta com duas alças. Nós pegamos a menina no colo, brincando enquanto ela dava risinhos e esperneava. Tinha nove meses de idade.

Ao longo dos anos que se seguiram, Charlie mostrou ser um correspondente fiel e divertido. Eu sabia exatamente quando ele começava cada carta (com a garrafa ainda cheia) e quando terminava (com a garrafa vazia). Partindo de uma coerência até espirituosa, os relatos acabavam mergulhando numa confusão absurda. Havia a habitual cota de pessoas e acontecimentos de que nunca havíamos ouvido falar, mas também informações autênticas. A casa de Charlie no tal rancho já tinha telhado e quatro paredes. Ele se mudara para lá. Nesse ínterim, seus filhos, há muito desaparecidos, haviam feito contato e ido fazer-lhe uma visita. A filha mais velha passara até a morar com ele.

Nós também tínhamos novidades. Voltáramos a Chicago com novas carreiras e um novo apartamento em Evanston. Lydia estava ilustrando livros para uma editora, e eu estava dando aulas. Um ano mais tarde voamos até o México, para passar duas semanas de férias no inverno. Não avisamos a Charlie da nossa ida porque, para falar com franqueza, não tínhamos certeza se desejávamos um reencontro. Depois de alguns dias no México, entretanto, nós admitimos um para o outro, meio envergonhados, que ambos queríamos realmente visitá-lo. Havia algo em Charles Duke que nos atraía. Sem admitir em voz alta, eu tinha esperança de que fosse mais do que a vontade de nos divertirmos complacentemente com ele.

Como Charlie não tinha telefone, e apenas uma caixa postal como endereço, fomos até sua escola na Cidade do México. Ficamos vários minutos na porta da sala de aula, vendo Charlie trabalhar na sua mesa diante de um ruidoso grupo de crianças. Ele era um verdadeiro professor. A despeito de amplas evidências, não tenho certeza de que acreditava mesmo nisso mais do que em qualquer coisa contada por ele. Não que eu achasse Charlie um mentiroso, mas praticamente tudo que ele dizia soava como uma peça ruim de ficção. Ele tinha o dom de sempre escolher o detalhe menos provável ou mais dramático, e depois ainda exagerar a coisa.

— Padre Dick não disse uma só palavra durante vinte anos. Quando finalmente tentou falar, sua voz não funcionou por semanas. Não é, padre Dick?

— Ora, não foi bem assim.

A pequena casa de Charlie existia mesmo. Na verdade, era muito bonita. Ficava encarapitada na encosta da montanha que dava para o leste, com vista para penhascos e formações rochosas. Acima disso, em dias claros, viam-se os picos nevados dos vulcões. Tudo ali fora projetado por ele, incluindo um telhado abobadado, grandes janelas na fachada e uma linda varanda de pedra que corria ao longo da construção. Uma noite ficamos sentados ali bebendo margaritas, enquanto o padre Dick, que construíra uma casa ali perto, um pouco abaixo na escosta, descrevia o percurso do exército de Cortés. Ele próprio pesquisara e depois refizera o trajeto, seguindo as instruções explícitas de Bernal Díaz del Castillo: subira a ravina, contornara aquele outeiro, atravessara o desfiladeiro e finalmente descera até a capital asteca de Tenochtitlán.

Charlie insistiu para que deixássemos o hotel e nos hospedássemos com ele ali no rancho. Nos dias seguintes, ele nos levou a recantos da província que eu jamais vira: havia bosques, mercados e vilarejos escondidos nas montanhas. Vimos artesãos entalhando madeira e paramos em frescas igrejas antigas, almoçando enchiladas quentes e cerveja gelada debaixo de um brilhante toldo amarelo. Tomamos grandes tijelas de ensopado e contamos histórias uns aos outros até tarde da noite. Eu nunca percebera que havia tantas para contar. Também conversávamos com o padre Dick, que vinha se sentar na varanda à noitinha e ver o pôr do sol.

O pôr do sol ali é tão dramático que chega a ser histriônico. O desaparecimento do sol propriamente dito é a parte menos importante, e acontece atrás de quem está sentado na varanda da casa de Charlie. Você pode se virar para dar uma espiadela ou simplesmente sentir a ausência dos raios do sol na sua nuca. O verdadeiro espetáculo acontece bem acima de você. Muito tempo depois de as sombras e a friagem noturna descerem, a luz do dia continua brilhando sobre os picos das montanhas e nos reluzentes campos de neve, enquanto nas profundezas do vale já é noite fechada e as luzes dos vilarejos há muito estão acesas. Ver o dia e a noite de uma só vez pode fazer você ficar momentaneamente tentado a se sentir imortal, se é que existe tal sentimento, ou, depois de tomar um pouco de vinho tinto, a ficar um pouco filosófico. Nós vivenciamos isso. Uma noite, olhando para o vilarejo lá embaixo como se estivesse no céu, padre Dick contou que, quando jovem, ele partira disposto a salvar o mundo tal como o senador Paul Douglas, mas que já ficaria muito feliz se pudesse salvar aquele pequenino lugar, ou pelo menos uma parte.

— Acho que você nunca irá embora daqui, não é? — perguntou Lydia.

— Ah, sim — disse ele, para nossa surpresa. — Vou embora um dia, quando meu trabalho aqui estiver terminado. Voltarei para minha comunidade na Irlanda. O monastério é meu lar, a comunidade, minha família.

— Eu nunca sairei deste lugar — disse Charlie.

— Que lugar? — perguntou Lydia. — O rancho? Cuernavaca? O México?

— Este rancho perto de Cuernavaca, no México.

Foi só uma resposta inteligente até a tarde do dia seguinte. Voltando ao rancho, nós descobrimos que chegara um bezerro há muito esperado. O animal estava parado no campo, com as pernas trêmulas, ao lado da mãe ainda tonta. Charlie abriu de repente a porta do carro, saiu e fez algo inesperado: começou a se despir.

— Segure aqui — disse ele, entregando primeiro a camisa e a seguir, a calça.

Depois de murmurar algo sobre a necessidade de separar o bezerro da mãe, ele se curvou, pegando nos braços compridos o bezerro ainda úmido de sangue e placenta. Então saiu correndo pelo pasto pedregoso, só de cueca e botinas. Eu saí tropeçando atrás dele, olhando para aquelas costas largas e fortes. Percebi uma coisa espantosa. Aquele homem tolo, de quem eu vinha caçoando o tempo todo, possuía algo que eu sequer começara a procurar e que até aquele momento nem sabia que queria ou precisava. Ele era um homem complexo, original, perturbado, multidimensional, autoinventado, cheio de falhas e idiota, mas era um homem completo. Pouco se importava que eu caçoasse dele. Provavelmente sabia disso o tempo todo.

À noite nós ficamos sentados no gramado de Las Mañanitas, bebendo vinho branco gelado e comendo *camarónes al mojo de ajo*. Era a nossa última noite em Cuernavaca. Havia fumaça de madeira, fragância de flores, música distante, e uma das histórias de Charlie enchendo o ar. Enquanto ouvia a voz dele, eu sorri para mim mesmo. Charlie era o cara que eu viera procurar no México, para começar. Eu nunca percebera isso.

Balancei a cabeça. Que pateta.

4 . . .

O NAZISTA DO AMOR

Eu não sabia o que, exatamente, estava procurando. Certamente não era Lisa Kim. Eu sabia que ela estava morta, disso tinha certeza. Mas talvez estivesse atrás de sua trajetória, seus rastros, provas de sua existência, indícios sobre a mulher que escrevera a carta que por certo período virou meu pertence mais importante.

Talvez eu estivesse só tentando me livrar da carta. E estava mesmo. Queria dar a carta a Peter Carey, ou Peter Cleary, para dar fim à estranha sensação de responsabilidade que viera com aquilo. Responsabilidade era algo que eu passara grande parte da minha vida evitando. É por isso que eu morava num apartamento, dirigia um carro velho e tinha um emprego onde minha principal responsabilidade era para comigo mesmo e para crianças grandes, a maioria das quais eu podia intimidar. É por isso que eu vivia com uma mulher que não queria casar e com quem não tinha filhos.

Passei muito tempo encarando a responsabilidade como a outra face da liberdade, e liberdade era a coisa que eu mais queria. Não aquela liberdade do andarilho, exaltada em mil canções populares de má qualidade, embora eu já houvesse escutado todas e até cantado algumas, mas sim a liberdade de viver segundo meus próprios termos. Essa é outra razão, talvez a principal, que me faz adorar viajar; você se sente mais livre do que nunca, quando só é responsável por si mesmo e uma valise. Minha definição pessoal de liberdade vinha de uma viagem que fiz a Nova Orleans só pegando carona, na época da faculdade. Eu partira de Chicago dois dias antes, estava a certa distância ao sul de St. Louis, e na véspera ficara acordado até de madrugada em Macomb, Illinois, quando dois soldados me deram carona. Adormeci no banco traseiro no calor do final da tarde. Antes de sair da rodovia, eles me acordaram para que eu saltasse. Fiquei parado na estrada, vendo o veículo se afastar, e percebi que não sabia sequer em que estado me encontrava. Podia estar no Missouri ou Arkansas, mas como haviam mencionado Memphis, lugar para onde eu queria ir naquele dia, era possível que eles tivessem cruzado o rio e entrado no Tennessee. Eu não sabia onde estava, e ninguém mais no mundo sabia, a não ser os dois soldados que haviam ido embora. Ninguém. Fiquei com medo, principalmente quando começou a anoitecer, mas o ar estava quente, o céu estava limpo, e ao lado da estrada havia campos onde eu poderia dormir se precisasse. Quase que imediatamente, meu medo virou outra coisa. Percebi instantaneamente que eu nunca fui tão livre, e que talvez nunca seria tão livre outra vez. Cortara os laços com tudo que já conhecera, e, quando um carro diminuiu a marcha para me dar carona, fiquei até um pouco decepcionado.

 De alguma forma, ao longo do tempo aquela sensação desaparecera da minha memória, mas retornara durante as tais duas semanas que passei sozinho na Tailândia por volta do Natal. No princípio, eu até voltara a me sentir amedrontado. Já chegara cansado e um pouco assombrado: ao sobrevoarmos o Vietnã à noite, o passageiro ao meu lado, que era um piloto de helicóptero canadense, apontara para as luzes de Hue e o negrume serpeante do rio Mekong. Desembarquei no aeroporto à meia-noite para passar 14 dias completamente sozinho no lado errado do mundo, só com o meu exemplar da *Lonely Planet* e o endereço de um hotel barato que achara ali. E se meu apêndice arrebentasse, ou fosse atropelado, ou atacado pelos pescadores de camarão bêbados que dali a alguns dias eu veria lutando com facas em Hua Hin de madrugada? Mas isso, é claro, faz parte da liberdade: dentro de um ou dois dias comecei a relaxar, e depois de mais um dia ou dois já comecei a gostar.

Nós só percebemos com que frequência mentimos quando nos vemos rodeados de desconhecidos. Não se trata de mentiras grandes, necessária ou costumeiramente. São mentiras pequenas, mas em profusão. Mentiras sobre onde queremos ir jantar, quando queremos ir dormir, ou se queremos mais uma taça de vinho. Quantas vezes dizemos que não queremos quando queremos, que não podemos quando podemos, que não faremos quando faremos? Depois de algum tempo, comecei a pensar também em mentiras grandes.

Minhas únicas companhias eram E. M. Forster, uma holandesa que ajudou a consertar minha câmera, e diversos companheiros de viagem que fui conhecendo nas várias paradas ao longo do caminho. Explorei grande parte de Bangkok a pé, e grande parte de Thonburi, do outro lado do rio Chao Phya, de barco. Dormi em um beliche no trem para Chiang Mai, dividi um quarto comunitário numa casa de hóspedes lá e joguei pingue-pongue no gramado com uns adolescentes suecos.

Quando voltei da Tailândia, o apartamento parecia menor e mais quente. Imediatamente comecei a mentir de novo, com raiva das pessoas para quem mentia. E menti para mim mesmo. Passei um mês falando para mim mesmo que estava livre de Lisa Kim. Mas de repente senti que precisava fazer algo a respeito da maldita carta. Depois de toda aquela liberdade, um lado meu gostava da ideia, sentia-se de certa forma livre da irresponsabilidade e, surpreendentemente, aliviado com esse novo sentimento. Comecei a me ver puxado em duas direções bem diferentes, por um sentimento tão antigo que eu já quase esquecera e outro tão novo que eu jamais vivenciara. Havia um desejo de liberdade, mas também uma necessidade de finalmente ser responsável por algo na minha vida. Eu não sabia por que tudo isso estava subitamente acontecendo comigo, mas tinha certeza de que não estaria acontecendo se não fosse por Lisa Kim, por isso fui atrás dela.

Não consegui encontrar Peter Carey, ou Peter Clearey, no catálogo telefônico. Nem Peter Kerry, nem Peter Carray. Todos os Careys, Clearys, Kerrys e Carrays para quem telefonei responderam "É engano" quando perguntei por Peter. Já o doutor e a doutora Kim *estavam* no catálogo. Eles moravam em uma casa de madeira, branca, grande, confortável e discreta, numa arborizada rua de lajotas a poucos quarteirões do lago Michigan. A única característica marcante da casa era a porta da frente, pintada de amarelo vivo. Instantaneamente achei que aquilo fora ideia de Lisa. Tirando esse detalhe, a construção não chamava atenção, e fiquei imaginando se a família Kim, como muitos americanos de origem asiática que eu conhecia, queria simplesmente se fundir à sociedade. No fim da alameda havia uma garagem para dois carros, e, no quintal dos fundos, um modesto jardim florido que não atraía muita atenção.

A New Trier High School parecia uma dessas escolas de ensino médio de cinema. O guarda na entrada me mandou para a central de segurança. Ali, um homem atrás de um balcão examinou minha identidade.

— Sou um jornalista free-lancer a serviço do *Tribune*. Estou fazendo uma pesquisa para uma matéria sobre ex-alunos da New Trier que fazem teatro, cinema ou coisas assim.

Ele me deu um crachá e eu subi ao terceiro andar do prédio, onde a biblioteca ocupa um canto inteiro.

Pedi o livro de formatura da turma de Lisa Kim, o livro do ano anterior, e o do ano seguinte. Sentei ao lado de quatro garotas que conversavam e faziam o dever de casa ao mesmo tempo. Elas ficaram olhando para mim como se me reconhecessem de algum lugar. Na verdade, acho que era porque *não* me reconheciam: eu era um adulto anômalo. É claro que eu me sentia deslocado ali. Também sentia uma mistura de culpa e ressentimento. A culpa era porque eu começara a esconder coisas de Lydia: ela não sabia que eu estava aqui, por exemplo, tentando descobrir algo sobre Lisa Kim. Se soubesse, teria abanado a cabeça e revirado os olhos. Ela vinha me tratando como um garotinho, agindo como se Lisa Kim fosse um passarinho machucado ou um cachorro sarnento que eu trouxera para casa. Era daí que vinha o ressentimento. Na verdade, Lydia não era a única. Eu vinha escutando um monte de merda e recebendo um monte de conselhos gratuitos sobre a coisa toda.

Caramba, Lisa Kim era uma garota linda.

LISA LOUISA KIM

"Tentar quando há pouca esperança é arriscar um fracasso. Nem tentar é garantir o fracasso." Anônimo. A não coreana. A anticoreana. Fogo. Amor a Mãe Rosalie e as C's. Agradecimento a Friedrich Nietzsche. Voleibol 1; Show de Talentos 2, 3, 4; *Ensina-me a Voar 2*, *A Pequena Loja de Horrores* 3; *Hedda Gabler* 3; *Oklahoma!* 4; *A Morte do Caixeiro-Viajante* 4; Ato Único de Formatura 4.

Procurei Peter nos três livros. Nada. Li o verbete de Lisa outra vez. Depois comecei vagarosamente a ler outros verbetes. Encontrei o de Annie Pritchard, que estava também em *Hedda Gabler*, *Oklahoma!* e Ato Único de Formatura. Seu verbete incluía a designação "Água". Fogo, água. Levei algum tempo para achar "Vento". Ela era Hannah "Sammy" Stone. Não fazia parte do grupo de teatro, mas agradecia a Mama Rosalie escrevendo "Avante, C's!" Não consegui achar "Terra". Examinei cada verbete duas vezes.

Decidi procurar Peter nos outros livros. Não tive sorte, mas no primeiro encontrei Rosalie Belcher, uma aluna do último ano quando Lisa estava no penúltimo. Rosalie participara dos elencos de *Ensina-me a Voar* e *A Pequena Loja de Horrores*. Além disso, ela se autodenominava "C Mãe Terra".

Encontrei o nome de Annie Pritchard no catálogo telefônico de Chicago e telefonei. Ela pensou que eu era um vendedor.

— Não, não — disse eu. — Ouça, não desligue. Quero falar de Lisa Kim.

— Lisa? Falar o que sobre ela?

Contei a ela a maior parte da história. Falei quase toda a verdade.

— Mas quem é você? — perguntou Annie.

Depois que também contei quase tudo sobre quem eu era, ela insistiu:

— Desculpe, mas o que você quer exatamente?

— A Lisa andava saindo com um cara chamado Peter Carey, ou Cleary.

— Eu conheço o Pete Carey. Trabalhamos juntos no John Barleycorn.

— John Barleycorn?

— Ele é barman. E eu sou atriz e garçonete, assim como a Lisa.

— De qualquer forma, eu tenho uma carta que Lisa escreveu para esse cara, e só quero entregá-la a ele.

Houve uma pausa longa.

— Que tipo de carta?

— Uma carta pessoal.

— Acho que você pode mandar para mim — disse ela. — Eu poderia entregar a carta para o Peter.

— Você acha que pode?

— Acho que sim. Vou dar a você o meu endereço. Eu levo a carta para ele.

— Tá legal. Isso seria bom — disse eu. — Ou você poderia me dizer onde encontrar o Peter e eu mesmo entregaria a carta.

— Talvez seja melhor eu fazer isso. O Peter me conhece. Ele ficou bastante abalado — disse ela, fazendo uma pausa. — Lisa era meio que o amor da vida dele.

— Está bem. Claro.

Não cheguei a mandar a carta para ela. Acho que eu não queria que ela visse o que Lisa escrevera para depois passar adiante feito um pacote de batatas fritas. Eu não tinha sequer certeza se ela era amiga de Lisa, no final das contas. Mas fiz porque talvez quisesse ver Peter Carey pessoalmente.

No tal lugar chamado John Barleycorn, falei com um barman, um assistente de gerente e o gerente.

— É claro que eu me lembro do Pete — disse o gerente. — Na verdade, alguém me telefonou há pouco tempo pedindo referências dele. Vamos ver. Acho que foi lá do Paddy Shea's.

O Paddy Shea's tinha até cheiro de bar irlandês. Eles devem ter trazido tudo pronto da Irlanda. Fiquei sentado na ponta, bebericando uma Guinness, lendo o *Sun-Times* e vendo Peter Carey andar de um lado para o outro atrás do balcão. Como havia pouco movimento no meio da tarde, ele estava lavando os copos e recompondo o estoque. Não percebeu que eu estava observando, e gostei disso. Mas ele não era o que eu esperava. Tinha um sorriso afável, um jeito afável e aqueles olhos de ameixa que os romancistas dizem que as mulheres adoram, mas os pés eram voltados para dentro, a barriga parecia mole, e o ondulado cabelo escuro começava bem alto na testa.

Quando ele me trouxe uma segunda caneca, eu perguntei:

— Você é o Pete Carey, não é?

— Sou — disse ele.

— Eu já encontrei com você em algum lugar. Sou amigo da Lisa Kim.

— Que merda. Cara, a Lisa não merecia isso.

Não era a resposta que eu esperava, mas insisti:

— Acho que vocês dois eram bem chegados.

— Na verdade, nem tanto — disse ele, já se afastando um pouco.

Quando voltou, eu disse:

— Escute, Pete, tenho uma coisa que pertence a você.

— A mim?

Expliquei rapidamente e pus a carta em cima do balcão. Ele nem pegou o papel. Estava enxugando um copo no avental e leu a carta depressa, com as sobrancelhas levantadas. Depois disse:

— Isso não pode ser para mim, amigo.

— Eu acho que é.

— Nada disso significa coisa alguma para mim. Sabe, eu e ela... nós saímos algumas vezes no verão passado, mas a Lisa dava trabalho demais. Desculpe se você era amigo dela, ou coisa assim. Foi só isso. Nós não vivemos um caso amoroso. Tivemos uma ou duas noitadas, nada além disso.

Ele se afastou de novo. Eu li a carta inteira, imaginando que podia ter compreendido mal a coisa. Terminei minha cerveja e fui embora. Não me despedi.

Passei várias semanas sem fazer coisa alguma. O inverno foi ficando mais ameno, se encaminhava relutantemente para a primavera enquanto eu fingia ter deixado a coisa toda para trás, na esperança de que as pessoas parassem de me tratar feito uma tia amalucada. Na verdade, eu estava aguardando para saber o que deveria fazer em seguida. No início eu fora passivo, nada fizera além de ir ao enterro. Todo o resto viera a mim. Agora eu estava virando um agente ativo, apesar de cauteloso. A carta de Lisa fora dobrada e guardada no bolso traseiro da minha calça, junto com a carteira de dinheiro, mas não fora esquecida. Eu estava incomodado por Annie Pritchard ter me passado uma imagem errada dos sentimentos de Peter Carey em relação a Lisa. Ou então fora ele quem fizera isso. E eu também estava incomodado por ela ter relutado em me dizer como encontrar Peter. Qual o motivo daquilo? E para quem era essa maldita carta, se não para Peter Carey? Enquanto eu esperava, continuei tocando minha vida. Havia aulas a dar, provas a corrigir, perguntas a elaborar. E também um relacionamento a manter. Lydia e eu saíamos para jantar nas noites de sexta-feira, fazíamos compras, limpávamos a casa e lavávamos a roupa no sábado, visitávamos amigos ocasionalmente, íamos ao cinema, víamos TV e até tentávamos jogar Scrabble de vez em quando, mas meu coração não estava realmente em nada daquilo. Na verdade, eu estava agindo da pior maneira possível em um relacionamento: distraído e indiferente. Ou talvez eu sempre tivesse sido desse jeito, assim como Lydia, mas ela havia mudado.

Uma noite eu não conseguia pegar no sono, então levantei-me da cama e preparei uma xícara de chá. Na penumbra do nosso quarto, sentei na poltrona onde jogávamos nossas roupas e fiquei vendo Lydia dormir ao luar. Ela tinha um nariz ligeiramente romano, lábios cheios e uma emaranhada cabeleira ruiva. O cabelo foi a primeira coisa que notei nela. Na verdade, Tom MacMillan me chamara a atenção para aquilo numa festa. "Veja só aquele cabelo, aposto que os pentelhos também são assim", disse Tom MacMillan. Poxa, nós éramos jovens e idiotas, mas mesmo naquela época, aos 22 anos, Lydia já tinha um porte diferente, algo que estava na ondulação dos quadris, na inclinação da cabeça, no jeito de jogar os ombros para trás. Era como se ela dissesse "eu não devo nada a ninguém".

E não devia mesmo, por falar nisso. Lydia era a única pessoa que eu conhecia que, com aquela idade, fazia praticamente tudo sozinha, mesmo que por hábito, já que seus pais eram aleijados emocionais. Aos 14 anos, ela começou a entregar pedidos para uma pizzaria e a economizar para a faculdade. Ao saber dos planos dela, o pai disse: "Não espere que eu ajude você." Lydia não ficou esperando. Sem que os pais soubessem, ela se inscreveu num bom colégio particular e conseguiu uma bolsa de estudos para fazer o ensino médio. Passou o curso inteiro trabalhando trinta horas por semana como garçonete numa creperia, e entrou direto para a Universidade de Bennington. Quando os pais demonstraram interesse em comparecer à formatura (mesmo sem terem visitado a escola uma única vez), ela pediu que eles não fossem. Nem deu explicação, porque não devia isso a eles. Essa foi uma das muitas coisas que aprendi com Lydia Greene. Nunca dê desculpas, mesmo tendo uma boa justificativa. Quando ficava doente, ela nunca tossia, espirrava ou deixava a voz fraquejar. Só dizia "Estou doente e não vou trabalhar hoje". Nessa época, Lydia era autossuficiente sob todos os aspectos visíveis, e foi isso que realmente me atraiu: ela não precisava de manutenção. E agora ela não era mais assim.

Levantei e fiz outra xícara de chá. Quando sentei de novo, Lydia se virou, e eu não podia mais ver seu rosto. Comecei a pensar em Lisa Kim, e percebi que já sabia o que fazer em seguida. Quando amanheceu, telefonei para Annie Pritchard, a tal colega do ensino médio que quis que eu lhe entregasse a carta de Lisa, e pedi desculpas por não ter feito o que ela pedira.

— Ando tão ocupado, pensei que talvez pudesse entregar pessoalmente a carta a você. Talvez juntos pudéssemos tomar um café, uma cerveja ou coisa assim.

Não mostrei a Annie a cópia que tirara da sua foto de formatura, ela não teria gostado. Se algum dia fora bonita daquele jeito, não era mais. Se não tivesse sido, o fotógrafo não lhe fizera favor algum, ela só poderia olhar para a foto e recordar o que nunca fora.

Nós nos encontramos em um bar perto da Lincoln Square. Ela estava sentada com as longas pernas cruzadas embaixo de uma mesa de coquetel, bebericando uma taça de vinho branco que ainda não pagara, como eu descobriria mais tarde. Era alta e magra. Os braços eram uniformemente finos e sem definição, provavelmente seria possível fazer um círculo unindo o polegar ao indicador em torno do pulso e do bíceps dela. Fiquei sentado do outro lado da mesa, enquanto ela lia a carta cuidadosamente.

Depois, Annie enfiou o papel na bolsa e disse:

— Eles estavam muito apaixonados. Iam morar juntos. Lisa chegou até a dizer que haviam conversado sobre casamento, embora antes isso fosse uma coisa impensável para ela. Vou fazer essa carta chegar às mãos do Peter. Acho que ele vai gostar. Obrigada.

— Ele não quer a carta — disse eu, fazendo Annie erguer o olhar. — Eu me encontrei com o Peter. Ele não estava apaixonado por Lisa Kim. Os dois tiveram um namorico algum tempo atrás. Mas eu fiquei curioso... por que você está inventando isso?

— Eu não inventei nada — disse ela, sem demonstrar embaraço. — A Lisa é que inventou, por causa da família dela. Você sabe, eles são muito conservadores. Queriam que ela tomasse juízo e blá-blá-blá. A Lisa achava que eles parariam de encher o saco se ela arrumasse um namorado.

— Isso me parece uma mentira muito elaborada. Como você explica a carta? Ela colocou isso lá para que alguém encontrasse? E queria que a mãe lesse troços assim?

Annie Pritchard tirou a carta da bolsa e leu tudo de novo. As sobrancelhas se ergueram e ela começou a sorrir ligeiramente. Depois jogou a carta na mesa entre nós, e começou a dizer lentamente:

— Peter... o que você sabe sobre a Lisa?

— Muito pouco, na realidade.

Ela juntou as pontas dos dedos e olhou para um ponto acima da minha cabeça. Uma garçonete trouxe nosso pedido e Annie esperou até que ela se afastasse.

— Lisa Kim era brilhante — disse ela. E era encrenca pura. Era uma encrenqueira brilhante, a atriz mais natural que eu já vi. Criou o papel de Lucy Fantísima em *Gangbusters*. Essa foi a sua obra-prima, e é totalmente dela. Quem representou o papel depois só conseguiu imitar Lisa, mais nada, até mesmo Mandy Mejias. Estão imitando Lisa na Broadway até hoje. Você viu o filme? A mesma coisa. Lisa deveria ter ficado com o papel no cinema, mas ela era encrenqueira demais.

Annie tinha mania de ficar vigiando a sua reação antes mesmo que você reagisse. Aquilo me pareceu uma coisa adolescente.

— O problema é que ela nunca parava de representar — continuou. Tudo nela era uma performance, e ninguém podia dizer "corta". Ela não parava. Aquilo fodia a cabeça de qualquer um. Ela era maníaca sem ser depressiva. Estava sempre ligadona. Era como se Lisa fosse uma droga: os primeiros minutos eram cheios de euforia, mas ela envelhecia logo.

— Sabe, eu não conhecia a Lisa, e nunca conhecerei, mas o "P" conheceu e talvez tivesse amor por ela. Eu só queria descobrir quem ele é para lhe entregar esta carta. Mais nada — disse eu. — Achei que talvez você pudesse me ajudar...

Comecei a me levantar.

— Espere aí — disse ela. — Escuta, o que está em jogo nesse troço não é amor. Nem o Peter Carey. É uma questão de drogas...

Ela já estava me observando daquela forma outra vez.

— Drogas?

— Heroína. Está tudo em código. "Nossa amiguinha." Sacou? Ação de Graças é um eufemismo para a euforia que a pessoa sente. Aquela merda sobre música... quando a pessoa fica doidona, é como se estivesse entoando uma canção, segurando uma nota.

— Você está falando que Lisa Kim era viciada em heroína?

— Não seja tão moralista. O lance da heroína, a emoção verdadeira é controlar o barato, e não ser controlado. E as pessoas conseguem. Katie não quer que a gente saiba disso. As pessoas vêm tomando heroína há anos, décadas, durante a vida inteira.

Ergui o olhar para ela e disse:

— Você toma heroína?

— Todos nós tomamos — disse ela definindo um grupo, como que para frisar que eu não fazia parte daquilo e nunca faria.

— Mas não parece que Lisa estava controlando bem a coisa — disse eu.

— Não — disse Annie.

— Você parece estar se divertindo. A Lisa não era sua amiga?

— Minha amiga? Fazia muito tempo que eu conhecia Lisa. Passamos por algumas coisas juntas. Mas você quer saber se éramos irmãs de sangue, se juramos fidelidade mútua e prometemos sempre nos ajudar? — disse Annie, atraindo o olhar da garçonete que passava e pedindo outra taça de vinho. — Vou lhe contar o que nós prometemos. Prometemos fazer o que pudéssemos para nos sentir vivas o máximo possível. Se isso era ser "verdadeira" uma com a outra, ótimo. Se fosse não ser verdadeira, uma foder com a outra, ou trair a outra, também valia. Nós não acreditamos em amizade no significado cafona e convencional. Vamos colocar a coisa assim: tanto eu como Lisa éramos parte da experiência da outra. Neste sentido, éramos parte uma da outra.

— Então você também não deve acreditar em amor? — perguntei. Annie ficou simplesmente olhando para mim, mas eu insisti: — E a minha tentativa de seguir os rastros desse "P" é simplesmente idiota. Talvez ele nem exista.

— Ah, ele existe, sim. É um traficante de drogas. É isso que o "P" é. É isso que o Peter Carey é.

Annie Pritchard me deixava enojado, bebia meu vinho ao mesmo tempo que demonstrava por mim um desprezo igual ao que certos adolescentes têm pelos pais, ou que certas esposas contemporâneas têm pelos maridos enquanto estouram seus cartões de crédito. Annie parecia estar inventando a história toda ali mesmo, e ainda conseguiu pedir mais uma taça de vinho antes que eu pagasse a conta. Ao sair do bar, pensei em esquecer o assunto de vez. Joguei a carta amassada numa lata de lixo na rua, entrei no carro, dei a volta no quarteirão e peguei o papel de novo.

Não era tão fácil assim. Além disso, eu não queria esquecer esse assunto. De certa forma, já se tornara importante demais para mim (eu ignorava o medo crescente e só sentia isso porque nada mais era), porém mais uma vez eu não sabia o que fazer em seguida, de modo que mais uma vez fiquei aguardando. Numa fria manhã de sábado, algumas semanas depois, enquanto ia da loja de ferragens para a mercearia, comprei um jornal e parei no Café Express para ler e beber algo quente. Mas outras pessoas haviam tido a mesma ideia, e já não restavam mesas vazias. Estava esperando alguma vagar quando vi Tanya Kim. Ela também me viu. Talvez eu até estivesse procurando por ela: nós dois morávamos em Evanston, a poucos quarteirões um do outro, e o Café Express era exatamente o tipo de lugar que Tanya frequentaria. De qualquer modo, havia uma cadeira vaga na sua mesa, ela acenou e eu fui sentar lá. Tanya pareceu contente por me ver, assim como eu sempre ficava contente por encontrar os amigos ou as namoradas de meu irmão mais velho. E embora eu não fosse nem uma coisa nem outra, também fiquei feliz em vê-la. Nós dois tínhamos ligação curta e engraçada, que não se baseava em amizade ou afeição, mas num trauma compartilhado. Embora mal nos conhecêssemos, isso já nos convidava a fazer confidências um ao outro, ainda que timidamente.

— Como vai você? — perguntei, tentando deixar claro que ela não precisaria responder se não quisesse.

— Melhor — disse ela. — Está ficando mais fácil.

Examinei o rosto dela. Daria para adivinhar que elas eram irmãs em qualquer lugar. Tanya tinha todas as feições de Lisa, só que agrupadas de maneira um pouco diferente. Ela não era tão bonita quanto a irmã. Seja qual for a qualidade intangível que define a beleza, ela simplesmente não estava presente em Tanya.

— E seus pais?

Ela contou que o pai vivia triste, mas que a mãe "estava sendo mais asiática sobre a questão". Quando perguntou sobre mim, tive chance de contar a ela a verdade, mas não fiz isso.

— Estou bem — respondi.

Inesperadamente ela perguntou:

— Sabe qual é a pior parte disso? Agora eles estão com medo de me perder. Eu não tenho mais qualquer tipo de liberdade. Eles passaram anos tão ocupados que nem notavam minha presença, mas agora vivem me enchendo o saco. E uma vez por semana preciso subir para a liturgia no santuário da santa Lisa. Desculpe, desculpe. Você me pegou num momento ruim.

Tanya se levantou para ir trabalhar, apontando pela vidraça uma loja de equipamentos de camping chamada Outfitters, do outro lado da rua.

— Pensei que você ainda estudava — disse eu.

— Trabalho nos fins de semana. Olhe, eu não devia ter dito nada. Mas eles transformaram Lisa numa coisa que ela não era. Desculpe. Eu sei que você diz que tinha amor por ela, mas para mim Lisa era uma piranha egoísta. Nunca se lembrava de um aniversário. Só telefonava quando queria alguma coisa. Era uma piranha que transava com todo mundo... Desculpe. E uma drogada, fato esse que nós convenientemente ignoramos. E cagava para todo mundo, exceto para ela mesma.

— A Lisa se drogava muito? — perguntei.

Ela inclinou a cabeça.

— Por que você está perguntando para mim? Eu convivia pouco com ela. Na verdade, nenhum de nós convivia. Se alguém devia saber, era você. Ela se drogava?

— Comigo, não.

— Mas fazia isso com alguém. Você não se drogava mesmo com ela? Está vendo, nós tínhamos razão a seu respeito. Juro por Deus... acho que você poderia ter salvo a vida dela.

Imaginei Lydia e Steve se encolhendo.

— Ah, não fale isso. Ninguém pode salvar ninguém. —Eu podia até acreditar nisso, mas também acreditava que de certa forma estava envolvido em algo que era inevitável. — E o que significa "fazia isso com alguém"? Você alguma vez viu a Lisa se drogar? Tem certeza disso?

— Tenho — disse ela por fim, com firmeza.

— Se você não via sua irmã com frequência, posso perguntar como sabe?

— Não. Eu não sei. Preciso ir — disse ela, levantando.

— Tanya, assim você está me deixando com a pulga atrás da orelha. E não fui eu que comecei essa história. Você meio que trouxe o assunto à tona. Não pode me contar?
— Não sei. Qual é o número do seu telefone?
Ela gravou o número na agenda do celular.

Fico triste por saber que, mesmo com todos nesse mundo à procura de alguém para amar, muitos de nós não conseguem encontrar ninguém, ou encontramos a pessoa errada, ou encontramos pessoas demais. O amor é tão difícil, droga! Já se apaixonar não é. É fácil estar apaixonado, mas amar é difícil, e continuar amando é ainda mais difícil.

Se apaixonar é fácil e divertido. Eu faço isso o tempo todo, e sempre fiz. Logo que sento num avião, num jogo de beisebol ou num restaurante, procuro alguém por quem me apaixonar. E todo ano eu me apaixono um pouco por uma ou duas estudantes. Às vezes elas são da minha turma, às vezes são apenas garotas no corredor, mas eu passo o dia inteiro esperando nosso encontro. Elas são como lindas aquarelas ou canções nostálgicas que a gente não consegue tirar da cabeça. A vida é mais interessante quando a gente tem uma queda por alguém.

Mas amar alguém... Talvez a única coisa mais difícil do que amar alguém é não amar alguém. Outro dia eu vi em algum lugar que um pesqueiro de carangueijos desaparecera em um ponto longínquo do Pacífico Norte, e lembrei de Bobby Quinn. Ele era um rapaz tímido, terrivelmente solitário, que eu conheci na Tailândia por volta do Natal e que trabalhava num desses pesqueiros. Dera meia volta ao mundo procurando uma garota que quisesse ir para a ilha Unalaska e viajar no barco com ele. Bobby achava que encontrara essa garota. Seu nome era Sahli. Ela era tão tímida e infeliz quanto ele. Só podia ser.

Sahli era prostituta. Frequentemente me pergunto se ela afinal viajou com ele. Por algum razão, visualizo Sahli agachada à moda tailandesa no convés de um navio, cozinhando alguma coisa num fogareiro a carvão. As imagens são tão estranhas quanto o pequeno romance esquisito deles. Minha esperança é que os dois não estivessem naquele barco desaparecido.

Depois de me encontrar com Tanya, eu sonhei com Lisa Kim pela segunda vez. Foi um sonho erótico. Na realidade foi um sonho pornográfico. Nele, o cabelo de Lisa corria sem parar pelos meus dedos, feito água fria. Eu tocava o rosto dela com o dorso do meu indicador. Era macio como uma brisa. Ela vinha se contorcendo na minha direção. Se contorcia mais e mais. Eu não conseguia agarrar seu corpo.

Quando acordei, Lydia estava deitada de lado, olhando para mim, mas logo virou e me deu as costas. Comecei a tocar o ombro dela, mas não sabia o que fazer ou o que dizer, de modo que não fiz nem disse nada.

— Por que você não quer que a gente escreva histórias sobre o amor? — pergunta a garota de cabelo roxo.

— Simplesmente porque é difícil escrever sobre isso, nada mais. Hemingway falava que a gente deve escrever sobre o que conhece. Eventos, coisas que acontecem, coisas que a gente viu acontecer. Uma briga. Uma discussão.

— Você está dizendo que a gente não conhece o amor? — pergunta outra pessoa.

— Estou dizendo que o amor é uma coisa enormemente complexa. Não tenho certeza se aos 18 anos alguém sabe o bastante sobre o amor para escrever uma coisa realmente boa.

— Mas *você* sabe? — diz a garota de cabelo roxo. — Ora, se mais alguém nesta sala se apaixonou por uma mulher morta fictícia, pode levantar a mão.

— Eu não me apaixonei pela Lisa Kim — digo. — Mas você tem razão, de certa maneira é exatamente isso que eu estou dizendo. O amor é uma noz dura de se quebrar. Vocês podem escrever sobre o desejo. E certamente podem escrever sobre a paixão.

— Essas duas coisas não são aspectos do amor? — pergunta Nick.
— Claro.
— Por que você está nos diminuindo? — continua ele.
— Estou fazendo isso? Acho que sim, melhor eu parar. Vocês podem escrever sobre o que quiserem. Eu só quero dizer o seguinte: a maioria dos textos bem-sucedidos aborda coisas que o escritor compreende bem, e o amor é difícil de compreender em qualquer idade, inclusive aos 18 anos. Talvez especialmente aos 18. Eu sei que sabia pouco sobre isso quando tinha essa idade. E com isso não quero insultar ninguém, embora provavelmente esteja fazendo isso, mas a maior parte das histórias escritas por adolescentes sobre o amor não é muito boa, por isso eu gentilmente empurraria vocês na direção dos tópicos que dominam bem: pais, famílias, amigos, escola, irmãos e irmãs, hipocrisia adulta, bons e maus usos do poder e da autoridade, professores ruins. Frequentemente os jovens escrevem histórias ótimas sobre assuntos assim. É mais raro escreverem histórias boas sobre o amor. É isso que quero dizer.

— Por que o amor é tão difícil? — pergunta o garoto com cara de cachorro.

— Ah, por favor! — exclama uma garota. — Até parece que você sabe alguma coisa sobre esse assunto...

— Então diga lá: por que o amor é tão difícil?
— Porque dói — diz a garota.
— Sempre?
— Pode machucar — diz a garota. — Tem grande potencial para machucar. Quando a gente não tem amor, só consegue pensar em receber. E quando recebe, só consegue pensar em perder.

A garota de cabelo roxo abana a cabeça, dizendo:
— E quando perde... Meus pais se divorciaram quando eu e meu irmão éramos muito pequenos. Eu quase não me lembro dos dois juntos. Ele se lembra de um pouco mais. Nenhum dos dois voltou a casar. Quer dizer, meu pai casou de novo, mas a coisa durou muito pouco. Não funcionou. Minha mãe nunca mais casou. Agora, depois de tantos anos, eles mal conseguem se falar. Mal conseguem ficar juntos no mesmo aposento...

Ela continua a falar, contando uma história incrível. Recentemente o pai lhe deu uma caixa de fotografias que estava prestes a jogar fora, dizendo displicentemente que talvez ela gostasse daquilo. A garota se sentou de pernas cruzadas na cama, examinando cada uma das fotos. Eram todas dos primeiros anos: seus pais namorando, dançando, de férias no México com cabelos compridos e calças boca de sino, os braços entrelaçados, o casamento, um oferecendo bolo ao outro. É claro que eram fotos, logo na maioria delas eles estavam posando. Mas havia uma em particular que era um instantâneo do pai da garota contando uma piada. Ele estava de pé, com um chapéu festivo na cabeça e os braços abertos. Todo mundo na foto estava rindo, mas ninguém mais do que a mãe: ela tinha lágrimas nos olhos e uma das mãos no peito. A garota de cabelo roxo viu claramente no rosto da mãe que ela estava orgulhosa do marido, e completamente apaixonada por ele.

— Não consegui tirar os olhos daquela foto — diz ela. — Eu nunca tinha visto os dois apaixonados. Nem soubera que um dia eles haviam se sentido assim. Mas naquela foto e em algumas outras os dois claramente se amavam. Eu guardei aquela e passei a usá-la para marcar meus livros. Pegava a foto quando a aula estava chata... Mas nunca a sua, professor...

— É claro que não.

— Ficava olhando para a imagem, não sei por quê. Eu simplesmente achava que era importante para mim descobrir que eu fora concebida com amor. Isso era algo que eu nunca soubera, e que eu nunca considerara uma possibilidade. Acabei emoldurando e colocando a fotografia perto da minha cama.

Um dia, a garota de cabelo roxo percebeu que a foto desaparecera. Ela perguntou à mãe o que acontecera. A mãe falou que jogara a foto fora. A garota pirou. Perguntou que direito tinha a mãe de tocar em algo particular dela.

— Ela falou que a foto não era minha, era dela. Falou que não queria que eu ficasse olhando para aquilo, porque distorcia a verdade, porque era uma mentira. Eu acho que *ela* não queria olhar para a foto, porque ali *havia* uma verdade, uma verdade que ela não conseguia encarar.

— Escreva isso — digo.
— O quê?
— Aí está a sua história. Escreva isso.
— É isso aí — diz o garoto com cara de cachorro. — Escreva a história exatamente como você contou para a gente.
— Se você fizer isso, a história também vai conter uma verdade — digo.
— Que verdade? — pergunta a garota de cabelo roxo.
— Você é que sabe.
— Que o amor é uma roubada — diz alguém.
— Que o amor é muito parecido com o ódio.
— Que o amor pode virar ódio.
— Facilmente — digo.
— Que tal... que o amor não é eterno? Que o amor é passageiro? — diz Nick. — Que o amor não dura, por mais que a gente deseje que dure.
— Que tal dizermos "O amor não é necessariamente eterno"? — digo.
— Agora você está sendo evasivo — diz Nick.
— Boa palavra — diz alguém.
— É de *Macbeth* — diz Nick.
— Eu não acho... — começo a dizer.
— É claro que acha — atalha Nick. — Quero dizer, "o amor não é necessariamente eterno" é uma coisa óbvia, certo? Olhem só para Hollywood, olhem só para os pais dela. É óbvio. Já "o amor não é eterno" é uma novidade. "O amor não é eterno" é a Verdade, com V maiúsculo.
— Só não tenho certeza se isso é verdade — digo.
— Ah, professor, você é um romântico — diz alguém.
— Não...
— É claro que é. Você se apaixonou pela garota do carro, um personagem que inventou, ou pelo menos fala que inventou.
— Bem...
— É isso então? — pergunta Nick. — Só os românticos podem escrever sobre o amor?

— Não foi isso o que eu quis dizer — digo.
— Ah, professor... você é um nazista do amor — diz a garota de cabelo roxo. — É sim, o senhor é um nazista do amor.

5

CRÔNICAS DE VIAGEM

ENTRADA: BANGKOK E CHIANG MAI, TAILÂNDIA
de Pete Ferry

Embora nem os funcionários tailandeses nem os americanos gostem de falar no assunto, a prostituição é uma indústria importante na Tailândia. Em parte, trata-se de uma herança da Guerra do Vietnã, durante a qual Bangkok virou um centro importante para os soldados americanos de licença. Em sua maior parte, porém, é um produto de antigos fatores culturais e modernos fatores econômicos. Sejam quais forem as origens e explicações, a prostituição na Tailândia é um fenômeno que o visitante não pode ignorar e do qual também não pode escapar.

— Quando cheguei à Tailândia, eu não procurava uma mulher — disse Bobby Quinn. — Eu não tinha a intenção de... hum... contratar uma prostituta. E agora, olha só: estou com duas.

Uma delas estava sentada ao lado dele, à minha frente. Era uma grande mesa de ocidentais, e todos nós estávamos comendo e bebendo. O nome dela era Sahli. Era uma moça esguia, com feições felinas, pele morena clara e longos cabelos pretos. Parecia muito tímida, e nenhum de nós dois achava que ela falava inglês. Enquanto nos servíamos de outra cerveja, ela bebia silenciosamente uma soda-laranja.

A outra estava lá em Bangkok. Bobby explicou:

— Dei férias a ela quando vim para Chiang Mai.

— Como você encontrou a de Bangkok?

— O motorista do primeiro táxi que peguei perguntou se eu queria uma mulher. Eu disse que não, e ele falou "por que não dá uma olhada? É sem compromisso. Não custa nada olhar". Daí ele me levou a uma casa de massagem com trinta ou quarenta garotas, e... você sabe, saí andando com uma, que comprei por duas semanas.

— Quanto custou?

— Trinta pratas por dia, mas eu sei que fui explorado. Podia ter ficado com ela por vinte. Essa aqui me custou vinte — disse ele, indicando Sahli. Ela se levantou rapidamente, se afastou da mesa e saiu correndo pela porta do restaurante.

— Meu Deus, Bobby — disse eu. — Acho que ela entendeu o que nós falamos.

— Acho que não.

— Talvez fosse bom ir atrás dela.

— Ela vai ficar bem.

— Você não se importa se eu for? — perguntei.

Encontrei a garota parada na margem do rio, de costas para mim. Eu me aproximei dela, mas não muito, e falei em tom baixo. Decidi falar em inglês, como se ela entendesse.

— Sahli, o que nós falamos foi muito insensível. Nós magoamos você, e pedimos desculpas. Estamos todos nos sentindo muito mal — disse eu. Fiquei parado ao lado dela, mas não perto demais. Falei da beleza do rio, de Chiang Mai, e do norte da Tailândia. Depois de alguns instantes, sorri para ela e fiz um gesto com a mão, dizendo:

— Você gostaria de voltar lá para dentro?

Ela hesitou, mas veio, com os braços ainda cruzados sobre o peito. Sentamos lado a lado na mesa, e nenhum de nós tomou parte na conversa.

Bobby Quinn ganhava a vida pescando caranguejos gigantes no Alasca. Ele partia da ilha Unalaska, nas Aleutas. O trabalho era muito lucrativo, mas também muito perigoso. Bobby tinha 28 anos. Vinha pescando havia sete. No ano anterior, fora ao mar apenas duas vezes: uma por trinta dias, e a outra por 42 dias. Nessas duas viagens, ganhara dinheiro suficiente para viver bem e viajar pelo mundo. Ainda assim, dizia que "os navios sempre afundam e os tripulantes sempre se afogam". Às vezes ele tinha a sensação de que seu prazo de validade já se esgotara. O irmão, que fora quem inicialmente atraíra Bobby para o Alasca, já não saía para pescar.

— Estou procurando outro ramo de trabalho — dizia Bobby com simplicidade. Mas a gente sentia que seria difícil para ele renunciar ao dinheiro e à liberdade.

Bobby era alto, magro feito um caniço e quase bonito. Tinha olhos grandes como os de uma corça e um jeito hesitante, tímido. Quando nos conhecemos melhor, ele admitiu que na verdade viera à Tailândia à procura de uma mulher. Não era o único.

Bangkok é o bordel da Ásia, e os turistas típicos são homens solteiros na faixa de vinte a cinquenta anos que vêm da Austrália, do Japão, de países asiáticos, como o Kuwait e a Arábia Saudita, ou países europeus, como a Alemanha. De fato, é tão raro ver uma mulher ocidental solteira aqui que você quase enrubesce quando isso acontece. É como encontrar sua irmã ao sair de uma livraria pornô. A cidade inteira exala uma ligeira sordidez. Há shows de voyeurismo, shows de excentricidades e shows de sexo ao vivo. Há a famosa massagem de Bangkok, que pode até incluir uma massagem, e, claro, há também trepadas convencionais em qualquer esquina. Todos os hotéis (até os mais caros e exclusivos) permitem que prostitutas exerçam seu ofício, e todo motorista de táxi é um agenciador. O comprador pode contratar qualquer tipo de serviço sexual por uma fração do que custaria em Tóquio, Paris ou Nova York.

Contudo, além da economia e da facilidade, existe mais uma coisa que dá à prostituição tailandesa seu caráter único. São os serviços que as prostitutas tailandesas estão dispostas a prestar e que não têm caráter sexual.

— Elas são chamadas de esposas temporárias — disse Bobby.

— Lavam suas roupas, dão banho em você, engraxam seus sapatos enquanto você dorme, saem para comprar comida, tomam conta de você se você ficar doente, riem das suas piadas e esfregam suas costas. É maravilhoso.

As prostitutas da Tailândia vendem companhia e algo mais. Elas vendem a ilusão do amor — amor temporário — e às vezes até amor verdadeiro. É sempre perigoso ver o lado bom de algo tão insidioso e maligno como a prostituição, mas eu não pude negar a sensação que tive de que algo humano estava acontecendo ali. Nós todos precisamos desesperadamente ser amados.

Quando estava na Tailândia, eu pensei em um velho amigo que visitou Bangkok há alguns anos. Hoje ele é um advogado proeminente em Chicago, mas na época não passava de um garoto dando uma daquelas voltas ao mundo que só se faz uma vez na vida. Tempos depois, ele me contou, baixando o tom de voz, sobre uma garota tailandesa que se apaixonara por ele. Sim, ela era prostituta. Ainda assim, meu amigo acordava e via a garota olhando para ele. Ela adorava ver meu amigo falar, e por isso ele falava sem parar. Chorou quando meu amigo partiu, e ele lhe deu metade do dinheiro que tinha. "Ela pediu para vir comigo, e confesso que por um minuto cheguei até a pensar nisso", revelara-me ele, dando um sorriso envergonhado.

Quando cheguei a Bangkok, depois de passar 21 horas em aviões ou aeroportos, fui direto para o bar do hotel. Eram dez horas da noite. Pedi uma cerveja e fiz algumas anotações. Uma jovem tailandesa estava sentada ao meu lado, fumando e falando em voz baixa com a atendente do bar. Parecia entediada, talvez triste. Subitamente chegaram dois australianos grandalhões. Falavam alto, davam beijos molhados e bebiam cerveja. Quando resolvi ir dormir, um deles já se atracara com a tailandesa. Com voz rouca e nada discreta, dizia: "Tá legal, tá legal. Pouco me importa o que você era ontem à noite. Ontem à noite já foi embora para sempre. Só me importa hoje à noite, e só sei que hoje à noite você é minha dama."

Às sete da manhã seguinte, a cafeteria estava cheia de jovens árabes com suas namoradas tailandesas, que trabalhavam no turno da manhã, já que seus namorados não bebem. (Já as namoradas dos australianos só chegam para o serviço um pouco mais tarde.) Todos os árabes e as moças fumavam Marlboro e bebiam Coca-Cola no café da manhã, acompanhando com batidas no tampo das mesas o som alto de músicas de rock. Um casal bebia do mesmo copo, mas com canudos separados. Reinava uma atmosfera típica de lanchonete terceiro-mundista. Então uma das namoradas tailandesas saiu zangada da sala, seguida ansiosamente por seu enorme namorado africano. Tive a impressão de que ela fora insultada por ele.

Li um guia de viagens, comi torradas e bebi suco de laranja enlatado. As pessoas que entravam na sala olhavam para mim com certa curiosidade. Eu me sentia notoriamente isolado. Uma sensação que tive durante toda minha estada na Tailândia. "Será que ele é padre? Policial? Viado?" Ocasionalmente eu sentia necessidade de explicar e até, de certo modo, pedir desculpas. "Eu sou comprometido, sabe... fiz uma promessa... objetividade profissional..." Só não mencionava meu medo obsessivo da aids, porque ninguém parecia preocupado com isso. "Ah, um médico examina as garotas a cada semana. E todas elas têm camisinhas", argumentou com alegria um americano que conheci. "Eles realmente controlam a coisa aqui. É uma história de sucesso asiático, você pode ler a respeito." Além disso, tocar nesse assunto ali era um pouco como falar de desastres de avião voando a dez mil metros de altura.

No ônibus para o centro de Bangkok, fui estudando o folheto do hotel, que continha um mapa da cidade. Notei duas fotos, uma tirada no saguão e outra na cafeteria, mostrando ocidentais muito felizes com tailandesas muito novas. Essa é a face mais feia da prostituição na Tailândia. Muitas vezes envolve crianças. As fotografias não eram acidentais. Eram anúncios.

Nos bordéis, as garotas são separadas por idade. As que têm menos de 18 anos ficam de um lado do salão; as que têm mais ficam do outro lado. Aparentemente os homens, especialmente ocidentais, gostam de garotas muito jovens. Quanto mais jovem a garota for, mais popular e bem-sucedida tende a ser. Ao ouvir uma breve menção de que tinha 21 anos, contou Bobby, a tal garota que ele comprara em Bangkok objetara veementemente, chegando até a chorar, e jurara que só tinha 18. Bobby estava pouco se lixando, e o cafetão dera de ombros. Para a garota, porém, aquilo era mais do que uma questão de vaidade. As prostitutas tailandesas, como ginastas internacionais, têm carreiras que começam cedo e terminam logo.

Ao final da tarde no meu primeiro dia na Tailândia, fui passear por lojas e hotéis de luxo ao longo da rua Rama IV. Talvez eu simplesmente já estivesse predisposto a isso, mas notava casais estranhos por toda parte de Bangkok. Às vezes eles caminhavam de mãos dadas, e às vezes de braços dados; às vezes pareciam temer se tocar, feito adolescentes que saem pela primeira vez. E nem nesse dia nem em qualquer outro vi alguém sorrir com sarcasmo, erguer as sobrancelhas, ou olhar de esguelha, mesmo quando a diferença de idade era obscena. Se aquilo não era considerado normal, ao menos era rotineiro.

À noite, jantei cedo no adorável jardim do sofisticado restaurante J'it Pochana, cercado por outros casais. Havia uma tailandesa muito elegante e bem-vestida, de cerca de 35 anos, com um alemão bêbado que cabeceava sobre o prato de comida e sorria debochadamente para ela. Não consegui descobrir qual era o relacionamento entre os dois. Ela não se enquadrava no estereótipo, mas também não parecia ser esposa ou secretária. Havia um rapaz australiano, bem-apessoado, tentando insistentemente conversar com sua namorada tailandesa, sem grande sucesso. Um americano gordo e bonito, com diversos anéis de ouro, segurava uma taça de conhaque numa das mãos e um enorme charuto na outra. A garota sentada do outro lado da mesa brincava com o canudo da sua Coca-Cola. Quando os dois saíram, ela quase caiu dos saltos altos.

Lá no saguão do hotel, havia uma partida internacional de futebol sendo exibida na televisão. Todos estavam sentados ali, assistindo juntos: os árabes, os australianos, os europeus, o único africano e até os japoneses. Lá do outro lado, as namoradas estavam todas juntas em uma grande mesa na cafeteria. Fiquei olhando para elas, imaginando se eram craques em ortografia, pois as asiáticas sempre haviam sido isto para mim: mulheres pequenas, bonitas e passivas, que seguiam as regras e ganhavam concursos de ortografia. Sentado na cafeteria, observando aquela estranha e interessante pequena comunidade de prostitutas, pensei que eu raramente olhava para o rosto das asiáticas. Isso mudara recentemente, não só por causa daquela viagem, mas também porque eu me vira súbita e dramaticamente lançado na vida de uma jovem coreana que parecia decidida a não ser típica, e que estava me levando a reavaliar preconceitos que eu nem sabia que tinha.

Vestindo uma sunga e um roupão, desci para nadar. O australiano da noite anterior percorria a piscina com braçadas lentas e sofridas, com sua namorada sentada na borda. A cada poucos minutos ele parava e ficava conversando com ela em voz baixa. Eu me sequei, pedi uma Singha, pus os pés para cima, recordei várias vezes que estava de férias e disse a mim mesmo que podia me divertir. Quando abri o *Bangkok Post*, porém, a primeira notícia que vi foi sobre uma incursão da polícia para libertar umas garotas mantidas em regime escravo. As que tinham menos de 16 anos haviam ficado sob custódia do governo.

Bangkok estava me deprimindo. Decidi partir no dia seguinte, pegando o trem noturno que atravessa as montanhas, para Chiang Mai, a capital do norte. Foi nesse trem que conheci Suzanne Schmidt, uma cineasta alemã que estava fazendo um documentário sobre a prostituição. Ela entrevistara as garotas de um bar, ficando impressionada com sua candura. Elas se recusavam a justificar, desculpar ou racionalizar qualquer coisa. Perguntei se todas eram grandes atrizes.

— Ah, não, de jeito algum.

— Mas elas não podem ser sinceras...

— Ah, são sim, acho que são. São amáveis conosco, e também umas com as outras. Querem agradar. São ótimas anfitriãs, que querem que seus convidados fiquem relaxados e contentes.

— Como anfitriãs, sim, mas como amantes...

— Elas entendem a afeição de maneira diferente. Talvez seja o budismo. Elas veem todos os relacionamentos, não só este tipo, como transitórios. Têm menos expectativas do que nós.

No mesmo trem conheci uma assistente social, que pediu para não ser identificada, e que discordava frontalmente disso. Ela morara no Sudeste da Ásia durante quase vinte anos, e adotara duas meninas laocianas, que agora eram adolescentes.

— Essas tais namoradas tailandesas são umas garotas muito tristes. Elas não querem essa vida. São forçadas a isso. Muitas são pobres e ignorantes demais para ter escolha. Se você soubesse algumas das coisas que eu já vi. Quando há incêndios, as garotas são encontradas acorrentadas nas camas.

— Ainda assim, muitas parecem trabalhar com liberdade.

— Para muitas essa é a única chance.

— Chance de quê?

— Chance de ganharem dinheiro, dormirem em hotéis de luxo, comerem em restaurantes sofisticados e comprar roupas ou joias baratas. Às vezes a garota é muito, muito jovem. Pode até encontrar algum ocidental que se apaixone e vá embora daqui junto com ela.

— Isso acontece?

— Claro... todo dia alguém ganha na loteria.

Tudo isso estava na minha cabeça uma semana depois, quando jantei com Bobby Quinn e Sahli. Antes que ela cruzasse os braços e saísse, eu perguntara a Bobby o que havia de errado com a garota em Bangkok.

— Na verdade, nada. Ela é uma garota maravilhosa, e faz qualquer coisa para mim. Só que lá dentro estava escuro, e eu fiquei nervoso. Não sei. Ela é um pouco pesadona. Às vezes eu brinco, e falo que vou pedir a troca dela na "Dias Felizes"... esse é o nome da casa de massagens... mas...

— Você pode fazer isso?

— Ah, sim, mas ela fica toda nervosa, falando "Não! Não! Não!". Ela não quer voltar para lá — diz ele, fazendo uma pausa longa. — Além disso, ela tem um filho e não quer ir para o Alasca.

— Ir para o Alasca? Você propôs isso a ela?

— Nós conversamos sobre isso. Eu mostrei a ela minhas fotos.

De um envelope amarfanhado, Bobby tirou 24 fotos mostrando uma paisagem desprovida de árvores, seu barco, seus amigos, a cidade, a cabana de um amigo que parecia a sede de um clube construído por adolescentes como diversão e algumas vistas aéreas.

— Lá, a maioria das mulheres já é rodada. Bastante rodada. Você pode ir a Anchorage e arrumar uma mulher. Ou ir a Seattle. É claro que seria muito bom ter uma mulher lá.

— E Sahli?

— É... ela diz que vai.

— Você propôs isso a ela?

— Propus.

Na manhã seguinte, quando sentei no banco da frente do velho Nissan Cedric com o guia, Roger Hodges e sua esposa Namor já estavam sentados atrás. Passaríamos o dia excursionando pelo norte da Tailândia, flertando com o Triângulo Dourado, visitando a aldeia de uma tribo Meo, assistindo a um show de elefantes encenado nas acidentadas florestas de teca no altiplano e visitando uma fazenda experimental de cultivo de orquídeas. Embora não houvesse perigo real, nossa excursão seria apimentada pelos boatos que ouvíamos sobre emboscadas de guerrilheiros e escaramuças de traficantes de drogas na área.

Roger era um australiano amável e circunspecto, que dobrou as pernas compridas à frente do corpo e afundou no assento. Eu não fazia ideia de sua altura até que, algum tempo depois, saltamos do veículo. Eu e ele ficamos conversando enquanto a esposa, que era tailandesa, falava com o guia.

No decurso da conversa, eu disse que não gostara muito de Bangkok. Roger gostava, e disse à guisa de explicação:

— Canberra é uma cidade de burocratas. Silenciosa... e pouco vibrante.

Ele trabalhava em uma companhia de navegação. Era a sexta vez que vinha à Tailândia; na primeira conhecera a esposa, e na terceira casara com ela. Agora viera visitar a família e os amigos de Namor.

Roger era um grande admirador do povo, das belezas naturais, da cultura, e da história do país.

— A Tailândia existe há 2.500 anos, enquanto nós, no Ocidente, pensamos que temos cultura. Aqui é a terra da liberdade — continuou ele. (Os tailandeses reivindicam esse título, porque, diferentemente da maioria de seus vizinhos, o país nunca foi colonizado.) — Vou lhe contar uma coisa... se houvesse uma guerra, eu gostaria de ficar do lado da Tailândia. Os tailandeses nunca desistem.

Eu não tinha total certeza se Roger entendia mesmo do assunto, mas gostei dele. Era um homem reservado e despretensioso, com pouco mais de trinta anos, que não sabia onde colocar as mãos, principalmente quando tirei uma foto do casal defronte de uma pequena cachoeira onde paramos. Depois Namor saiu com o guia, saltando de pedra em pedra rio acima.

Eu e Roger tiramos os sapatos e refrescamos os pés. Sim, Namor gostava muito de Canberra, e convivia com outras garotas tailandesas que havia lá. Falava um pouco de inglês, e Roger falava um pouco de tailandês.

— Mas é uma língua muito difícil. Tem 47 letras, mas só uma vogal. Há mais dez letras que são usadas apenas em palavras cerimoniais. E não existem preposições.

Namor saltitava nas rochas acima, fazia caretas para nós e gritava com voz esganiçada. Era engraçadinha, mas não chegava a ser bonita. Ainda usava a camiseta vibrante e os jeans apertados que compõem o uniforme das "namoradas" tailandesas, mas abandonara os saltos altos em favor de tênis, mais sensatos.

— Ela é uma criatura muito inocente, no sentido de não ter inibições, ser muito natural. Não tem noção da moralidade ocidental, entende? — disse Roger, olhando para a esposa com ar divertido. Fiquei um pouco surpreso com aquele tom paternalista. — Eu só preciso alimentar Namor 24 horas por dia. Ela come sem parar.

Mais tarde, já voltando para o veículo, ela saiu correndo na nossa frente até um quiosque de alimentos.

— Está vendo? — disse Roger, sorrindo.

Aquela era minha última noite em Chiang Mai. Tomando uns drinques com Bobby Quinn de novo, falei a ele de Roger e Namor. Ao final da tarde seguinte, carregando apressadamente a bagagem pela plataforma da estação a fim de pegar o trem noturno para Bangkok, vi Sahli se aproximando de mim. Ficamos muito contentes por nos vermos, como se fôssemos velhos amigos ou algo assim. Sentimos vontade de nos abraçar, mas no último momento achamos que não era conveniente.

— Sahli, que diabos você está fazendo aqui? — perguntei.

— Bobby — disse ela, apontando para o trem e levantando oito dedos.

— Bobby está no trem? — perguntei. — Ele está indo embora de Chiang Mai? Mas por quê?

Sahli não conseguiu responder a essas perguntas. Deu de ombros e sorriu. Nós trocamos reverências e demos risadinhas, de novo resistindo à tentação de nos tocarmos. Depois nos separamos. Eu me virei para ver Sahli se afastando, e ela fez o mesmo uma vez.

Depois de me instalar, já a caminho, encontrei Bobby no vagão 8 e paguei uma cerveja para ele. Fiquei surpreso com sua presença no trem, porque ele só pretendia partir dentro de dois, três ou mais dias. Contudo, as coisas haviam mudado depois que Bobby procurara Roger e Namor. Os dois casais haviam passado o dia juntos. Roger dera a Bobby alguns conselhos bem específicos:

— Passem o máximo de tempo possível juntos. Depois vá para casa. Escreva cartas. Espere algum tempo. Volte à Tailândia. E então tome uma decisão.

Bobby estava indo para Bangkok ver se conseguia uma extensão do seu visto. Tanto ele quanto Sahli sabiam que a probabilidade era pequena, mas... Bobby já imaginava Sahli com ele lá no pesqueiro de caranguejo. Talvez ela soubesse cozinhar. Os dois haviam ficado deitados juntos no escuro, conversando. Ela parecia disposta. Só que era muito calada e tímida. Ele queria que ela fosse mais extrovertida, feito a mulher de Roger.

À noite, parei para conversar com uma americana no meu vagão. Ela era uma filóloga de San Jose, Califórnia, que vivia há 15 anos no Sudeste da Ásia, e nos dois últimos vinha dando aulas na Universidade de Chiang Mai. Eu repeti o que Roger me falara sobre a língua tailandesa. Ela sorriu e abanou a cabeça. Estava tudo errado. Há muitas vogais, e, é claro, também preposições.

Ao chegar a Bangkok na manhã seguinte, eu e Bobby rachamos um táxi. Ele deu o endereço de seu antigo hotel.

— E a garota que está lá? — perguntei.

— Não sei. Não quero muito ficar com ela depois de Sahli, mas também não quero que ela fique magoada — disse ele, fazendo uma pausa. — Posso dar a garota para você. Quer?

— É claro. Eu dou a você três cartões de beisebol raros por ela — respondi, e nós dois rimos. — Não. Como vou embora amanhã, não quero estragar tudo, porque não poderia mais ser besta a esse respeito.

Percebi que mais uma vez estava me desculpando por não ter participado do circo carnal tailandês.

Do outro lado da estreita rua do meu novo hotel existia uma boate de striptease. Garotas com cabelo pela cintura e saias justas ficavam sentadas no bar ao ar livre que havia na frente. Quando passava um cliente em potencial, elas paravam de conversar, lançavam olhares maliciosos, faziam gestos, lambiam os lábios, piscavam e assobiavam. Lembravam operários no intervalo do almoço que construíam um arranha-céu em Chicago.

Passei o dia todo percorrendo lojas, bazares, o mercado indiano e o enorme bairro chinês de Bangkok. Oficialmente, eu estava fazendo compras. Na verdade, estava pensando em Bobby e Sahli, Roger Hodges e Namor, e também na minha coreana de Chicago. Estava pensando nas pequenas crianças em idade escolar que eu vira por toda parte, todas de calças ou saias azuis, blusas brancas engomadas e mochilas pretas. Estava pensando nas salas cheias de monges cantando com suaves vestes cor de açafrão, e nos piratas tailandeses que exploram os refugiados. Estava pensando nas adolescentes tailandesas que davam risinhos ao cantar canções da Motown, enquanto o trem de Chiang Mai subia as montanhas. E também nos engraçados adolescentes repulsivos que compartilhavam uma garrafa de uísque tailandês e gritavam debruçados nas janelas. Lembravam minha velha turma do ensino médio. Estava pensando em cada garota bonita que eu vira acompanhando um homem feio. Nas centenas de táxis que buzinavam para mim, e nas dúzias de pessoas que cruzavam meu caminho e perguntavam aonde eu ia. Na mulher que saíra de casa, atravessara a rua e viera se acocorar ao meu lado enquanto eu descansava na sombra perto de um riacho. Ela tocara na minha perna e perguntara: "Eu amo você?"

Levantei ao alvorecer. Peguei o ônibus comum da cidade até o aeroporto, porque custava menos do que o táxi. Como era domingo, nem o ônibus nem as ruas estavam cheios de gente. No outro lado do corredor do ônibus, uma garota dormia com uma brochura na mão, onde estava escrito em grandes letras vermelhas "Gata Sensual". Havia um instantâneo de uma garota posando com a mão atrás da cabeça, feito Marilyn Monroe. Como o cabelo da garota caíra para a frente, eu não sabia se era ela que estava na foto. Fiquei olhando, enquanto imaginava se ela acordara muito cedo ou estava indo dormir muito tarde. Eu desconfiava que a última resposta era a certa. Examinando melhor, vi que ela usava uma calça de couro branca e saltos altos. E levava uma bolsa de mão muito cara, feita de couro. Ali, percebi de repente, estavam cravadas dezenas de pequenos bonecos do programa *Vila Sésamo*.

Quando saltei do ônibus, ela ainda dormia.

6...

PROCURANDO PETER

Quando passei pela porta, Lydia estava sentada no sofá com os braços cruzados.
— Oi — disse eu, um pouco surpreendido.
— Tem um recado para você.
— Está bem. Art já foi passear? — perguntei.
— Ele pode esperar.
Pus minha valise na mesa da sala de jantar, fui até a cozinha e apertei a tecla.
— Pete, aqui é Tanya Kim. Hum, o exame de heroína da Lisa deu positivo. Foi uma autópsia particular, e meu pai pediu sigilo, de modo que ninguém sabe, mas eu decidi que você deveria saber. Por favor, não divulgue isso. Tchau.
Rebobinei a fita e ouvi qual fora o horário da chamada. Bem no meio do dia, quando Tanya podia ter quase certeza de que eu não estaria em casa. Obviamente ela não queria falar comigo sobre o assunto.
Eu me virei, e vi Lydia parada na soleira da porta, com os braços ainda cruzados.
— Que diabo é isso aí?
— Lisa Kim. Olhe, eu sei que isso parece estranho, mas...

— Eu achava que Lisa Kim estava morta — disse ela, incisiva.
— Foi a irmã dela que ligou.
— E por que a irmã dela telefonou para você? Não estou entendendo. Você anda saindo com a irmã dela?
— Não, não. Eu esbarrei com a Tanya no Café Express no sábado passado. Nós tomamos café juntos. É meio fascinante, na verdade. Ela acha...
— Isso não é fascinante. Não é nem um pouco fascinante. É um pouco doentio, se você quer minha opinião. Acho que você está obcecado. Pelo amor de Deus, como você conheceu a irmã dela, para começar?

Ela me pegara. Eu estava perdido.

— Por que ela reconheceria você? Por que *você* reconheceria a Tanya? Você conhece essa mulher?

Encurralado, eu disse em voz baixa:
— Eu fui ao enterro.
— Ah, Jesus — disse Lydia, afundando na cadeira da mesa da cozinha e enfiando a cabeça entre as mãos. — Por que você está se envolvendo na vida dessas pessoas, pelo amor de Deus?
— Não estou me envolvendo...
— E quanto às *nossas* vidas? O que aconteceu com as *nossas* vidas?

Eu poderia ter dito: "Achei que você não queria vidas juntas. Não era esse o trato? 'Uma aliança em vez de um casamento', não foi o que você falou uma vez?"

Em vez disso, porém, eu disse:
— Eu sei... ando meio distraído.
— Meio? Meu Deus! Você esqueceu meu aniversário. Tirou quantos dias de folga do trabalho agora? Deixou sua carteira em cima dos abacates na mercearia, e só percebeu quando liguei para você. Perdeu o carro por dois dias... como alguém pode perder um carro? Outra coisa... que negócio é esse de heroína? E me fale o seguinte... o que significa "eu decidi que você deveria saber"? Você estava tendo um relacionamento com essa mulher? Já conhecia a morta antes do acidente? Estava perseguindo Lisa Kim ou coisa assim?

— Perseguindo Lisa Kim?
— É, perseguindo. Você ainda está perseguindo Lisa Kim. Ela está morta, mas você continua a perseguição.
— Eu?
Eu chamo Art de "o cachorro que passeia sozinho", porque ele não precisa de coleira: segue rente ao meu calcanhar aonde quer que eu vá, até pelo meio de uma multidão, no tráfego pesado ou por quilômetros e quilômetros, como na noite daquela discussão. Eu parti fumegando de raiva de Lydia, que usara a palavra "relacionamento" em vez de "caso" por puro hábito, pois "caso" sugeriria algo ilícito. Antigamente ela insistia que nenhum relacionamento, por mais breve que fosse, podia ser ilícito. Quando nós nos conhecemos, Lydia era promíscua por uma questão de princípio. Uma vez chegara a se vangloriar de que já dormira com pessoas de todas as raças e de 24 nacionalidades, como se estivesse colecionando selos do correio ou carimbos no passaporte. Durante uma época, ela perguntava às pessoas nas festas se elas conheciam algum egípcio ou surinamense bonito. Eu achava tudo isso divertido e até excitante, como se a rebeldia dela valorizasse o meu papel de companheiro. Durante uns dois anos, depois que começamos a viver juntos, sempre que se sentia desconfortavelmente próxima de mim, ela reagia saindo e dormindo com outro homem. Essas ligações nunca me perturbaram muito, porque quase sempre eram aventuras que não passavam de uma noite.

Mais tarde, ainda naquele passeio noturno, comecei a pensar em Lisa Kim. Annie Pritchard falara a verdade: Lisa pegava pesado na heroína. Diabo. Eu juntara duas pontas soltas. Agora já sabia o que precisava fazer em seguida. Na metade do caminho, parei e comprei um maço de cigarros.

Num dia de abril, minhas aulas da tarde foram canceladas devido a uma palestra motivacional. Eu odeio palestrantes motivacionais e geralmente me queixo do dinheiro e do tempo que gastamos com eles. Dessa vez escolhi uma forma de protesto mais subversiva do que o costumeiro recado vocal irado ou e-mail indignado. A partida dos Cubs fora suspensa por causa da chuva na véspera, e o time ia jogar numa rodada dupla que começava ao meio-dia. Pela internet, descobri que o tempo estaria frio, mas ensolarado. Lá pelas 11 horas eu já tirara a tarde de folga, e contactara Steve Lotts. Ele só pegaria o turno de quatro à meia-noite, e adoraria assistir comigo ao primeiro jogo, pelo menos.

— Seção 242? — perguntou ele.

A Seção 242 é um conjunto de cadeiras num terraço junto da linha direita do campo, e pega um bocado de sol na primavera. Os assentos são reservados, mas ninguém confere os ingressos, principalmente na tarde de um dia útil. Steve estava lendo o *New York Times*, com sua mochila no colo, quando cheguei durante o segundo *inning*.

— Armado? — perguntei, apontando para a mochila.
— É claro.

Ficamos contentes por estarmos pegando sol. Quem não estava, ficava morrendo de frio. Conversamos sobre o time dos Cubs e sobre política, declarando de nossa maneira liberal e simplória que todos os republicanos são idiotas egocêntricos. Steve me falou de uma grande operação antinarcóticos da que participara. Na verdade, nós precisávamos de uma lista de assuntos para debater; raramente estivéramos juntos sem Carolyn, e não éramos amigos tão íntimos que pudessem ficar à vontade em silêncio. Usei a história da operação antinarcóticos como deixa para a pergunta que eu realmente queria fazer:

— E se eu conhecesse um barman que vendesse drogas?
— E se você conhecesse um que não vendesse?

Contei que eu estava falando de heroína, e Steve ficou um pouco mais interessado. Então falei para ele que a heroína podia ter levado à morte de alguém.

Steve afastou o corpo e olhou para mim, dizendo:
— Não é o caso daquela gata coreana, é?
— Hum... é.
— Acho que você anda com uma paixonite *post-mortem*.

— E se ela tiver jogado o carro contra o poste e se matado porque comprou heroína desse cara?
— O que você quer saber?
— Você poderia fazer alguma coisa?
— Você quer dizer indiciar o cara?
Steve perguntou se alguém testemunhara a venda, ou vira Lisa usar drogas. Perguntou também se ela já fora presa pelo uso de drogas. Quando eu respondi que não, ele disse:
— Pete, não há caso algum.
— Tá legal. Digamos que haja testemunhas. Digamos que eu compre drogas com o sujeito, e depois testemunhe contra ele.
— Ainda vai ser a sua palavra contra a dele. Talvez você tenha má vontade contra o sujeito. Na realidade, tem *mesmo* má vontade contra ele. Além disso...
— O quê?
— Deixa pra lá.
— Você quer dizer que é tudo bobagem.
— Quero dizer, Pete... por que você está fazendo essa merda?
— Fazendo *que* merda?
— Você sabe muito bem do que eu estou falando. Se a garota estava usando drogas pesadas como essa, é melhor nem chegar perto do caso. Há gente malvada nesse negócio de drogas. Gente ruim. Você pode se machucar. Pode até ser assassinado, pelo amor de Deus.
Eu falei para Steve que sabia de tudo isso. Falei que não iria me arriscar.
— Você já está se arriscando — disse ele. — Você está arriscando o seu emprego. Um policial até já foi à sua escola, pelo amor de Deus! Você está se arriscando com a Lydia.
— O que você quer dizer com isso? — perguntei.
— Ela está preocupada com você — respondeu ele.
— Você andou conversando com Lydia? Que diabo está acontecendo?
— Ela é minha amiga também, sabia? E está preocupada.
— Olhe aqui, Steve, a Lydia acha que eu estou fazendo jogo...

— E não está?

— Não, não estou — disse eu com voz tranquila. — Olhe aqui, eu vi uma pessoa morrer. Isso me perturbou. Sei que você vê pessoas morrerem a toda hora, mas eu não. Isso me fez pensar sobre certas coisas.

— Tenho certeza de que fez — disse ele em tom mais respeitoso. — Sei que fez.

— Mas vocês só pensam que eu estou fazendo jogo, agindo irresponsavelmente, sendo autoindulgente ou bancando um adolescente. Eu não acho que esteja fazendo isso ou agindo assim, e estou cansado de ser tratado como criança. Eu posso estar sendo responsável por alguma coisa, moralmente responsável, pela primeira vez na minha vida. E por que todo mundo está tão preocupado assim? Deixem que eu siga essa pista. Deixem que eu faça o que preciso fazer, tá legal?

A conversa nos deixou constrangidos, mas o primeiro jogo terminou nesse momento. Os Cubs venceram, para nossa surpresa e ligeira satisfação. Steve foi caminhando para o trabalho, mas ainda voltou para dizer:

— Escute, nós vamos fazer uma festa para Wendy e Carolyn na rua Davis no dia 3 de junho.

— Comemorando o quê?

— Você não soube? A Wendy finalmente se decidiu — disse ele. — Largou o emprego.

— Não brinca? E a Caro, vai casar?

— Não.

O tal médico dissera que queria sair com outras mulheres, por isso Carolyn terminou com ele. Não, a festa era porque ela fora contratada como vice-presidente e consultora geral de um grande hospital, e ia veranear na Europa com Wendy antes de pegar o emprego novo.

— Não brinca.

— Pode anotar — disse ele. — Dia 3 de junho.

Steve Lotts e Carolyn O'Connor se conheciam desde a infância, e durante alguns anos foram amigos íntimos, mas nunca haviam sido amantes. Aparentemente, não haviam transado uma única vez.

Às vezes alguém fazia o que parecia ser um questionamento lógico, como "Vocês nunca... já que são tão próximos?" ou "Por que vocês não... simplesmente?". Ambos respondiam "não" em tom tão imediato, peremptório e absoluto que a pessoa achava que sugerira algo sórdido e terrível, como incesto. Pessoalmente, eu achava que essa era exatamente a resposta: no mundo de solteiros urbanos, eles se tornaram a família um do outro. Os dois já haviam morado juntos, viajado juntos e feito muitas coisas que os membros de uma família fazem uns pelos outros. Ambos gostavam de mergulhar. Iam a casamentos, enterros e pronto-socorros juntos. Quando um adoecia, o outro comprava comida e revistas. Os dois compreendiam os limites, os gostos e os tabus de cada um. Quando um fazia aniversário, era convidado pelo outro para almoçar num restaurante sofisticado. No Natal, os dois iam tomar café da manhã no hotel Drake, trocando presentes bons e escolhidos cuidadosamente. Logo surgem duas perguntas, eu sei. Não, nenhum dos dois era gay, ao menos que eu saiba; cada um já tivera diversos relacionamentos importantes que simplesmente não haviam durado. E já que eles conseguiam fazer essas coisas um para o outro, por que não faziam para outra pessoa? Não sei a resposta a essa pergunta, a não ser repetir que o amor é difícil.

As arquibancadas já haviam mergulhado totalmente na sombra e eu estava ficando com frio, mas nas gerais havia sujeitos em mangas de camisa, por isso comprei outra entrada para o segundo jogo (nos dias de semana em abril os bilhetes são vendidos pela metade do preço) e fiquei sentado lá no sol. Na época do ensino médio e da faculdade, meus amigos e eu assistimos a muitos jogos na geral. Íamos pedalando até o estádio, e prendíamos as bicicletas nos locais de estacionamento proibido. Então comprávamos entradas para a geral, cachorros-quentes e Coca-Colas, tudo por cinco pratas por cabeça, depois voltávamos de bicicleta para casa. Quando estava quente, parávamos na rua Chase e mergulhávamos dos rochedos no lago Michigan.

A geral parecia a mesma, mas estava um pouco diferente, como acontece com os Volkswagens: o lugar caíra na moda e ficara caro.

A plateia era toda de jovens que se pavoneavam, fazendo pose, autoconscientemente brincalhões, misteriosos ou intensos. Fiquei vendo aquilo como que através de um vidro à prova de balas, pensando se alguma vez eu parecera tão bobo. Devo ter parecido. Já passara tempo demasiado naquele lugar para não ter parecido um pouco bobo.

A primeira vez foi quando eu tinha 11 anos, e hoje o estádio Wrigley evoca em mim uma certa tristeza por épocas que passaram, pessoas que se perderam e pessoas que se foram, mortas. Quando era criança, Bill Veeck ajudou a plantar hera nos muros. Já velho, depois que precisou vender o time do White Sox, ele vinha passar alguns verões aqui, e se sentava na primeira fileira das gerais, no centro do campo. Qualquer um podia se sentar a seu lado se houvesse lugar, e eu fiz isso uma ou duas vezes. Bill Veeck ofegava e tossia, mas instalara um cinzeiro na sua perna de pau. Ele já parara de fumar nessa época, mas percebera muito tempo antes qual seria a causa da sua morte. Já Kennedy não percebera. Ele nunca ouvira falar de Lee Harvey Oswald. Nunca ouvira falar de Jack Ruby, de Jim Garrison, do tenente William Calley, da ilha Chappaquiddick, de "um pequeno passo para um homem", ou do jovem Bill Clinton esperando no gramado da Casa Branca para apertar a mão do presidente e ter sua vida mudada para sempre.

Acho que a maioria de nós nunca sabe o que vai nos atingir. Nunca sabemos este fato crítico sobre nossas próprias vidas: como vamos morrer. Lisa Kim certamente não sabia. Certamente nunca ouvira falar de mim, mas estava causando toda aquela encrenca interessante na minha vida. Era uma encrenca, mas era interessante. Eu e Steve Lotts nunca tivéramos uma conversa verdadeira como aquela na vida. E Lydia? Com o que ela estava tão preocupada? E por que eu não estava preocupado com a preocupação dela? Será que eu sentia que ela estava me vendo como algo imutável na sua vida? Mas não era isso mesmo que ela deveria fazer? Isso não fazia parte do nosso contrato? E o contrato mudara sem que eu percebesse? Talvez fosse eu que tivesse mudado o contrato. De outra forma, por que eu me ressentiria de alguém me ver como algo imutável na sua vida? Não, não era isso, de jeito algum. Eu é que andava me vendo como algo imutável. Era isso, sim, já vinha acontecendo há muito tempo, e, de alguma forma, vários anos da minha vida tinham se escoado durante esse processo. Durante esses anos, eu mal podia recordar qualquer acontecimento que pudesse se distinguir dos outros. Ao perceber que deixei isso acontecer comigo, senti um calafrio.

Levei os dedos até o rosto. Era um sinal que eu começara a fazer para mim mesmo: um lembrete de que eu estava vivo. Minha pele tocando minha pele. Dedos quentes na pele fria. Dedos frios no rosto quente. Eu tomara a decisão de viver todo dia não como se não fosse meu último dia, mas como se fosse meu único dia. Não para que eu recordasse aquilo dentro de um ano ou mesmo de um mês, mas de forma que ao anoitecer eu pudesse dizer que não desperdiçara meu tempo, que não passara o dia feito um sonâmbulo, que eu vivera aquele dia.

O cara à minha frente deu um salto, virou e levantou a mão com os cinco dedos espalmados. Os Cubs haviam vencido o segundo jogo. Ninguém ali presente conseguia se lembrar da última vez que o time conseguira ganhar os dois jogos de uma rodada dupla.

Peter Carey morava num conjugado num prédio vagabundo num quarteirão suburbano que fora de alto nível muito tempo antes. Ele fez compras numa loja de conveniência na Clark (sopa Campbell's de feijão com bacon, manteiga de amendoim e um pacote de seis garrafas de Heineken, vi com os binóculo, sentado no meu carro do outro lado da rua) e assistia à TV até tarde da noite. Pela rapidez com que as imagens se sucediam no teto da sala, imaginei que fosse a MTV. Na vez seguinte em que sentei no bar, ele me reconheceu:

— Oi, você é o amigo da Lisa.

— Sou. Mas nós não éramos amigos próximos. Na verdade eu sou escritor, e eu estava escrevendo uma história sobre ela.

— Ela era tão famosa assim?

— Era sobre um grupo de jovens atores de Chicago. A Lisa só fazia parte do grupo.

— Ah, então ela era mesmo uma atriz.
Dois dias mais tarde, perguntei o que ele queria dizer com aquilo.
— Ela vivia em cena — disse ele. — Tudo era uma apresentação. Tudo. Uma novela de TV. Não, isso não faz justiça a Lisa. Ela era como uma peça do Mamet, talvez, alguma coisa sombria e inteligente, cerebral.

Numa outra vez, eu paguei uma cerveja para ele, que ficou sentado bebendo ao meu lado no bar quando terminou o expediente.

— Você já saiu com uma mulher realmente bonita? Quero dizer, assim como uma Lisa Kim? — perguntou ele.

— Na verdade, nunca.

— Não faça isso. Pode acreditar, não vale a pena. É como se elas estivessem nos fazendo um favor, sabe? Como se nos dessem permissão para fazer amor com elas. Sexo com um mulher linda não é um acontecimento participativo. Quero dizer, para elas. A gente faz todo o trabalho, porque elas querem ser adoradas. É uma foda. Na realidade, não é uma foda. Regra número 1: Mulheres lindas não chupam. Como a Lisa... vou contar a você uma coisa maluca. Ela costumava deixar a cabeça pender para trás na borda da cama, de modo que eu nem conseguia ver o rosto dela. Então fiquei pensando: que diabo ela está fazendo? Depois descobri. Ela estava olhando para si própria, vendo sua imagem invertida no espelho na porta do closet, com o cabelo caído para o chão. Ela tinha que ter deixado tudo preparado também. Era tudo planejado, com a porta colocada na posição certa, bem no lugar para refletir a imagem dela na cama. Vou contar para você, era loucura aquela merda. Eu ali mandando ver, e ela olhando para si mesma. Não, sempre vou preferir uma gata meio defeituosa. Nesse ponto estou com o Springsteen — disse Peter, abanando a cabeça.

Quando cheguei ao carro, fiquei escutando um pequeno gravador de fita que escondera no bolso do paletó. Eu gravara cada palavra. Alguns dias mais tarde, voltei ao Paddy Shea logo depois do trabalho. O bar estava vazio, e Peter Carey estava sozinho.

— Oi. Como vão as coisas? — disse ele.

— Bem. Uma Guinness, por favor — respondi. Quando ele trouxe a bebida, eu disse: — Você conhece a Annie Pritchard?
— Claro que conheço. Outra amiga de Lisa. Como ela está?
— Bem. Ela falou que talvez você pudesse me ajudar.
— É?
— É. Estou interessado em dar um tipo de festa especial.

O telefone tocou, e ele foi atender. Apalpei o gravador de fita no meu bolso. Estava quente, e ainda rodava.

— Festa especial? — perguntou Peter, quando voltou. — O que isso quer dizer exatamente? Drogas?

Escrevi a palavra na margem da página esportiva, virei o jornal para ele e pronunciei a palavra em voz alta. Ele olhou para o jornal, e depois para mim.

— Você é cheio de surpresas — disse ele. — Olha aqui, meu amigo, eu não mexo com drogas.

— Eu sei — respondi. — Sei que você não mexe. A Annie me falou isso, mas também falou que você poderia conhecer alguém que conhece alguém.

— Não conheço ninguém que conhece alguém.

— O problema é que eu também não, e preciso arranjar esse troço. Só não pergunte por quê. Estou disposto a pagar uma boa grana para conseguir — disse eu.

— Eu não conheço ninguém que conhece ninguém.

Ele se afastou. Passou uma semana inteira sem me dirigir a palavra, e evitando contato visual. Eu tive certeza de que perdera a parada.

"Merda", pensei.

Então, um dia, de repente ele disse:
— Que tipo de cigarro você fuma?

Apontei para o maço à minha frente.

— Você já fumou cigarro de caixinha?
— Não — respondi, achando a pergunta estranha.
— Vá comprar uma caixinha de Virginia Slims. Ponha lá dentro trezentos paus em notas de vinte, e deixe a caixa aqui no bar amanhã à tarde.

Eu fiz o que ele mandou. Li meu jornal, tomei minha cerveja e saí do local deixando a gorjeta e a caixa de cigarros no balcão. Voltei no dia seguinte e esperei mais de uma hora. Precisei ir ao banheiro e enrolar a fita novamente. Eu já estava molhado nas axilas. Finalmente perguntei:

— Você tem algo para mim?
— Negativo — respondeu ele.
— O que você quer dizer com isso... negativo?
— Quero dizer que não tenho nada para você — respondeu ele.
— Quer que eu volte amanhã? — indaguei.
— Negativo. Amanhã também não vou ter nada para você. Já falei que não sou traficante — disse ele, sorrindo para mim.
— Você é traficante. Vendia drogas para Lisa Kim.
— Eu achei que era disso que se tratava. Você está gravando tudo, não está? Então vou chegar bem perto para falar em alto e bom som. Pronto? Eu não sou traficante de drogas. Não vendi drogas para Lisa Kim. Não dei drogas para ela. Eu não mexo com drogas.
— Então devolva o meu dinheiro — disse eu.
— Negativo.
— O que você quer dizer com isso... negativo?
— Não vou devolver o dinheiro para você — disse ele.
— Você está brincando. É ladrão — disse eu.
— É isso aí. Eu sou ladrão, mas não sou traficante de drogas, e agora você aprendeu a diferença. Na verdade é uma lição barata, e uma lição importante para um cara como você. Pode salvar sua vida um dia. Ninguém pode ficar de sacanagem com gente assim, caralho. E agora acho que é hora de você se mandar, e não voltar mais aqui. Já me encheu o saco.

Não havia o que dizer. Eu peguei meu troco e rumei para a porta.

Como últimas palavras, ele ainda disse:
— Achei a caixinha de Virginia Slims um toque extremamente elegante, concorda?

7

A PRIMAVERA LONGA E FRIA

O fiasco com Peter Carey foi constrangedor, mas não tanto quanto eu teria imaginado. Era como se eu houvesse mergulhado nas profundezas da humilhação, e verificado que não eram tão profundas assim. Além do mais, tal como a queda de Ícaro de Brueghel no mar, ninguém sequer pareceu notar aquilo, e, como eu continuava de cabeça quente, alguns dias mais tarde reli as anotações que fizera sobre Annie Pritchard e levei Art para outro longo passeio. Quanto mais pensava no assunto, mais eu sentia que Annie não sabia, antes de nos conhecermos, que Lisa tomava heroína. Talvez ela houvesse até pressentido ou deduzido isso, mas não sabia, e o fato de fingir que sabia só me provava que ela não sabia, e mostrava que ela sequer suspeitava. Annie não gostava de ser surpreendida pelas coisas, e estava disfarçando. Ela era do tipo de pessoa que suspeitaria, e talvez soubesse, de alguma coisa, mesmo que não fosse verdade. Isso significava que Lisa não estava tomando heroína? Mas nós sabíamos que ela estava.

Fui para casa e escrevi para Tanya:

Estou tentando descobrir quem dava drogas para Lisa porque acho que essa pessoa é pelo menos parcialmente responsável pela morte dela, mas cheguei a um beco sem saída. Você pode lançar alguma luz sobre isso? Sabe de amigos ou conhecidos, antigos ou novos, que poderiam ter dado o troço a ela? Sabe de algo curioso ou suspeito que tenha ocorrido nos últimos dias ou meses da vida dela?

Tanya, eu sei que Lisa era difícil, e sei que você tem sentimentos ambíguos a respeito dela, como eu também tenho, mas acho que ela não devia ter morrido. Por favor, me ajude.

Era o fim da semana do Memorial Day. Pus Art no carro, e contornei o lago até a casa de veraneio da minha família. É um antigo chalé construído em 1908 sobre uma duna alta perto de South Haven, a cerca de meio quilômetro do lago Michigan. Meu avô, que era pastor presbiteriano e vivia mudando de residência, comprou a propriedade em 1926 e ia para lá todo verão. Meu pai, que também era pastor e se mudava com frequência, comprou a casa do meu avô. Minha mãe ainda passa o verão lá. Meu irmão e minha cunhada também passam férias lá.

É uma casa simples, mas bonita em sua simplicidade. Construída sobre um pequeno morro com blocos de cimento moldados ali mesmo, a partir da areia escavada para fazer os alicerces, a casa forma um quadrado de nove metros dividido ao meio. Numa metade fica a sala, e a outra é de novo dividida ao meio em dois quartos onde ninguém dorme. A casa é rodeada inteiramente por uma varanda telada, exceto num canto de trás, onde ficam dois pequenos banheiros. A varanda tem dois metros de largura em três lados, usados para dormir, e quatro metros de largura no outro, usado como sala de estar. A sala tem uma lareira, uma claraboia e um telhado pontudo feito de pontas de cedro retirado de árvores derrubadas para limpar o terreno cem anos atrás. Há também uma espécie de porão debaixo da larga varanda, onde ficam uma cozinha, uma sala de jantar e um gabinete, enfileirados com janelas nos três lados.

Eu viera abrir o chalé para a estação que começava, e estava sozinho. A primavera fora longa e fria. Lydia consultara a previsão do tempo e decidira ficar em casa. Tudo bem, eu também precisava de um tempo para pensar sobre nós dois. Mas é claro que não fiz isso. Na realidade, evitei fazer isso durante todo o fim de semana.

Eu sempre passava o verão naquele vilarejo: era a coisa mais próxima de um verdadeiro lar que eu já conhecera. Fora ali que eu conhecera Carolyn O'Connor e Steve Lotts, além de meia dúzia de pessoas importantes na minha vida. A maior parte das pessoas dali me conhece, e algumas gostam de mim. É um lugar em que não preciso explicar muita coisa. Há anos, durante o tal verão que passei na Inglaterra, eu arrastei David Lehman até Bournemouth durante um fim de semana quente. Só descobri por que estava fazendo aquilo ao chegar lá: fui andando até o final do longo ancoradouro da cidade, já tarde da noite, e fiquei de costas para a terra, ouvindo dois garotos alemães que tocavam violão e cantavam. Percebi que fora olhar para o lago Michigan.

Estava frio e chuviscava, mas eu trabalhei duro e me aqueci. Lavei a geladeira, além de limpar todos os armários da cozinha. Tirei com um pano a poeira e a titica de camundongo acumuladas no inverno. De quatro, varri e escovei o soalho de cerâmica no chão. Lavei as janelas. Quando a varanda secou, desenrolei os tapetes, coloquei os móveis, preparei as camas e instalei os colchões.

No final da tarde, o tempo começou a clarear. Vesti um suéter grosso e um agasalho contra o vento, puxei uma grande cadeira de vime para apreciar a luz do sol brincando no lago e tomei uma cerveja belga que eu trouxera para a ocasião. Estava pensando no meu pai. Ele sempre tirava férias no mês de agosto, e trabalhava durante todos os dias do mês, pintando, consertando ou construindo algo. Nós dizíamos: "Nossa, papai, estamos de férias!" Mas ele sempre falava que trabalhar com as mãos era uma terapia, porque nunca tinha tempo de fazer isso. Seu único prazer era mergulhar no lago pouco antes do jantar, exatamente naquela hora do dia. Ele ensaboava todo o corpo, nadava com força uns cem metros e depois voltava. Às vezes eu ia com ele.

Pensando em ver o pôr do sol, levei Art até a praia. Embora o sol ainda brilhasse, o ar estivesse frio e a água mais fria ainda. Decorreriam semanas antes que alguém pudesse nadar no lago. Até Art se contentou em brigar com um galho na areia. Nós fomos caminhando pela margem. O chalé da família O'Connor estava todo iluminado e cheio de gente. Algumas das pessoas bebiam no deque da frente, trajando suéteres e agasalhos pesados. Alguém exclamou meu nome. Era Carolyn.

Ela se inclinou sobre a balaustrada e disse:

— Onde está Lydia?

— Ela não veio. Eu só vim abrir o chalé.

— Estamos fazendo uma degustação de vinhos. Venha se juntar a nós.

— Quem está aí?

— Um bando de pessoas que eu trouxe da cidade. Você conhece algumas. Vou trazer uma taça para você.

Era óbvio que aquelas pessoas acabariam me enchendo o saco, pois meu humor piorara conforme o dia avançara. Eu me sentia um pouco como Ishmael, pronto para sair à rua e derrubar os chapéus das pessoas, mas fui atraído pela luz, pelo calor da casa e também pelo vinho. Fiquei no fundo do deque, vendo o sol se pôr. Depois entrei e fui para perto da lareira. Um sujeito de fala lenta e humor seco, que eu até já apreciara uma ou duas vezes no passado, parecia estar realizando uma performance ali. Fiquei atrás de um grupo de pessoas que mantinham as costas voltadas para mim. A alegria delas soava artificial, com tiradas acres e sarcásticas. Não gostei.

Entrei na cozinha. Um arquiteto baixote que eu conhecia ligeiramente estava sentado na bancada, com uma perna dobrada sob o corpo e um suéter enrolado frouxamente no pescoço. Parecia estar junto com Carolyn, ensinando a ela e outras duas mulheres como se bebe vinho.

— Vamos ver se esse tem pernas — disse ele.

Todas levantaram as taças imensas para a luz, girando o vinho ali dentro.

— Agora, o buquê — continuou o arquiteto, colocando a taça debaixo do nariz e abanando o aroma em sua direção. Depois mergulhou o nariz lá dentro, sendo imitado pelas mulheres.

"Cristo!", pensei, já recuando. Encontrei Art perto da lareira e larguei minha taça ali. Ao sair pela frente, fechei a porta, que foi aberta logo depois.

— Pete?

Era Carolyn.

— Desculpe — disse eu. — Estou com um humor de cão.

— Mais tarde nós vamos jantar — disse ela.

— Não, obrigado.

— Você está legal?

— Estou.

Fui para casa, e abri uma das minhas garrafas de vinho tinto. Cozinhei um espaguete à carbonara pensando em Carolyn. Ela me decepcionara: o que estava fazendo com aquele almofadinha? Mas eu também estava decepcionado comigo mesmo: por que estava tão deprê? Acendi um bom fogo, jantei diante da lareira, terminei o vinho e passei o restante da noite ouvindo música enquanto lia. Dormi na varanda, ao ar livre, debaixo de uma montanha de edredons e cobertores. Na manhã seguinte, fiquei deitado na cama na varanda, com Art enrolado junto de mim, lendo por uma hora. Depois tomei uma chuveirada bem quente e comecei a trabalhar. Só que o trabalho duro já fora feito, e não havia mais urgência. Coloquei umas músicas para tocar e fui levando. Fazia sol, e passei a trabalhar ao ar livre. Recolhi as folhas e varri os passeios. Depois de varrer e lavar o pátio, carreguei lá para fora a mobília do jardim. À tarde voltei para dentro da casa. Minha mãe me pedira para limpar o velho depósito do meu pai, coisa que todos nós evitáramos fazer desde a morte dele. O lugar estava entupido de caixas, ferramentas e um monte de tralha pessoal. Depois de ligar o rádio para ouvir o jogo dos Cubs, eu abri a porta.

Achei que seria difícil, mas não foi. Foi agradável. Era como se eu estivesse revendo meu pai. Havia todo tipo de troço ali: a serra de fita mais antiga do mundo, um capacete do exército da Primeira Guerra Mundial com a forração interna comida por camundongos, três dos camundongos que haviam feito isso (a múmia de um e os esqueletos de outros dois) e uma raquete de tênis de madeira com abertura triangular no pescoço (para efeito aerodinâmico ou de chicotada?). Também encontrei um par de tênis antigos ainda na caixa, sem nem os cadarços passados, incorruptos e frágeis depois de sabe-se lá quantos invernos de Michigan. Havia um urinol de ágata branca de certa forma ligado a minha avó por uma famosa história que não consigo recordar, além de dois esquilos empalhados roídos por traças e agarrados a um galho de árvore laqueado. Vi meio litro de vodca de cereja. Encontrei cerca de trinta potes cheios de pregos, parafusos, porcas e arruelas, todos separados e etiquetados, provando a irrelevância de se guardar coisas: joguei tudo aquilo fora. Também estavam lá seis chapéus de plástico de bombeiro, comprados para alguma bobagem, usados uma vez, empilhados e guardados, além de quatro canecas de café feitas à mão e embrulhadas em páginas de um exemplar do *South Haven Tribune* de agosto de 1956; um presente nunca dado? "E por que não?", pensei. As ferramentas formavam um verdadeiro tesouro: eram martelos, chaves de fenda, chaves inglesas, chaves ajustáveis, alicates, grampos de torno, talhadeiras, uma broca manual, uma serra de arco para metal, um nível e uma trena enferrujada. E bem no fundo da prateleira superior, encostada na parede e embrulhada num pedaço de lona, havia uma carabina calibre .22 com duas caixas de cartuchos. Esse último item me surpreendeu bastante: quem poderia ter posto aquela arma ali? Meu avô? Um dos meus tios? Certamente não fora meu pai, que passara a vida se opondo à violência. Contudo, se ele não pusera a carabina ali, pelo menos deixara o troço ficar. Para ser usada contra o quê? Quatis? Nazistas durante a guerra? Negros raivosos de Detroit ou da zona sul de Chicago? Intrusos à noite? Que medos secretos haviam ocupado o coração do meu pai enquanto ele se deitava ali no escuro?

 Resolvi limpar a poeira da arma, que parecia nova em folha. Fiquei imaginando se já fora disparada. Abri as duas caixas de munição. Não parecia estar faltando nenhum cartucho ali. Atarrachei o cano na coronha e carreguei a carabina. Sentei na varanda da frente e coloquei a arma sobre os joelhos. Engatilhei a carabina, pus a coronha apoiada no chão entre meus pés e enfiei o cano na boca. Senti o gosto do metal duro e frio. Pensei em todas as pessoas para quem essa fora a última sensação na vida. Pensei de novo, como fazia frequentemente desde Lisa Kim, em todas as coisas que eu tinha o poder de fazer, inclusive aquela. Encostei a carabina no batente da porta e, durante a tarde, de tempos em tempos passei por perto. Era um pouco excitante ver a arma parada ali, tão imóvel e letal.

Fui até a cidade e comprei um pedaço de truta, algumas batatas de casca vermelha, aspargos cultivados na região e uma garrafa de vinho branco. Fiz o peixe grelhado com os aspargos, cozinhei as batatas, bebi o vinho e fiquei lendo até dormir, deixando a carabina ainda encostada no batente da porta.

No dia seguinte, antes de trancar o chalé e voltar de carro para a cidade, retirei os cartuchos, desmontei a carabina e coloquei tudo de volta onde encontrara. Não consegui pensar em outra coisa para fazer com aquilo.

Lydia estava novamente sentada no sofá na noite de terça-feira, quando cheguei ao apartamento depois de passear com Art, após o trabalho. Nada de rádio, televisão, revista, catálogo ou livro. Os braços dela estavam cruzados.

— Você se incomodaria de me contar o que está acontecendo aqui? — perguntou.

Reconheci a carta de Lisa aberta no sofá ao lado dela, e apalpei o bolso traseiro da calça. Provavelmente tirara a carta junto com a carteira, e esquecera o troço na cômoda. Não consegui pensar em algo para dizer, talvez porque eu *não soubesse* o que estava acontecendo. Felizmente, as perguntas que Lydia me fez eram todas retóricas, e não exigiam respostas.

— Você andava comendo a gatinha coreana, não andava? — disse ela. — Na realidade, você esteve com ela naquela noite. Foi por isso que chegou tarde. Vinha correndo atrás dela. Estava apaixonado por ela.

— Não, não — consegui finalmente gaguejar.

— Não, não? — repetiu Lydia. Depois deu o golpe de misericórdia. Na sua mão havia outra carta, aquela que eu recentemente enviara para Tanya Kim. Ao pegar o envelope no chão mais tarde, vi o carimbo: DEVOLVER AO REMETENTE. Eu omitira o nome da rua. Fico um pouco envergonhado de admitir isso, mas, no dia seguinte, enviei a carta de novo para o endereço certo. O envelope já estava aberto. Lydia desdobrou a folha e leu:

— "Sei que você tem sentimentos ambíguos por ela, como eu também tenho"... Pelo amor de Deus, Pete, por que você tem algum sentimento por ela?

Provavelmente eu deveria ter dito algo logo em seguida, mas o que eu poderia contar a Lydia: a verdade? Veja bem, eu me envolvi irremediavelmente na vida de uma mulher morta que nunca conheci, embora conheça seus pais, suas irmãs, suas antigas amigas e seus amantes. Venho assediando essa mulher em cartas, álbuns de formatura e corredores escolares, e já fiz amor com ela em sonho. Parecia improvável que Lydia reagisse positivamente à candura. Além do mais, ela continuou dizendo:

— E se você não estava trepando com ela, se tudo isso é só... Meu Deus, nem quero pensar nisso. Seria esquisito demais.

Portanto, falar a verdade estava fora de questão. Sobrava apenas faltar com a verdade, e eu simplesmente não tinha energia para começar a mentir, de modo que fiquei praticamente calado. Além do mais, era quase certo que Lydia acabaria explodindo, e eu nada podia fazer para impedir isso. Ela era equipada com poderosos mecanismos autoprotetores. No início da nossa relação, o mecanismo fora a sua aversão a compromisso. Mais tarde, porém, o mecanismo passou a ser justamente o compromisso. Quando voltamos do México, nós assinamos o contrato de aluguel juntos, abrimos uma conta conjunta no banco, e ela anunciou que (foi assim mesmo, um anúncio) se alguma vez fosse traída por mim, arrumaria as malas, iria embora no mesmo dia e nunca mais olharia para trás. Portanto, o que aconteceu a seguir foi muito inesperado.

Lydia cruzou de novo os braços e lançou o olhar pela janela. Depois virou outra vez e disse:

— Olha aqui, Pete, nada disso interessa. O que interessa é que alguma coisa está acontecendo conosco. Parece que eu estou na praia, vendo você entrar mar adentro, e só posso ficar olhando.

— E os navios que passam à noite? — disse eu, um tanto constrangido com a súbita familiaridade dela.

— O que você quer dizer com isso?

Uma vez, quando era eu que me sentia inseguro, falei para Lydia que nós parecíamos navios que passam à noite, e ela respondera que era assim que se definia um relacionamento perfeito: navios que passam à noite.

— Pete, isso foi há anos — respondeu Lydia. — Foi antes do México. Antes que eu aprendesse a manter um relacionamento. Eu estava apavorada. Era só uma garota.

— E tudo mudou?

— É claro que mudou. Eu amo você. Quero saber o que está acontecendo.

— Ah, Jesus... não posso falar disso agora. Desculpe... desculpe — disse eu, sentindo a sala ficar subitamente pequena e quente. Minha voz deve ter parecido aguda ou desesperada, porque ela imediatamente se retraiu: — Eu preciso de tempo para pensar... preciso de tempo para mim mesmo.

A frase saiu sem querer. Na verdade, eu sequer pensara no caso. Se ela ignorasse ou desprezasse aquilo, talvez eu nunca voltasse a tocar no assunto, mas ela não fez isso.

— Bom, você vai fazer a tal viagem de canoa logo que as aulas terminarem — disse Lydia. — São dez dias para pensar.

— Eu preciso de mais. Talvez depois da viagem eu vá passar um período lá no chalé — respondi. Embora não estivesse olhando para ela, senti Lydia se empertigar.

— Um período de quanto tempo?

— Não sei... uns dias, umas semanas — disse eu, com mais irritação na voz do que queria. Mais para mim mesmo do que para ela, continuei: — Preciso do verão. Só me dê até o final do verão para tomar uma decisão.

Eu não planejara aquilo, e sequer pensara no assunto, mas instantaneamente senti que encontrara a solução perfeita, única e essencial para um grande problema do qual eu só tinha uma vaga consciência poucos minutos antes.

— Está bem. Use todo o tempo necessário. Faça o que você precisar fazer — disse ela. Nós dois queríamos muito que aquela conversa terminasse, e agora que terminara, não sabíamos o que fazer. Lydia acrescentou: — Vou fazer chá. Você quer?

— Acho que vou levar Art para passear.

— Você acabou de fazer isso. Pode fumar aqui dentro, se quiser — disse ela. — Basta se sentar perto da janela.

Eu abri a janela e sentei ali perto, soprando a fumaça pela abertura. Lydia se pôs a trabalhar na cozinha, enquanto eu ouvia o ruído confortante das xícaras e da chaleira.

— Por falar nisso — perguntou-me ela —, você retirou trezentos dólares da nossa poupança há duas semanas?

Fui pedalando contra o vento norte pela margem do lago até o parque Highland. Estava frio e eu fiz muito exercício na ida, mas na volta aproveitei o vento a favor. Todo mundo já se reunira em torno de uma mesa no bar das ostras na rua Davis. A turma levantava brindes engraçados e profanos à preguiça, à vadiagem, à devassidão, à libertinagem e a dois ou três outros vícios.

— Está frio lá fora — comentou alguém.

— Está mesmo. Quando esse tempinho ruim vai melhorar? Odeio a primavera em Chicago — disse eu. Depois peguei uma caneca de Guinness para fazer um brinde a Carolyn e Wendy. Elas ainda estavam com a roupa do trabalho, mas haviam colocado camisetas enormes sobre os conjuntos elegantes. As camisetas tinham um tom amarelo brilhante, e na frente exibiam a inscrição GAROTAS DO EUROLIXO. — Então é isso? Último dia de trabalho?

— Último dia até setembro — disse Carolyn, fazendo tim-tim no meu copo.

— Último dia para sempre — disse Wendy, que alegava ter um plano que lhe permitiria nunca mais trabalhar na vida.

— Qual é seu plano? — perguntei.

Ela deu uma piscadela. Wendy e Carolyn são tão diferentes quanto duas amigas podem ser, exceto por serem ambas inteligentes. Wendy é filha de operários em Berwyn, Illinois, e foi a primeira da família a fazer faculdade. Ela teve um casamento rápido e fugaz. É durona, impetuosa e agressiva. Isso fez dela uma notável advogada empresarial, muito bem paga, mas que adora beber cerveja, jogar bilhar e fechar bares. Ela nem sempre vai para casa sozinha. Já Carolyn é solteira, tímida, sutil, atenciosa, discreta e equilibrada. Cada uma delas é um pouco o que a outra deseja secretamente ser.

— Onde vocês conseguiram essas camisetas? — perguntei.
— Com o Steve.
— Garotas do Eurolixo — entoou alguém, e todos nós brindamos.

Lydia bateu na janela, ainda na calçada, e depois correu para dentro. Ela viera de trem, e também estava com a roupa do trabalho. Abraçou-me por trás e me beijou no rosto, como se a noite de terça-feira não tivesse acontecido. Depois pegou uma taça de vinho branco e se enfiou entre os outros à mesa. Parecia confiante e natural, enquanto que eu não. Fiquei olhando para ela com nossos amigos, que conversavam, bebiam e riam. Lydia parecia tão feliz. Eles pareciam tão felizes.

Alguém disse:
— Falem da viagem para nós.
— Ah, Jesus! — disse Wendy. Um casal de colegas seus na faculdade estava alugando uma residência em Aix-en-Provence durante o mês de junho. As duas iriam para lá primeiro. Depois fariam uma semana de caminhada pelos Alpes suíços com outros amigos.
— Você conheceu os Thuma, não é?
— Claro — disse eu.

Então elas iriam a Praga, e depois "à Hungria, para procurar a identidade perdida da Wendy", como disse Carolyn. Depois disso planejavam uma semana de descanso na costa Amalfi, num hotel pequeno sobre o qual haviam lido em algum lugar, e dali iriam para as ilhas gregas.

— Meu Deus, eu adoraria ir com vocês — disse Lydia, e eu sabia que ela estava falando sério.

— Então por que não vem? — indagou Wendy. — Por que vocês dois não vão passar uma semana na Suíça conosco? Já estiveram em Lauterbrunnen?

Wendy descreveu um estreito vale nas montanhas, com o fundo plano e luxuriante, cercado por muralhas escarpadas de seiscentos metros de altura. Ali riachos se projetam no espaço um após o outro, criando uma dúzia de pequenas cachoeiras e arco-íris por toda parte.

Lydia virou para mim.

Wendy falou em pegar os trens de cremalheira e teleféricos que sobem a montanha pela manhã, em caminhar o dia inteiro por pastagens coalhadas de flores silvestres e vacas com sinetas, rodeados todo o tempo por picos cobertos de neve, antes de tirar os sapatos e se sentar nos bares ajardinados bebendo cerveja.

— Você pode escrever umas matérias sobre isso para pagar parte das despesas — insistiu Carolyn.

— Isso não é só empolgação do vinho? — quis saber Lydia.

— É claro que não — respondeu Wendy. Ela falou para reservarmos um quarto de frente no hotel Oberland. Assim nossas janelas, com jardineiras cheias de gerânios vermelhos, se abririam completamente para o Jungfrau e o Eiger. — Eles têm edredons enormes e macios para a gente se enfiar embaixo. No andar térreo, o restaurante tem um tanque de peixes cheio de trutas. A gente aponta para uma e, dez minutos depois, eles trazem a truta grelhada.

— Parece maravilhoso — disse eu. — Quando vocês vão estar lá?

— Já marcamos um almoço com o Dick e a Martha na varanda do Oberland no dia 17 de junho.

— Eu não posso — disse eu. — Talvez Lydia possa...

— Por que você não pode? — indagou Wendy.

— Combinei uma excursão de canoa pelo interior do Canadá. É um grupo da escola. Nem vou estar aqui.

— Arranje alguém para ir no seu lugar — disse Steve.

— Tarde demais. Além disso, prometi ao *Trib* que escreveria uma matéria sobre a excursão.

— Com um bando de adolescentes viajando de canoa? — perguntou alguém. — Quem vai querer ler um troço desses?

— Eu ia deixar os garotos de fora, e escrever uma matéria do tipo eu-e-a-natureza.

— Ele acha que falar do alunos do ensino médio com óculos Ray-Ban soltando peidos em torno da fogueira no acampamento pode impedir que a matéria lembre o estilo de Thoreau — disse Lydia.

— Mas você pode fazer isso? — perguntou Wendy.

Seguiu-se uma discussão bastante acalorada sobre a decadência dos padrões jornalísticos. Também havia dúvidas se os autores que escrevem sobre viagens e assuntos culturais têm o mesmo compromisso moral com a verdade e a precisão do que os que escrevem nas primeiras páginas e editoriais.

— Meu Deus, preciso de um cigarro — disse eu por fim. — Perguntem àquele cara de bigode se eu posso filar um cigarro.

— Vamos mudar de assunto! — disse Lydia. — Ele não acende um cigarro há dois dias.

— Tá legal — disse Carolyn. — Preciso de uma pessoa para cuidar do meu cachorro, e uma pessoa para cuidar da minha casa, ou as duas coisas juntas. Alguém conhece um amigo ou parente de confiança que queira um lugar para morar durante o verão?

Ela precisava de alguém para cuidar do seu velho pastor australiano, Cooper, enquanto estivesse fora. Os anúncios que pusera, porém, haviam sido respondidos quase que exclusivamente por universitários por demais interessados em morar a apenas dois quarteirões do estádio Wrigley. Carolyn imaginava os garotos segurando Cooper junto da balaustrada da varanda dos fundos para mijar e despedaçando a mobília em estilo colonial para acender fogueiras no terraço de madrugada.

Wendy já passara a tentar convencer Lydia de que deveríamos nos juntar a eles na França.

— Só que eu não posso — interrompi.

— Por que não?

— Ele precisa resolver o crime do século — disse Lydia.

Houve uma pausa. Então o policial Lotts disse:

— Isso não tem a ver com aquela garota coreana, tem?

— Não exatamente.
— Ah, caramba — disse Steve.
— Só mais ou menos? — perguntou alguém.
— Mais ou menos, acho eu.
— Meu Deus. Pete, sabe de uma coisa? — disse Steve. — Você está ficando meio pirado. Acho que precisa conversar com alguém. É o que eu faria se ficasse meio pirado, iria imediatamente conversar com alguém. — Ele saiu da mesa subitamente, e houve uma pausa constrangedora na conversa.
— Isso faz até parte do meu plano — disse Wendy no vácuo que se seguiu. — Como vocês acham que eu tive colhões para largar meu emprego? Fui procurar um terapeuta.

Juntos, eles haviam concluído que Wendy estava infeliz porque precisava de algum tempo de folga. Portanto, esse era o plano dela: largar o emprego, ir para a Europa, gastar todo o dinheiro que tinha, processar o terapeuta por má conduta profissional e fazer um acordo fora do tribunal. Depois ela abriria uma franquia do McDonald's no Uruguai ou no Chile e entraria na política local.

— Bravo! — disse alguém.

Nós brindamos à justiça, ao estilo de vida americano, ao egoísmo, a Maquiavel e à imoralidade abjeta. Mais tarde, puxei conversa com Carolyn na ponta da mesa, e perguntei diretamente se ela já fora a algum analista. Ela hesitou, e disse:

— Fui, quando meu pai morreu.
— E isso ajudou?
— Ajudou.

Muito mais tarde, fui empurrando a bicicleta de volta para casa e Lydia foi andando a meu lado. Quase não falamos durante o trajeto. Finalmente ela disse:

— Desculpe aquele meu comentário sobre o crime do século.
— Tá legal.

Ficamos em silêncio novamente, até que ela disse:

— Quero que você me faça um favor. Na volta do Canadá, não quero que você vá para o chalé. Se você precisa fazer isso, se precisa de algum tempo, vá morar na casa da Carolyn e cuide do Cooper para ela.

— Que diferença faz onde eu esteja?

De alguma forma, fazia diferença.

— A casa de Carolyn é um território neutro. Fique lá e seja útil a ela. Por favor. Você pode fazer isso por mim? — disse Lydia.

Falei para ela que já decidira ir ao chalé no fim da semana para corrigir provas. Não gostei muito que Lydia me dissesse o que fazer com a minha liberdade antes mesmo que eu a tivesse, mas também não gostaria que ela ficasse magoada. Por não querer isso de jeito algum, falei que pensaria em ficar na casa de Carolyn. Tentando mudar de assunto, disse:

— Você sabe que pode ir à Europa sozinha, se quiser.

— É claro que posso.

Quando vi Lydia se encrespar, lembrei de duas coisas: a feroz independência que ela exibia no passado e a mudança que acontecera sem que eu realmente percebesse. É preciso dizer, porém, que nem sua ferocidade nem sua independência eram naturais: haviam sido incutidas nela por pais descuidados, que passavam a maior parte do tempo brigando, reclamando um do outro, sentindo pena de si mesmos e ignorando Lydia. Como resultado, ela se tornara uma pessoa muito dura e estranhamente possessiva. A maioria de nós é capaz de ser possessivo em relação a pequenos espaços, deveres, realizações, amantes e, às vezes, amizades. Lydia era possessiva em relação a tudo. Ela dividira o mundo com muita precisão entre o que era dela e o que era dos outros. Os tênis Jack Purcell eram dela, eu não tinha permissão para possuir um único par. O Glenn's era o restaurante dela. Por mais vezes que eu comesse lá, sempre seria um intruso. Ela era dona daquele lugar. Era dona de aspargos, de louça inglesa azul, da Virginia Woolf, do litoral do Maine, de todos os filmes de Woody Allen, da palavra "ennui", de Auguste Renoir, do outono e não estava interessada em compartilhar isso. Não estava interessada em compartilhar música alguma, exceto as de Django Reinhardt. Adorava Jerry Jeff Walker, até que um dia eu peguei emprestado um CD, que mais tarde ela encontrou no meu carro.

— O que isto está fazendo aqui? — perguntara Lydia.
— Ando escutando esse disco — respondi. — E gostei.
— Então pode ficar, é seu — disse Lydia, entregando o CD para mim.

Pelo que eu sei, ela nunca mais escutou aquele disco. Atualmente, parecia que Lydia estava se importando muito menos com "suas coisas". Ou isso, ou eu já virara uma dessas coisas.

Por que eu respondera tão prontamente que não podia ir à Europa? Tinha tempo e dinheiro para isso. Acho que eu não queria ir; queria ficar em casa e chegar ao fundo da história de Lisa Kim. Talvez eu não quisesse ir com Lydia, logo agora que conquistara certo espaço para respirar. Ou talvez fosse um pouco de tudo isso. Se eu realmente queria descobrir algo sobre Lisa Kim, por que me inscrevera na excursão de canoa? Mas eu sabia a resposta para esta última pergunta. Eu me inscrevera na época em que estava passando metade dos meus dias correndo atrás de Lisa Kim, e metade fugindo dela. Eu achava que, se corresse bem depressa e para bem longe, minha vida poderia voltar ao normal. A coisa acontecera num dia em que eu estava fugindo dela. Eu topara, e só para sacramentar a coisa antes de mudar de ideia, apresentara a ideia da matéria para os editores do caderno de viagens do *Trib*. Eles também haviam topado, por isso eu estava comprometido. Bom. Agora eu já não tinha tanta certeza.

Telefonei para Carolyn no dia seguinte e prometi que tomaria conta do Cooper, caso ela não encontrasse outra pessoa, mas não falei em ficar no condomínio dela. Também quis saber mais coisas sobre o terapeuta que ela consultara, e acabei perguntando se ela se incomodava de me dar o nome dele.

— Não — disse Carolyn, em tom pouco convincente. Ela também seria possessiva? — É Gene Brooke, ele está no catálogo.

Eu e Gene estávamos sentados num aposento alto, estreito e bem iluminado, mobiliado feito uma sala de estar. Gene era um homem esguio, de calvície incipiente, com um cavanhaque, um brinco e um jeito tranquilo. Antes que ele pudesse me fazer uma pergunta, eu fiz uma. Queria saber se as pessoas podem realmente mudar, se conseguem fazer mudanças fundamentais em si próprias. Estava pensando em Lydia, mas acho que sabia que também pensava em mim. Gene me encarou com expressão pensativa. Fiquei em dúvida se ele responderia, mas respondeu. Dentro de poucas semanas eu descobriria que ele frequentemente fazia o inesperado. Exatamente quando eu estava certo de que sabia o que ele faria, ou o que ele como psicólogo faria, ele me surpreendia.

— Acredito que elas podem mudar, e às vezes precisam mudar. Não com muita frequência, uma ou duas vezes na vida, no máximo. Nunca facilmente, porque uma mudança verdadeira é dolorosa. Contudo, às vezes as pessoas precisam encontrar um caminho novo, seguir um rumo diferente. Eu não estaria neste ramo de trabalho se não acreditasse nisso. Agora, posso fazer uma pergunta a você?

— É claro.

— Você se sente desconfortável por estar aqui?

— Mais ou menos.

— Pode me dizer por quê?

— Bom, não sei. Acho que vir aqui é uma espécie de confissão de fracasso — disse eu.

— Como assim?

— Humm...

Fiz uma pausa e olhei para Gene, tentando decidir se estava pronto para confiar nele. Como ele respondera à minha pergunta, resolvi arriscar. Contei que na juventude eu era uma pessoa preocupada, que me preocupava com tudo, mas que depois aprendi a parar de me preocupar. Isso acontecera no ano em que eu e Lydia fomos morar no México. Eu quase poderia dizer que aconteceu em uma tarde de domingo, quando eu saí de carro para percorrer fazendas e vilarejos, mas vi a luz que indicava a pressão do óleo no painel acender. A princípio entrei em pânico. Estava a oitenta quilômetros do nada, e pensei que estava ferrado. O carro era a única coisa de valor que eu possuía. Parado ali no acostamento, olhando para a luzinha vermelha, eu comecei uma conversa comigo mesmo, dizendo: "Qual é a pior coisa que pode acontecer? Seu carro está perdido. Digamos que esteja. Digamos que você largue o troço aqui para sempre. Vai embora a pé, e anda até uma rodovia pavimentada. Senta na sombra e espera um ônibus (o México é cheio deles). O ônibus leva você a outro ônibus, ou a um vilarejo. Amanhã você já está na Cidade do México. No dia seguinte, chega a Chicago, se quiser. Daqui a dez anos, você nem lembrará quanto o carro valia. Vai rir desse assunto, que sequer renderá uma boa história. Não tem problema. Você é capaz de enfrentar esta situação. Na verdade, é capaz de enfrentar qualquer coisa." Isso virou o meu mantra, que me deu sustentação durante muito tempo. Numa situação difícil, eu simplesmente dava um passo atrás, dizendo: "Eu sou capaz de enfrentar qualquer coisa." Funcionava. Funcionou até recentemente.

— E o que aconteceu recentemente? — perguntou Gene.

— Parou de funcionar. Eu me meti numa situação que aparentemente não sou capaz de enfrentar.

— E isso abalou você.

— Abalou muito — disse eu. Depois falei de minha ansiedade e irritabilidade. Contei que eu me sentia sozinho, isolado, em pânico, incapaz de me concentrar, incapaz de trabalhar, às vezes claustrofóbico, e às vezes com medo de me descontrolar. — Eu dependia disso, que agora desapareceu.

— Você acha que desapareceu completamente?

— Parece que sim.

— Eu duvido um pouco disso — disse ele. — Meu palpite é que você acabou de descobrir que tem limites. Todos nós temos limites, talvez você tenha descoberto os seus.

Ele falou que descobrir e depois aceitar os limites pessoais era um dos últimos estágios no processo de amadurecimento. Outra etapa é saber como e quando procurar ajuda, porque na maior parte das vezes a maioria de nós consegue enfrentar quase tudo, mas nem sempre. Então perguntou se eu poderia modificar meu mantra.

— Como assim? — perguntei.

— Você pode mudar uma ou duas palavras? Poderia aceitar "Eu sou capaz de enfrentar quase tudo"?

— Talvez.

— E eu também sei onde você pode encontrar ajuda.

— Aqui? — indaguei.

Ele disse que sim. Falou que me ajudaria a esclarecer as coisas, se eu quisesse. Eu achei que queria.

— Por que você não começa contando o que não está conseguindo enfrentar?

Falei para ele de mim e Lydia, depois falei sobre Lisa Kim. Contei tudo, até meu sonho erótico. Quando terminei, estava tenso. Mais tarde, pensei que Gene não estava. Mais tarde, passei a achar que Gene Brooke era a pessoa menos tensa que eu já conhecera.

— Em todo caso... — disse eu, dando uma risadinha. — Em todo caso, meus amigos estão preocupados comigo. Acham que eu estou ficando maluco. Acham que estou obcecado. Não sei... talvez esteja.

Ele olhou pensativamente para mim. E novamente falou quando eu não esperava que falasse:

— Não acho que você esteja maluco, e provavelmente "obcecado" é uma palavra forte demais. Acho que você está preocupado. Acho que alguma coisa, bem lá no fundo, está consumindo você.

Gene disse que poderia me ajudar a procurar essa coisa, e marcamos uma consulta para a semana seguinte. Na porta, ele me perguntou o que acontecera com o carro.

— O carro? Ah, nada. Era um defeito bobo. Eu só vendi o carro dois anos depois.

Fiquei aliviado. Gene Brooke me tratara como se eu fosse normal, e isso me fez recordar quantas pessoas não estavam agindo assim. Peguei Art, comprei um *Trib* e um *Evanston Review* e sentei numa mesa na calçada do Café Express. O sol no meu rosto dava uma sensação muito boa. Li a previsão do tempo para os sete dias, e pela primeira vez depois de algum tempo fiz alguns planos a curto prazo:

aparar o cabelo, ver um jogo de beisebol, pegar uns audiolivros na biblioteca para ouvir no carro. Li toda a seção de esportes, inclusive as estatísticas dos Cubs na Liga Menor. Cheguei a programação do Ravinia e li as críticas de cinema. Dei uma olhada nas páginas policiais e nos obituários. E então vi uma foto do casal Kim em algum evento hospitalar beneficente. Sorridentes, eles olhavam para mim lado a lado, de black-tie e pérolas. Meu Deus. É verdade que North Shore não é um lugar tão grande assim, mas francamente. Virei a página e li uma resenha sobre um novo restaurante japonês, mas depois voltei para a mesma página. Havia algo do sorriso de Lisa no rosto da mãe? Havia algum indício da tragédia nos olhos ou no caimento dos ombros dos dois? Eles não estavam sozinhos na foto. Na mesa de trás uma mulher ria, fingindo não ver a câmera. Um homem esguio e bonito, que realmente não via a câmera, estava se levantando da mesa e virando o corpo. Uma garçonete se inclinara para colocar algo na mesa; não dava para ver o que era.

Virei a página, mas depois voltei outra vez. Havia algo naquela fotografia. Rasguei cuidadosamente o jornal, e dobrei a foto, que pus no bolso da frente do casaco. Lambi a espuma, bebi o café com leite quente e tentei pensar em algo mais para fazer, a fim de não precisar ir para casa.

John Thompson entrou na minha sala depois das aulas e se aboletou na cadeira do outro lado da mesa, com as mãos cruzadas atrás da cabeça como se nenhum de nós tivesse provas finais para corrigir. Era empertigado como seu nome: um fuzileiro grandalhão de cabelo bem curto, e um versejador que gostava de citar Shakespeare. Eu competira com ele anos a fio, enquanto minguava a quantidade de matrículas e cargos docentes, mas nós dois havíamos conseguido sobreviver. Durante o processo, fomos estabelecendo uma ligação que se transformou em amizade quando ele se divorciou e eu passei dois anos ouvindo suas lamúrias. A amizade continuou intacta quando ele foi promovido a diretor do departamento e virou meu chefe.

— Preciso ver de novo aquela foto da garota que estava no acidente — disse ele.

— Para quê?

— Só quero dar uma olhadela.

Pesquei na gaveta o obituário, que passei a ele. Ele examinou a foto e disse:

— Acho que vi essa garota num comercial de colchão.

— Você está brincando.

— Não. Era um monte de adultos pulando nos colchões como se fossem crianças. Foi numa loja especializada em colchões. Ela era engraçada.

— Engraçada? Não penso nela como uma pessoa engraçada — disse eu, lembrando mais uma vez que eu realmente sabia muito pouco sobre Lisa Kim.

— Ela era muito engraçada — disse ele, jogando o artigo na mesa.

— Vou procurar esse anúncio — disse eu.

— Ouvi dizer que você vai fazer uma excursão de canoa — disse ele.

— Vou.

— Você anda com muito trabalho?

— Uma cacetada — respondi, esperando que ele percebesse meu laconismo como um sinal, mas John tinha um motivo para estar ali.

— Escute, nós andamos recebendo telefonemas sobre umas provas que você não devolveu — disse ele. — O Jay pediu que eu falasse com você.

— Eu sei. Vou passar o fim de semana em Michigan só corrigindo provas, e colocar tudo no correio na segunda-feira. Não se preocupe com isso. A parte sobre Jay era para que eu soubesse que a administração da escola estava na jogada.

— "Eu" vou a Michigan, e não "nós"? Está acontecendo alguma coisa?

— Talvez. Ainda não tenho certeza.

— Você está bem? — perguntou ele.

— Na verdade, não, mas é algo que qualquer verão cura.
— Você quer conversar?
— Ainda não sei sobre o que conversar. Talvez eu queira quando souber.
— De vez em quando eu ficava imaginando — disse ele. — Isso sempre foi um casamento de conveniência, e esse tipo não resiste muito. Aconteceu alguma coisa?
— Não comigo, mas talvez com ela. Lydia diz que está mais próxima de mim, e eu acho que não fiquei mais próximo dela.
— Mais próxima? — perguntou ele, com ar um pouco duvidoso.
— Escute, ela é assim porque foi muito machucada quando era mais jovem.

Minha explicação soava falsa até para mim. Talvez eu já houvesse alegado aquilo vezes demais. Eu estava defendendo Lydia outra vez? Já me conscientizara havia muito de que nem todos os meus amigos valorizavam ou gostavam de Lydia como eu. John era um. Ele achava Lydia metida a besta. E ela *era* metida a besta. Costumava fazer e desfazer amizades com grande facilidade. Eu vira isso muitas vezes. Quando alguém entrava nas nossas vidas, virava protagonista por algum tempo. Depois, com a mesma rapidez era dispensado. Era como se Lydia necessitasse provar a si mesma que poderia ter relacionamentos verdadeiros, e depois provar que poderia viver sem isso. John Thompson, entre outros, via isso como insinceridade por parte dela. Eu via isso como outro mecanismo autoprotetor. E mais uma vez percebi como as coisas estavam diferentes agora: como Lydia parecia não querer ficar sem mim.

Era um fim de semana de vento frio, e eu me acomodei numa mesa de jogo defronte da lareira no chalé. Li, corrigi provas, escrevi, li, corrigi provas, escrevi, li, corrigi provas, e escrevi até não poder mais. Então cortei lenha e varri folhas durante algum tempo. Grelhei umas costeletas de porco, que comi com couve-de-bruxelas e arroz integral. Também pensei muito sobre o pedido de Lydia para que eu ficasse na casa de Carolyn. Já quase decidira não fazer isso, mas na tarde de domingo fui passear na praia com Art, e, para minha surpresa, encontrei Carolyn lendo um romance sentada num banco no canto do seu deque. Tomei a presença dela ali como um presságio. Carolyn só ergueu o olhar quando eu subi os degraus.

— Oi, Pete. Oi, Art — disse ela.

Depois soltou Cooper, que desceu os degraus com Art para cabriolar na areia. Nós ficamos observando os cães e conversando. Wendy já estava na França. Carolyn quisera tirar uma semana para relaxar, depois de trabalhar 15 horas por dia durante semanas até resolver tudo. Estava ali sozinha, lendo e se aquecendo ao sol. Vi que seu cabelo estava descorado, de um louro quase branco, e que sua pele estava coberta de sardas. O rosto e os braços estavam bronzeados, contrastando com o branco brilhante do suéter.

— Fico contente por você passar aqui. Eu ia telefonar para você hoje, e combinar de levar o Cooper. Estou partindo terça-feira — disse Carolyn estreitando os olhos contra a luz do sol e dando aquele tipo de sorriso que faz a gente pensar que a vida não é tão ruim, afinal de contas. — Saia do sol. Sente aqui.

Ela pousou o livro e puxou os joelhos até o peito. Estava descalça, apesar da friagem.

— Você está sozinha? — perguntei.

— Estou.

— Sem o arquiteto baixote?

— Sem o arquiteto baixote — disse ela rindo, mas sem continuar o assunto.

— O que você está lendo?

Ficamos conversando sobre livros e autores. Ela me contou o enredo do romance que lia.

— Você ainda quer que alguém fique na sua casa? — indaguei.

Ela olhou para mim com uma expressão ambígua.

— Quero dizer... eu. Assim o Cooper podia continuar em casa.

— Você? Só você?

Assenti.

Ela inclinou a cabeça e perguntou:

— O que está acontecendo?

Abanei a cabeça.

— Bom, eu preciso saber se a Lydia concorda — disse ela.

Falei para ela que a ideia fora de Lydia, que já se oferecera para cuidar dos dois cachorros enquanto eu estivesse fazendo canoagem.

— Bom, seria ótimo, acho eu, se você realmente quer — disse Carolyn, e eu percebi que ela temia se intrometer em alguma confusão. — Eu só gostaria de telefonar para Lydia e conversar com ela.

Combinamos nos encontrar na cidade na noite seguinte, para que ela pudesse me mostrar a caixa de disjuntores, entregar as chaves e repassar a rotina do cachorro. No final, a descontração do início da conversa se esvaiu. Eu murmurei que precisava voltar ao trabalho, e fui embora. Na praia, joguei um galho para Art pegar. Ele e Cooper saíram correndo juntos. Olhei para trás. Carolyn continuava sentada lá, lendo.

Na segunda-feira, acordei às quatro da madrugada. No bolso da frente da camisa de flanela que vesti contra o frio matinal, encontrei a foto dos pais de Lisa Kim no jornal, com a tal mulher rindo para a câmera e o tal homem distraído levantando. Havia algo ali que atraía incessantemente o meu olhar, de modo que colei a foto no espelho do banheiro no chalé e fiquei examinando a imagem enquanto raspava a barba de três dias do meu rosto. Depois esqueci o assunto. Deixei a foto lá. Já tinha trancado a casa, levado minhas sacolas de compras para o carro e chegado à cidade quando percebi isso. Ainda bem: provavelmente acabaria tendo um acidente se ficasse com o olhar grudado na maldita coisa.

Evitei parar em casa. Ainda fazia frio, por isso Art poderia passar o dia dormindo dentro do carro. Ele não se importava com isso. Telefonei para Lydia ao chegar à escola, e fiquei aliviado quando ela não atendeu. Tentei dar um tom descontraído à voz ao deixar recado na secretária eletrônica. Falei que encontrara Carolyn, e que já combinara tudo com ela.

— Ela parte amanhã, então acho que já vou dormir na casa dela amanhã à noite — disse eu. Depois de desligar, tentei me convencer de que não havia problema.

Eu decidira não contar a Gene Brooke todo o negócio com Lydia. Isso não vinha do desejo de ocultar qualquer coisa, mas da necessidade de avançar no caso de Lisa Kim. Ele não estava com tanta pressa quanto eu, mas isso não importou também, porque assim que sentei, contei tudo a ele. Eu achava que estava tirando o assunto de pauta, mas ele achou que eu estava trazendo o assunto à baila. Na sua opinião, Lydia e Lisa provavelmente não eram problemas distintos, provavelmente não era coincidência que as duas coisas estivessem acontecendo ao mesmo tempo, e provavelmente eu precisava entender meus sentimentos por Lydia antes de lidar com Lisa Kim. Tudo isso me pareceu tremendamente óbvio quando ele falou. E eu me senti idiota, ou ingênuo, por não ter visto a coisa antes. Jesus, meus sentimentos por Lydia? Por que eu não parara para examinar isso com mais atenção? Achei que estava triste. Achei que sentia uma espécie de alívio ou liberação, mas também culpa. Acima de tudo, eu estava puto.

— Você pode me dizer por quê? — indagou ele.

— Porque ela está agindo como se toda essa história de Lisa Kim fosse uma espécie de brincadeira frívola, e está me tratando como se eu fosse um Don Quixote, lutando contra moinhos de vento.

Achei que ele fosse me perguntar se eu *estava* lutando contra moinhos de vento; se nossos papéis estivessem trocados, eu provavelmente perguntaria isso a ele, mas Gene parecia raramente fazer a pergunta seguinte, a pergunta óbvia. Fiquei pensando se não fazer isso seria uma técnica sua, algo que ele estudara e aprendera. Imaginei estudantes de pós-graduação, sentados em círculo sobre cadeiras dobráveis, fazendo uns aos outros perguntas inesperadas. A pergunta que ele me dirigiu foi: — O que você acha que a Lydia sente?

Lydia? Caramba, eu não sei. Era como se eu fosse viajar, e ele estivesse me fazendo as perguntas mais básicas. Já fez as malas? Já comprou a passagem? Já planejou o itinerário? Eu não fizera coisa alguma. Achava que Lydia também estava com raiva. Achava que ela estava magoada e preocupada. Achava que ela estava ressentida.

— Por que você acha que ela sente essas coisas?

— Porque ela é possessiva.
— E isso é uma coisa que vocês dois concordaram jamais ser, de modo que você está com raiva.
— Exatamente — respondi.
— Mas por que ela é possessiva? — perguntou ele.
— Não sei.
— Ela está com medo de perder você?
— Talvez.
— Por que você acha isso?
— Não sei.
— Pode ser porque ela ama você?
— Acho que sim.
— Tá legal — disse ele. — Eu estaria distorcendo suas palavras demais, se dissesse que o amor de Lydia provoca raiva em você?

Precisei pensar sobre isso durante algum tempo. Depois disse:
— Acho que não. Nós não devíamos nos apaixonar um pelo outro.
— Então ela violou o acordo que vocês tinham?

Depois Gene quis saber por que Lydia concordara com algo assim, em primeiro lugar. Por que ela desejaria manter um relacionamento que não fosse baseado em amor? Nós concluímos que só podia ser porque ela tinha medo do amor. Mas não era bom ela ter perdido o medo de amar? Não significava que ela estava mais saudável e madura? E por que eu desejara ficar com alguém que não era nem uma coisa nem outra? Eu também tinha medo do amor?

Precisei de algum tempo para pensar. Por fim, disse:
— Eu era diferente. Duvidava da existência do amor, porque não achava que um dia fosse me apaixonar de verdade.
— E você está apaixonado agora?
— Não, mas eu acho que posso ficar. Essa é a diferença. Acho que a morte de Lisa Kim me deu uma sacudida. Como se o acidente me tivesse alertado: "Olhe, podia ser *você* amassado ali."
— Então você também mudou, como a Lydia — disse Gene.

Eu precisava admitir que isso acontecera. Então por que estava com raiva das mudanças em Lydia? Sentia raiva porque não tinha amor por ela? Estava com raiva porque ela não era amável o suficiente?

Subitamente nosso tempo terminou. Eu não queria parar, mas Gene insistiu.

— Cara, isso é difícil — disse eu.

Combinamos uma nova consulta antes da minha viagem para o Canadá.

Contar a verdade para Gene fez com que eu me sentisse um homem honesto, ainda que tolo, e pareceu diminuir um pouco minha ansiedade. Eu gostei de sentir isso, e no sábado fui procurar Tanya Kim. Ela estava atendendo um freguês, por isso esperei e fui dar uma olhada nas botas expostas. Ela me notou ao sair com os braços cheios de caixas de sapatos.

— Ah, oi.

— Pode me vender uns troços para canoagem? — perguntei.

Enquanto esperava, escolhi um poncho impermeável, uma lanterna elétrica, um canivete e uma garrafa térmica inquebrável.

Ao chegar, Tanya olhou para os objetos. Recomendou um canivete diferente e dois pares de sapatos para andar dentro da água.

— Você não vai querer cortar o pé lá — disse ela.

Depois me vendeu meias e camisetas que respiram e secam rapidamente, além de um par de calças para pescar feitas de náilon, com zíper nas pernas.

Enquanto Tanya tirava a nota, perguntei como estavam as coisas. Mais uma vez fiz a pergunta de modo bem geral, mas novamente ela respondeu de modo específico e com o mesmo tom de confidencialidade que eu sentira antes. Decidi fazer o mesmo, e contei que fora consultar Gene Brooke. Ela ficou interessada. Contou que seu pai queria que Lisa consultasse um psicólogo, e agora queria que ela fizesse a mesma coisa.

— Acho que Lisa nunca foi...

— É claro que foi.

— É verdade? Isso me surpreende um pouco — disse eu.

— Por quê? Era a situação perfeita para a Lisa. Outra pessoa concorda em ficar sentada, ouvindo você falar sobre si mesma durante uma hora inteira. Você não devia conhecer a Lisa tão bem quanto pensa que conhecia.

Será que ela estava me instigando a contar a verdade? Decidi ir até o meio do caminho:

— Tanya, eu não conhecia a Lisa. Essa é outra razão que me trouxe aqui hoje. Eu queria contar a você que eu não era namorado da Lisa.

Ela inclinou a cabeça, talvez até esboçando um sorriso, e disse:

— Eu já desconfiava disso.

— Você sabe quem eu sou? — perguntei.

— Não — disse ela, terminando de empacotar minhas compras e me encarando, talvez pela primeira vez.

Inspirei levemente e disse:

— Eu presenciei o acidente. Estava logo atrás dela. Fui a primeira pessoa a chegar lá. É essa a minha única ligação com ela.

Observei Tanya com atenção, mas ela parecia estar bem, e com cuidado me fez as perguntas óbvias: Como aconteceu o acidente? Ela disse alguma coisa? Estava consciente? Estava viva?

Por fim, Tanya me entregou o embrulho e disse:

— Eu recebi a sua carta. Você falou com a Rosalie Belcher? Ela era a melhor amiga de Lisa. Se alguém pode ajudar, é a Rosie.

— É, eu percebi isso pelo álbum de formatura, mas simplesmente não consigo encontrar a Rosie. Ela não está em catálogo algum, e seus pais também não.

— Eles se mudaram para a Costa Leste depois que a Rosalie casou, mas ela ainda mora por aqui. Só que agora se chama Rosalie Svigos. É médica. — Algum detalhe mudara. Tanya me encarou de novo. Ficou ouvindo enquanto eu falava da minha excursão. Falou que esperava que eu me divertisse.

Gene me fez descrever o acidente de novo, procurando o que me perturbava. Percorremos cada minuto. Ele me fez um monte de perguntas: Como você teria se aproximado de Lisa? E se ela tivesse trancado a porta? O que você diria a ela? Seu pisca-alerta está ligado? O carro dela tem aqueles assentos anatômicos? Se você tira a chave de ignição dela, a direção tranca?

Ele ficava me pedindo para imaginar o melhor cenário possível, imaginar que tudo correria bem.

— Acho que ela provavelmente não falaria "muito obrigado" — disse eu. — "Sei que estou bêbada feito um gambá, e realmente agradeço muito você ter salvo minha vida."

— Tá legal, mas digamos que ela faça isso. Digamos que ela coopere, não grite, não jogue spray de pimenta em você, nem lhe dê um tiro. E depois?

Nós repassávamos tudo: havia mil problemas.

— Mas, Gene, eu sei disso. Sempre soube disso, mas há alguma coisa que me perturba. É como se fosse o nome da capital de um estado ou de um diretor de cinema que fica martelando na minha cabeça, mas e eu não consigo agarrar o negócio.

Perguntei se existia alguma droga que atuasse na memória e que pudesse trazer a coisa à superfície. Ele não conhecia nenhuma droga desse tipo. Falou que poderia tentar hipnose, que às vezes usava para ajudar alguém a deixar de fumar, perder peso ou lidar com a ansiedade.

— E funciona?

— Às vezes. Depende da pessoa. No seu caso, acho que talvez estejamos procurando no lugar errado e a hipnose só nos ajudaria a encontrar o lugar certo. Você já ouviu falar de George Mallory e Andrew Irvine?

Gene me falou desses dois montanhistas britânicos, que haviam desaparecido no monte Everest em 1924. Nunca mais fora encontrado vestígio algum dos dois. Enquanto isso, Sir Edmund Hillary e Tenzing Norgay escalavam o Everest, seguidos por dezenas de outros. Todos tinham o mesmo objetivo: o cume de 8.830 metros. Todos. Há poucos anos, porém, um jovem alpinista alemão chamado Jochen Hemmleb mudou a meta um pouco, falando que queria chegar a 8.530 metros, não 8.830. Ele queria encontrar Mallory e Irvine, não o cume do monte. De modo que calculou o lugar mais provável da queda daqueles alpinistas, e foi direto para lá. Encontrou Mallory, que na realidade estava inteiramente preservado pelo frio ar rarefeito, inclusive em termos de vestuário e equipamento. Depois Hemmleb encontrou dezenas de outros alpinistas, exceto Irvine, no mesmo cemitério bizarro formado por um campo cheio de pedregulhos. Eles apresentavam diversos graus de conservação. Muitos eram identificáveis por nacionalidade e expedição, devido às roupas que usavam e ao equipamento que levavam. Atualmente ortodontistas de Dallas, socialites do município de Marin e clubes inteiros de alpinistas japoneses já chegaram ao topo do Everest. Jochen Hemmleb, porém, tinha um objetivo inteiramente diferente e encontrou algo inteiramente diferente ao mudar o ângulo de sua busca em uma fração de grau.

— Talvez a gente precise fazer isso — disse Gene.

— Explique como a hipnose se encaixa — disse eu.

Gene pediu que eu pensasse na minha mente como um círculo com um diâmetro horizontal. Acima da linha fica a mente consciente, e abaixo, o inconsciente. Aparentemente a hipnose, que na verdade não passa de uma técnica de relaxamento, permite que algumas pessoas mergulhem um pouco abaixo dessa linha e entrem um pouco no inconsciente. Lá é possível descobrir coisas esquecidas ou reprimidas, e às vezes plantar uma sugestão.

Falei para Gene que me achava um pouco cético ou cínico demais para que a hipnose funcionasse, mas que pensaria no assunto.

— O Gene Brooke da sua história é o mesmo que trabalha na nossa escola? — pergunta o garoto com cara de cachorro.

— É — respondo.

— Então como ele conhece a Carolyn O'Connor? Ele trabalhava na cidade antes?

— Na verdade, ele não conhece a Carolyn O'Connor, ou não conhecia até então, e nunca trabalhou na cidade. Eu só dispus as peças de maneira que se encaixassem na história.

— Não entendi — diz Nick.

— É que a coisa funciona melhor dessa maneira — digo.

— Não sei se eu concordo com isso — diz a garota cujo cabelo hoje está azul. — E decididamente não engulo esse negócio de hipnotismo. Para mim, parece um truque. Parece *Seinfeld*, ou coisa assim.

— Mas essa é a parte verdadeira — digo. — Gene *realmente* usa hipnotismo, e ele *realmente* usou em mim.

— Então, vamos ver — diz Nick. — Você coloca uma coisa que não é verdadeira na história porque assim funciona melhor, e coloca algo que não funciona porque é verdadeiro. Acho que você não pode fazer as duas coisas.

— É claro que posso, a história é minha — digo.

— Não é a *minha* também? — pergunta Nick.

— Você como leitor? Bom, é — digo.

— E se eu não acreditar nisso? — pergunta Nick.

— Você acredita ou não? — digo.

— Não tenho certeza — diz Nick.

— Então o Gene Brooke é o nosso Gene Brooke, e a Carolyn O'Connor também é real? — pergunta a garota de cabelo azul.

— Sim.

— E você diz que eles se conhecem quando na verdade eles não se conhecem?

— Bom, eles não se conheciam. Agora se conhecem — digo.

— Estou confusa — diz a garota de cabelo azul.

— E você pode fazer isso acontecer simplesmente porque a história é sua? — pergunta alguém.

— Posso.

— Tá legal, se a história pertence ao escritor, e eu sou o escritor, então por que não posso escrever qualquer coisa que quiser, como você? — diz o garoto com cara de cachorro. — Por que preciso escrever essa história idiota de enredo duplo?

— Essa é uma pergunta retórica? — pergunto.

— Não. Eu quero mesmo saber.

— Eu vou lhe dar uma resposta séria, se você realmente quiser.

— Quero.

— Para começar, a história com enredo duplo força você a se manter consciente da voz narrativa. Também força você a pensar sobre a relação entre o narrador e os outros personagens. Isso ajuda no desenvolvimento da história, ajuda a sua história a ficar dinâmica e não estática. Muitas vezes os escritores iniciantes têm dificuldade para fazer a história acontecer. Essa tarefa força você a fazer as coisas acontecerem — digo.

— Eu não quero ser forçada. Só quero escrever. Você não pode nos deixar escrever sozinhos aqui? — pergunta a garota de cabelo azul.

— Isso seria um pouco como ensinar a nadar empurrando a pessoa dentro da água. Minha tarefa é ensinar a vocês algumas braçadas.

— Mas esta aula deveria ser de escrita "criativa" — diz Nick. — Isso, para mim, sugere liberdade. Parece mais escrita "restritiva", se você precisa cumprir tarefas todo o tempo.

— Então imaginem suas próprias tarefas.

— Nós podemos fazer isso?

— É claro. Prefiro que façam isso. Quanto mais responsabilidade vocês assumirem no curso, mais vão aproveitar as aulas. Mas suas tarefas precisam ser tão boas quanto as minhas, e eu preciso aprovar todas. Anotem cada uma. Usem as tarefas que eu dei como modelo, se quiserem. Vejam se cada tarefa tem uma ou mais metas específicas, bem estabelecidas, e um propósito específico. Esse propósito não pode ser exorcizar suas angústias de adolescentes, nem explorar impressões adolescentes de amor, sexualidade ou assuntos correlatos que sejam sem forma, amorfas e desorientadas. Desculpem. Estou falando de objetivos e propósitos que tenham a ver com o ofício de escrever e a disciplina técnica da escrita.

— Posso fazer outra pergunta? Se o curso é para ensinar a escrever, por que precisamos ler tanto?

— Bom, vocês sabem, os escritores leem os outros escritores, assim como os golfistas examinam as tacadas de outros golfistas, os jovens cirurgiões aprendem com os cirurgiões mais velhos, e os artistas estudam com outros artistas. É assim que se aprende.

— Mas aprender o quê? — pergunta Nick. — A imitar outros escritores? E se você quiser ser completamente original?

— A maioria das pessoas diria que é impossível ser inteiramente original, que toda obra deriva do que veio antes. Essa é a palavra corrente: derivativo. Tudo é derivativo, nada é original.

— Eu me recuso a acreditar nisso — diz Nick.

— Claro que recusa, e tem razão. Você tem 18 anos. Está inventando o mundo enquanto cresce. Outras pessoas diriam que você está *re*inventando o mundo. Mais tarde você pode concordar com elas, ou não. É como sexo. Cada geração pensa que inventa o sexo, e todas as palavras ligadas a isso. É difícil pensar em nossos pais fazendo essas coisas...

— Por favor.

— ... ou usando essas palavras, mas é claro que eles fizeram. Cada geração tem certeza de que inventou todos os palavrões, que são algumas das palavras mais antigas em todas as línguas.

— Tá legal, a sua história deriva do quê? — diz Nick.

— A minha?

— A garota que morreu no acidente de carro.

— Não sei. Eu realmente não pensei nisso.

— Arrá! Então o princípio se aplica a todo mundo, menos você.

— Não. Também se aplica a mim. Eu só não pensei nisso. Não é uma coisa consciente.

— Você não acha que sua história é completamente original? — pergunta Nick.

— Como assim?

— Você mistura fato e ficção, trocando as peças de lugar, borrando a linha entre o que é verdadeiro e o que não é.

— Eu posso até achar que a minha história é original, mas provavelmente não é — digo.

— Isso não é importante? — pergunta o garoto com cara de cachorro.

— O quê?

— Ser ou não original.

— É mais importante eu achar que ela é original — respondo.

— Então você está dizendo que a ilusão é mais importante que a realidade — diz Nick.

— Estou dizendo que frequentemente a ilusão é tudo que temos.

8

CRÔNICAS DE VIAGEM

ENTRADA: QUETICO, ONTÁRIO, CANADÁ
de Pete Ferry

A verdadeira importância de fazer canoagem na região selvagem de Quetico-Superior está nos valores que encontramos lá e que trazemos conosco ao partir, mesmo quando esses valores não são inteiramente compreendidos.

Sigurd Olson

Eu me encontrei com Tom Maury no Candlelight para tomarmos umas cervejas e aproveitei para lhe fazer perguntas sobre Quetico.

— Os mosquitos são do tamanho de beija-flores, e a água é tão fria quanto o sorriso de Dick Cheney — disse ele. — Mas ir para lá foi a única coisa que eu já fiz que não pode ser exagerada.

O Parque Provincial de Quetico tem cerca de 4 mil quilômetros quadrados de terras selvagens, quase virgens e cuidadosamente regulamentadas na região sudoeste da província de Ontário. Fica contíguo à igualmente extensa Floresta Nacional Superior do estado de Minnesota. É um trecho de terras desabitadas, repletas de água, bosques e granito, onde só se pode viajar de canoa. E mesmo assim as permissões precisam ser providenciadas com antecedência de semanas, para desencorajar visitantes casuais ou frívolos. Não são permitidas latas e garrafas no parque, e todo o resto do material que entra também precisa sair. O nome em si pode ser a antiga palavra *chippewa*, ou um acrônimo para Quebec Timber Company, a madeireira que já teve concessões de exploração na área. Seja qual for seu passado, trata-se de uma das áreas de preservação ambiental menos poluídas e mais protegidas do continente. É uma terra de águas azuis como o céu.

Nosso acampamento inicial ficava a cerca de dois quilômetros do outro lado do lago Cedar. Só para pegar o gosto da coisa, fomos até lá ziguezagueando de canoa numa noite quente de junho.

Comemos presunto e feijão numa sala de refeições que me fez lembrar o acampamento de escoteiros da minha infância. Depois houve uma preleção sobre o que fazer e o que não fazer: pendurar sacolas de comida em galhos a dois a três metros do chão, nunca nadar sem tênis, pois um dedo do pé cortado pode ser um problema sério em locais desertos, e não deixar fogueiras acesas sem alguém por perto, mesmo por breves períodos.

Nosso guia não era um velho finlandês de cachimbo na boca, como eu previa, mas um rapaz de 19 anos chamado Mike, nascido na Bósnia e criado em Romeoville, Illinois. Seus pais haviam fugido da guerra nos Bálcãs. Embora Mike fosse dado a fanfarronices e erros gramaticais, decidi confiar nele, presumindo que entendia algo de sobrevivência.

Fizemos um teste de natação depois do jantar, e eu mergulhei direto do píer. Acho que tencionava provar minha têmpera, ou coisa assim, mas a água gélida praticamente me cortou a respiração. Saí nadando uns vinte metros feito cachorrinho, arfando e sufocando.

Depois cada um de nós aprendeu a içar sobre os ombros a canoa incrivelmente leve (35 quilos). Fizemos e desfizemos nossas mochilas, cada vez separando mais coisas supérfluas a serem deixadas para trás. E finalmente nos reunimos ao redor de uma mesa de piquenique, para estudar os mapas à luz de lanternas a gás. Recebemos do nosso guia a indicação das rotas, além de informações maravilhosas sobre itinerários, os lagos Este Homem e Aquele Homem, o riacho Poobah, o rio Wawiag, a Piranha e o Bastardo, as cachoeiras Chatterton e a Parada para um Cigarro.

Primeiro Dia, 6 de junho:
Fui acordado às 5h por mosquitos nos meus ouvidos, chuva no telhado e uma suave aurora cinzenta. Fiquei deitado ali por meia hora, pensando em cigarros. Eu vinha fumando vinte por dia, intermitentemente, havia quase vinte anos. Agora tinha cinco Merits Ultra Lights, que havia filado num momento de pânico, para durar nove dias inteiros.

Passei repelente no corpo todo, e saí. Estava chuviscando. Interrompi uma garota que tentava lavar o cabelo à beira do lago com uma toalha passada nos ombros nus.

Encontrei um assento no refeitório, e li um conto de Kathryn Shonk sobre saudade da casa na Rússia que parecia misteriosamente presciente. Impulsivamente fumei todos os cinco Merits antes que os outros chegassem para o café da manhã. Fiquei a zero.

Havia sete de nós nas três canoas, e eu era o único fumante. Levávamos provisões que deveriam durar nove dias, carregando nove mochilas grandes, sete salva-vidas e sete remos. Todas essas coisas precisariam ser transportadas à mão quando ladeássemos cachoeiras ou fizéssemos a travessia por terra entre dois lagos.

Três das mochilas continham todos os nossos pertences pessoais, como roupas, lanternas e sacos de dormir. Em outra havia uma barraca de lona de três metros por quatro, que, por sua vez, abrigava todos nós. As cinco restantes eram de comida e acessórios culinários. Seus rótulos eram: café da manhã, almoço, jantar, gêneros básicos e pão. Havia sete bifes, sete salsichões, um quilo de bacon, linguiças defumadas, queijo, manteiga de amendoim, geleia e, naturalmente, pão. Depois vinham os alimentos desidratados, que incluíam frango à Tetrazzini, guizado de carne e pudim de maçã com chocolate.

A primeira metade do dia foi gasta remando na direção do Canadá. Ao meio-dia, quase todos nós já havíamos passado mais tempo ali do que em qualquer outra canoa na vida. Mantivemos silêncio na maior parte do tempo. Deste ponto de vista, a pequena aventura que havíamos planejado parecia de certa forma premonitória. Na minha cabeça, eu cantarolava aquela velha canção dos Eagles, "Take It Easy". Sempre achara que a estrofe sobre as mulheres ("quatro querem me possuir, duas querem me destruir, uma diz que é minha amiga") era, na verdade, uma amostra bem transparente de fanfarronice, mas naquele momento eu estava muito feliz por estar numa canoa rumando para o Canadá, longe das duas mulheres que vinham complicando minha vida. Por uma delas eu certa vez percorrera vários quilômetros de carro só para ligar de um telefone público "parado numa esquina de Winslow, Arizona", mas isso acontecera muito tempo antes.

Na fronteira havia uma pequena cachoeira pitoresca, um diminuto posto alfandegário e uma cabana da guarda-florestal que parecia saída de *Yogi Bear*, guarnecida pelo senhor e pela senhora Mike O'Brien. Eles eram altamente profissionais, mas tinham a aparência de um casal de avós. Fiquei pensando se no mundo haveria outro ponto de controle internacional por onde só transitassem canoas. Enquanto esperava que nossos documentos fossem processados, comprei um cigarro de uma adolescente, com uma sensação quase criminosa.

Mike passara a manhã toda reclamando das lanchas que são permitidas no lado americano da fronteira. Quando os pilotos passavam por nós com os motores zumbindo, ele dizia desdenhosamente: "Maníacos." Imaginei que ele só estava tentando nos impressionar com aquela postura, mas, depois de avançar alguns quilômetros para o norte, Mike nos fez parar de remar e escutar. Era possível ouvir um córrego que parecia estar a uns oitocentos metros de nós. Ouvimos as vozes de duas pessoas que se aproximavam do riacho numa canoa. Quase conseguimos distinguir as palavras pronunciadas.

Nosso primeiro acampamento foi exatamente como eu imaginara. Havia uma clareira dentro de uma pequena extensão de vegetação cerrada, além de um bosque com vidoeiros e cedros. Também havia a margem rochosa de um lago frio e claro, com luz suficiente para um pôr do sol.

De pé em torno da fogueira, nós comemos os bifes pequenos e duros com batatas em pratos metálicos. A água para o café já fervia sobre as chamas. Eu queria fumar.

Segundo Dia, 7 de junho:
A terra de Quetico é primeva. Geologicamente, é quase uma criança. A última Idade do Gelo terminou há meros 10 mil anos. Nessa época, enormes geleiras com três quilômetros de espessura foram raspando o solo até sobrar apenas um esqueleto de pedra.

Então a vida começou de novo. O gelo que derretia encheu os inumeráveis lagos e rios, mas a terra permaneceu raspada. Até hoje o solo é tão fino que frequentemente é impossível cavar um buraco com mais de dez ou 12 centímetros. Entretanto, o que é notável é que dessa frágil epiderme nasceu uma das grandes florestas do mundo.

Quando garoto, o que mais me impressionou em Manhattan não foi o tamanho nem as características dos arranha-céus, mas seu número. O mesmo aconteceu ali em North Woods. Do meio do lago Agnes eu podia ver milhares, centenas de milhares, talvez milhões de árvores. Era a única coisa que eu conseguia ver. As árvores se estendiam por inúmeros quilômetros atrás de mim, diante de mim e por meio continente além de mim.

Fizemos o nosso primeiro translado verdadeiro, percorrendo uma trilha comprida e íngreme, com pedregulhos que em termos de tamanho iam de bolas de boliche a maletas. Era exaustivo e desencorajador. Quantas outras ainda haveria pela frente?

Mas então cruzamos o plácido lago Agnes até a cachoeira Louisa, onde as águas caíam dez metros num caldeirão fervilhante, e em seguida mais 15 metros. Tiramos as roupas, mergulhamos, lavamos os cabelos na espuma e ficamos bem limpos. Depois comemos sanduíches de queijo com salame, sentados no solo coberto de agulhas de pinheiros ao lado da água. Até os mosquitos nos deixaram em paz. O mosquito de Quetico é lendário e, segundo uma piada local, é o símbolo da província. Ao fazer translado com a canoa acima da cabeça, às vezes precisávamos prender a respiração para não inalar um desses insetos infernais.

Revigorados e animados, saímos remando energicamente pelo lago com o sol nas costas. Paramos cedo, e acampamos numa bonita ilha defronte de penhascos com trinta metros de altura. Secamos as roupas nas pedras, pescamos, escalamos o rochedo e tomamos banho de sol. Exatamente como dizia o folheto da viagem.

Por uma peculiaridade do destino, não havia um único relógio entre nós sete. Eu já havia passado dois dias sem saber a hora exata. Havia certa sensação de liberdade nisso, mas também era algo inquietante.

Terceiro Dia, 8 de junho:
Fisicamente, talvez esse tenha sido o pior dia de minha vida. Partimos cedo, debaixo de nuvens baixas e rápidas. O vento forte nas nossas costas nos fazia progredir velozmente, mas encapelava o lago Agnes também. Onde nós cruzamos a água tinha pouco mais de um quilômetro e meio de largura, com marolas de crista branca. Fiquei com medo, mas terminamos sem problemas.

Fomos então pulando de um lago para outro, tentando alcançar um local especial de acasalamento e desova para pescar. Foram sete translados no total, o último especialmente longo e acidentado.

Agora já chovia. Seguimos para o último translado, com quase dois quilômetros, mas fomos forçados a recuar por causa do vento e da chuva cortante. Mike falou que era melhor esperarmos a chuva passar no primeiro acampamento que víamos em horas, mas a chuva se tornou ainda mais forte e mais fria, sem amainar. Ficamos agachados inutilmente atrás de rochedos, e finalmente lutamos para armar a barraca. Quem podia, vestiu roupas secas, e todos nós nos metemos nos sacos de dormir. Ao final da tarde, a barraca arqueava sob água da chuva e oscilava devido ao vento. Dentro de poucos minutos todos nós estávamos dormindo.

No fundo, eu sou um citadino. Gosto de campos de beisebol e de transportes públicos. Via de regra, meu contato com a natureza é em doses pequenas, como cartões-postais e chalés de veraneio. Aquela dose era, evidentemente, grande demais para mim.

Acordei e vi a mesma luz cinzenta que tinha visto o dia inteiro. Meus sonhos haviam sido fantasmagóricos, e minha mente rodopiava. Eu já não confiava na minha visão, mas na barraca não havia linhas retas para comparar. Queria muito saber a hora exata. Imaginei-me em casa com uma das duas mulheres que citei antes, recebendo nossos amigos. Servíamos galinha assada, arroz selvagem e aspargos frescos. Havia vinho branco na mesa, e uma boa música no ar. Só que eu não estava em casa. Estava no lugar oposto. Era um homem adulto, quase de meia-idade, desesperada e dolorosamente com saudades de casa.

Escrevi isto logo no dia seguinte, mas aquela noite já se confundira na minha cabeça. Houve um período divertido, eu me lembro, quando a chuva diminuiu: nós contamos piadas sacanas e até entoamos uma canção. Depois a chuva apertou de novo, e percebemos que não teríamos comida quente no jantar. A barraca começou a vazar água. A chuva caía, penetrava na lona, escorria em riachos e formava poças.

Mike disse que comida na barraca poderia atrair ursos, e nós vimos que não haveria jantar. Ele mandou que nos juntássemos a fim de nos aquecer. Encharcados, nossos sacos de dormir chiaram quando obedecemos. Éramos sete homens no meio do Canadá enfileirados no chão feito colheres. Passamos a noite toda cochilando, acordando, virando e tremendo de frio.

Várias pessoas haviam pronunciado a palavra "hipotermia". Eu me inscrevera naquela excursão porque se tratava de algo livre. Eu estava livre, e achara que aquilo daria uma matéria. Não tinha ideia de que a coisa poderia se tornar perigosa.

Quarto Dia, 9 de junho:
Amanheceu e ainda estava chovendo, mas pouco depois a chuva parou. Três de nós levantamos a cabeça e nos entreolhamos. Saímos rastejando em meio à penumbra úmida.

Fizemos uma reunião para avaliar a situação. Não víamos pessoa alguma desde a manhã anterior. Havíamos feito translados por trilhas pouco usadas, chegando a um lago remoto à procura de peixes. Precisávamos encarar um translado de quase dois quilômetros por um pântano e passar o dia inteiro remando antes de ter alguma chance de encontrar outros excursionistas. E, se chovesse, eles poderiam fazer muito pouco por nós, de qualquer maneira.

Examinamos o céu. Parecia que choveria novamente a qualquer momento. As coisas menos molhadas que tínhamos estavam inteiramente úmidas. Tudo o mais estava encharcado. Precisávamos secar as coisas. Precisávamos acender uma fogueira. Precisávamos comer. Precisávamos tentar secar umas roupas.

Todos nós cortamos uns galhos molhados até criarmos uma pequena pilha de gravetos secos. Raspamos uns ramos e conseguimos acender uma pequena chama. Decorreu uma hora antes que o fogo pegasse realmente. Não recomeçara a chover.

Exibido num gráfico, o dia descreveria uma parábola ascendente a partir desse momento. Conseguimos cozinhar ovos com pedaços de bacon e batatas. Depois do café da manhã, fizemos uma fogueira, e estendemos uns varais de roupa de lado a lado. Penduramos os sacos de dormir por cima de moitas e galhos. As meias molhadas foram colocadas nos remos, e os tênis, junto ao fogo. Esquentamos algumas pedras, que pusemos dentro da barraca para secar o tecido. Passamos o dia todo nos movimentando de um lado para o outro, penetrando cada vez mais profundamente na floresta, para arrastar troncos e árvores caídas, que serrávamos e quebrávamos para construir nossa pilha de lenha.

A fogueira crepitava. Um nevoeiro veio e se foi, mas não choveu. Acontecera aquilo que acontece com pessoas que têm uma necessidade comum. A cada peça de roupa dobrada e guardada, nosso ânimo se elevava. Agora já brincávamos livremente. Alguém formou uma bola, enrolando meias úmidas, para jogarmos softball. Fizemos pipoca e chocolate quente. Depois ficamos comendo de pé em torno da fogueira, sentindo nossas calças e meias secarem enquanto contávamos histórias.

Depois de uma ou outra tarefa, eu apalpava o bolso à procura de um cigarro. Já haviam decorrido três dias, e eu tivera poucos problemas. Não ficara com as extremidades inchadas ou os nervos à flor da pele. Nem sentira acessos de raiva. Mas sempre esperava fumar.

Esperava fumar com o café, depois da comida e quando escrevia. Como eu simplesmente não podia, nem sentia tanta falta assim. Se pudesse, porém, teria fumado sem hesitar muitas vezes.

Mais tarde, houve até tempo para pescar e ir de canoa até umas pinturas rupestres dos índios. Lemos e escrevemos perto da fogueira. Alguém gritou, comemorando uma nesga de céu azul. Comemos um jantar enorme, substancial e horrível: supremo de peru, feijões-verdes e cheesecake de abacaxi. O oeste estava rosado. Eu previa que o dia seguinte seria maravilhoso.

Quinto Dia, 10 de junho:
Nos primeiros dias úmidos, nós repetíamos várias vezes: "Pelo menos não faz frio." Na manhã seguinte, estava chovendo, e fazia frio.

Ficou fácil compreender por que as pessoas que vivem ao ar livre frequentemente adoram a natureza. Em casa, quando chovia, eu fechava a porta e ligava a televisão. Aqui, muita coisa dependia de como estava o tempo no céu. Na verdade, tudo. Para começar, não havia como fugir do clima. Pode parecer idiota, pois era quase verão, mas a questão da sobrevivência já surgira. E apareceu de novo nesse dia.

Fizemos as mochilas, tomando um café da manhã frio e rápido, quase em silêncio. Depois saímos remando. O translado seguinte foi difícil, às vezes através de um pântano que chegava até a cintura, e durou quase toda a manhã. O longo trecho a remo que se seguiu foi também muito duro. A temperatura rondava 10ºC e estávamos todos molhados. O lago Kahshahpiwi estava encapelado, e a chuva continuou.

Estávamos procurando uma torre de incêndio abandonada, situada sobre umas colinas. Mike alegou que não sabia que ali também havia uma cabana da guarda-florestal; pensando bem, no entanto, não estou bem certo do que ele alegou. De qualquer modo, contornamos uma curva e alguém disse:

— Uma casa!

Todos nós repetimos a palavra. Era uma pequena cabana branca. Havia quatro dias que não víamos uma casa, um carro ou qualquer sinal de civilização além daqueles que carregávamos; havia apenas água, árvores e rochas.

Mike foi se aproximando aos poucos, leu algo pendurado na porta, virou a maçaneta e entrou. Imediatamente saiu e gritou:

— Venham!

Nós gritamos de alegria, e subitamente sentimos muito frio. Quase não conseguíamos segurar e transportar nossa bagagem. Dentro da cabana, ficamos lutando desajeitadamente com os nós e botões.

A construção tinha três cômodos, e bem no meio um fogão a lenha. Em pouco tempo o fogo crepitava e as roupas secavam. Cozinhamos sopa de galinha com macarrão, e comemos um monte de sanduíches de queijo quente.

O cartaz na porta dizia: "Por favor, substitua o que for usado por outra coisa. Deixe o local limpo." Havia muitas mensagens em resposta: "Salvo da chuva. Dorth do Norte." "Repusemos o estoque de lenha. Obrigado, os Wasson", e, despropositadamente, *"Où est le boeuf?"*.

A chuva parou. No final da tarde, já aparecia uma faixa azul a noroeste. Depois as nuvens foram se abrindo vagarosamente acima de nós, feito a tampa de uma lata de sardinhas, e tudo voltou a ficar belo. Achei que Mike estava um pouco culpado por dormirmos ali, mas todos nós adoramos. Tentei não pensar no que teríamos feito se aquele lugar não houvesse aparecido depois da curva.

Tínhamos feito aquele longo desvio à procura de peixes, mas foi ali que encontramos algo. Ficamos nas canoas e no pequeno deque até bem depois de escurecer. Um de nós pescou no lago uma truta com mais de cinquenta centímetros.

Sexto Dia, 11 de junho:
Era o dia que aguardávamos. Levantamos cedo para trabalhar feito os Sete Anões, assobiando, cozinhando, varrendo, limpando, serrando e secando. Reabastecemos a cabana com lenha, e a despensa com macarrão, queijo, frutas desidratadas e algumas palavras de incentivo.

Cada um de nós engoliu quatro fatias de pão de forma com melado, e depois partimos numa manhã fria de cores puras e brilhantes. Eu sou uma pessoa prática. Não acho que um cartaz publicitário seja a prova definitiva da decadência da sociedade, nem considero o ar moderadamente poluído uma ameaça à minha vida. Consigo tolerar algumas exigências dos tempos modernos. Acho um pouco desorientadas as pessoas mais preocupadas com filhotes de focas e cachalotes do que com seus semelhantes. E para mim a natureza selvagem só é sagrada em letras minúsculas. Afinal de contas, nenhum de nós voltará a viver ali, a menos que todos passem a viver, e eu sei que não gostaríamos disso. Quetico é um laboratório. Mesmo assim, preciso declarar que, em seis dias, eu não vira uma só lata, embalagem de goma de mascar, guimba de cigarro, cartela de fósforo, camisinha usada ou tampa de garrafa jogada fora. E quando o sol brilhava, você precisava piscar os olhos, pois tanta beleza parecia impossível. A região toda tinha um aroma natalino.

Passamos o dia inteiro atravessando meia dúzia de lagos e fazendo nove translados. O sol era forte, mas a temperatura nunca subia. Finalmente chegamos à cachoeira McIntyre, que é uma série de íngremes cascatas borbulhantes, e ao comprido e sinuoso rio McIntyre, território dos castores, com uma represa após outra. Levamos nossas canoas pelo rio, às vezes com água pelo peito, exatamente como Bogart em *Uma aventura na África*, e, mesmo que o ambiente não fosse tão exótico quanto no filme, os mosquitos eram do mesmo tamanho.

Ao escurecer, porém, o céu já ficara nublado. Começou a chover enquanto preparávamos o jantar, e fomos para a cama nos sentindo um pouco derrotados, a despeito do dia.

Sétimo Dia, 12 de junho:

Chuva novamente. Chovera todos os dias. Nós achávamos cansativo e opressivo, mas eu teria pensado que tal coisa seria impossível. Não era. Era só desconfortável.

Como a maior parte das pessoas, eu debocho das pessoas que fazem a previsão do tempo. Só na ausência dos prognósticos delas fui perceber como eu prestava atenção às previsões. Houve momentos naquela semana em que uma boa previsão nos teria dado a esperança tão necessária, e uma má previsão nos teria deixado arrasados.

Além de previsões do tempo, nós já havíamos passado uma semana inteira sem as seguintes coisas, pela primeira vez em nossas vidas: noticiários de rádio ou televisão, mensagens gravadas, jornais, telefonemas, chuveiradas, equipamentos elétricos, com exceção de lanternas e câmeras, vasos sanitários, espelhos, cartas, telhados (a não ser o da cabana) e torneiras. Por volta de meio-dia, cruzamos com dois pescadores, e fizemos uma pausa para trocar algumas palavras. Eram as primeiras pessoas, a não ser nós mesmos, que víamos em mais de quatro dias.

Já havíamos nos tornado remadores bastante competentes. Fomos seguindo em fila indiana e quase em silêncio ao longo do rio Tuck, margeado por florestas e gramados, na esperança de surpreender um alce. Chegamos a ouvir no mato um grande ruído, talvez produzido por um, mas não vimos coisa alguma. Não obstante, sentíamos orgulho pela seriedade da nossa busca.

As noites haviam se tornado a melhor parte do dia, pois a maioria fora límpida e tranquila. Acampamos acima da cachoeira Basswood, o protótipo de corredeiras em toda parte, para nadar e nos lavar. Depois comemos mais gororobas, com uma torta de limão bem boa, observando as nuvens diminuírem e finalmente desaparecerem. Havia uma gaivota fazendo ninho num rochedo bem junto ao nosso lago, e um de nós foi fotografar a ave. Duas outras canoas passaram por nós, singrando a água plácida, levando leitores e escritores solitários. Outros do nosso grupo pescavam acima e abaixo das corredeiras. E todos nós ficamos observando a enorme lua surgir, somando seu brilhante reflexo amarelo às cores cada vez mais fortes do anoitecer. Se fosse sempre assim, eu nunca quereria voltar para casa.

Oitavo Dia, 13 de junho:
Algum tempo depois da meia-noite, para a minha surpresa, houve uma violenta tempestade. De repente havia tanta água na barraca

que quase precisamos de máscaras de mergulho. Uma prova da nossa fadiga e resignação é que ninguém sequer chegou a levantar. Quando os relâmpagos cessaram, nós voltamos a dormir no meio das poças.

Eu pretendia escrever um belo artigo sobre todos os animais selvagens que *não* havia visto nessa excursão, mas o dia de hoje arruinou essa ideia. Descendo a baía Pipestone, nós divisamos dois filhotes de urso-negro na margem. Então, bem ao nosso lado, houve um ruidoso embate entre uma gigantesca gaivota e uma águia-de-cabeça-branca. O interessante é que foi a gaivota que partiu para o ataque, com muitas investidas, mergulhos e guinchos. Na verdade nós havíamos visto meia dúzia de águias, embora nenhuma de tão perto. Também havíamos visto diversos falcões, muitas majestosas garças-azuis e sempre o mergulhão-do-norte, que parecia muito mais à vontade dentro da água do que acima, e cujo gorjeio é a trilha sonora de Quetico.

De novo cobrimos um longo trecho a remo num dia frio e cinzento, e de novo o céu clareou ao final da tarde. Nosso acampamento foi armado numa mata fechada vizinha às quedas Pipestone. Fizemos panquecas de amoras e estendemos nossos sacos de dormir na grama ao nosso lado para secar. Alguns de nós caíram num sono profundo.

Mais tarde, cruzei a baía para caminhar ao lado das corredeiras. Ao fazer uma curva, eu me vi tão perto de uma grande corça que poderia tocar o animal. Eu me assustei, ela correu. Mas instantes depois a avistei novamente. Fiquei totalmente imóvel. Ela estava a uns 15 metros de distância, e ao me ver chegou a dez metros. Bateu o casco no chão como faria um touro, fingindo que avançava na minha direção uma ou duas vezes. Talvez tivesse um filhote nas proximidades. A coisa durou meio minuto. Depois ela desapareceu silenciosamente na mata densa.

Eu já havia visto, tocado e até alimentado com a mão muitos veados em zoológicos e parques, mas foi emocionante encontrar aquela corça. Ali ela estava em casa, e eu não.

Nono Dia, 14 de junho:
Voltamos ao acampamento inicial: camas, saunas e cálices de Drambuie tarde da noite com novos amigos, gente que rotineiramente faz o excepcional. Alguém me ofereceu um cigarro e, pelo menos naquela hora, eu não queria fumar.

Em certo momento daquele verão, eu e alguns outros homens-crianças faríamos nossa visita anual à Grande América para brincar de montanha-russa. Nós nos desafiaríamos e provocaríamos uns aos outros. Anotaríamos cada brinquedo que usássemos, e prosseguiríamos como se fossem proezas. Fingiríamos que o perigo não era ilusório, que não havia sistemas de segurança por trás de outros sistemas de segurança, e que o dedo de alguém não estava sempre no botão de parar.

Então percebi que só fôramos remar a três dias de coisa alguma para encontrar um lugar onde não poderíamos telefonar em busca de socorro, fazer o sinal de intervalo ou pedir arrego. Lá, o único sistema de segurança estava dentro de nós mesmos.

De volta à cidade, diversas pessoas perguntavam:

— Você se divertiu?

Elas não sabiam, como antes eu também não sabia, que a pergunta era irrelevante. Na realidade, acho que fiz essa pergunta a Tom Maury poucas semanas atrás, e agora entendi a resposta dele:

— Ir para lá foi a única coisa que eu já fiz que não pode ser exagerada.

Ao remarmos para casa no último dia, o céu estava claro e o sol, quente. Não havia ameaça de chuva.

9
. . .

ENCONTRANDO PETER

Num restaurante simples em Duluth, Minnesota, apertado numa mesa com um monte de adolescentes que se acotovelavam para contar piadas sobre peidos, eu comi uma costela assada com purê de batatas e salada, bebendo um copo grande de Weissbier gelada com uma rodela de limão. Foi uma das três ou quatro melhores refeições da minha vida. Na verdade, foi tão boa que parecia exigir um cigarro depois, e eu fiquei parado por longo tempo olhando para os maços numa loja de conveniência antes de decidir não comprar um.

Voltei ao ônibus, reclinei meu assento e dormi durante todo o restante do percurso por Minnesota e um bocado por Wisconsin. Quando acordei, havia um filme passando no monitor de vídeo acima da minha cabeça. Fiquei vendo sonolentamente o troço, que fora filmado em Chicago. Um carro encostava no meio-fio e o motorista falava com um homem de bicicleta. A tomada era sobre o ombro do ciclista, enquadrando o rosto do motorista na janela aberta do carro. Sentada no banco do carona, Lisa Kim dizia:

— Vamos chegar atrasados.

Bom Deus. Pela primeira vez senti que não escaparia daquela mulher, mesmo se quisesse. Depois havia uma cena interior, com duas garotas conversando em primeiro plano. Ao fundo, Lisa Kim pintava as unhas dos pés sentada num sofá. Ela se inclinava sobre um joelho erguido para fazer isso. Parecia desligada da conversa e da câmera. Notei os créditos ao final do filme: Terceira colega de quarto — Lisa Kim.

Durante a excursão de canoagem, eu pensara um bocado sobre a morte de Lisa Kim e a minha morte; é fácil fazer isso quando a gente está a dois ou três dias de viagem a remo de qualquer telefone, e a mais meio dia de qualquer pronto-socorro.

Olhei pela janela do ônibus, pensando sobre a história de Mallory e Irvine que Gene me contara. Eu gostara daquilo. Gosto de lições sutis sobre direção e falta de direção. Navegando rumo ao oeste para chegar ao leste, o garoto que olhava para o chão enquanto os demais olhavam para o céu. Se estávamos procurando no lugar errado, porém, onde ficaria o lugar certo? Talvez aquilo nem fosse sobre Lisa Kim. Talvez nada tivesse a ver com ela. Talvez fosse sobre mim e Lydia, sobre como podíamos ter desperdiçado nossas vidas esperando algo que talvez nunca acontecesse. Ou que até acontecera, mas não fora grande coisa. Lydia fora o ser humano de quem eu me senti mais íntimo pela maior parte de 12 anos, e era difícil acreditar que um dia ela pudesse parar de falar comigo de forma descontraída, sussurrar no meu ouvido ou rir espontaneamente de alguma coisa que eu dissesse. Ou talvez a coisa fosse toda sobre mim: a chegada prematura da crise da meia-idade. Houvera momentos nos dois últimos anos em que eu não conseguia ver meu emprego como algo *não* tedioso. Ou talvez fosse sobre a morte de meu pai; eu *vinha* pensando muito sobre ele. Ou talvez Lisa Kim fosse como um cisco que entra no nosso olho e deixa um arranhão ao sair. Parece que aquilo continua ali, e achamos que precisamos esfregar o olho muito depois de as lágrimas ou um jato de água removerem o cisco.

— Como vão as coisas com Lydia? — perguntou Gene.
   — Não tenho falado com ela.
   — Por que não?

Falei que ficara aliviado por não encontrar Lydia quando fora pegar os cachorros. Eu já não estava tão zangado, mas achava que poderia estar culpado.

— Culpa é um sentimento que você já teve com frequência?

— É claro. Eu acredito em culpa. Acho que é uma coisa boa, em doses pequenas. Faz com que eu me lembre das consequências das besteiras que faço.

— Conte uma besteira que você já fez. Fale sobre uma que tenha provocado culpa por muito tempo.

Eu falei de um garoto que apareceu na praia num verão, e que nós chamávamos de Joe Cavalier. Joe era meio babaquinha, mas nós agíamos como se ele fosse o cara mais popular por ali. Aquilo era uma conspiração, e eu tinha consciência do nosso erro, mas eu era um tolo, e acompanhei os outros. Então, um dia ele percebeu a coisa, foi para o chalé da tia e passou o resto do verão sem sair mais de lá. Eu sempre me senti mal com aquilo.

Também falei de uma garota quieta, que tinha uma queda por mim. Ela me convidou para dançar de repente, e depois encostou o corpo em mim com força. Eu levei a garota para debaixo das arquibancadas e passei a mão nela. Ela deixou. Queria que eu fizesse aquilo. Depois eu menti, falando que precisava ir para casa imediatamente, porque eu não sabia o que fazer com ela. Ou talvez tivesse vergonha de ser visto com ela quando as luzes acendessem. Tempos depois, eu estava com um grupo de caras numa esquina e ela passou no carro do pai. Eu sempre me lembrara da expressão no rosto dela.

— Você chegou a pedir desculpas a ela? — perguntou Gene.

— Não, nunca falei nada.

— Você ainda se sente culpado por causa da Lisa Kim?

Falei que o que eu sentia parecia mais ansiedade. Era como se houvesse algo que eu ainda precisava fazer, mas que não sabia o que era. Quando acordava de manhã, eu sabia imediatamente que precisava fazer aquilo. Eu estava no meio de alguma tarefa, completamente absorto, e subitamente percebia que precisava fazer algo. Era como se fosse um sonho em que você sabe que deve ir a algum lugar ou fazer algo importante, uma prova ou coisa assim, mas simplesmente não consegue ir até lá e fazer o que precisa. Você está perdendo um curso, e o semestre vai se escoando dia após dia. Você sabe que precisa ir, e não consegue. Nunca vai. Só lembra quando já é tarde demais. Você nunca chega lá, e vai se afundando na merda cada vez mais.

— É assim, mas nesse caso eu não sei o que devo fazer — disse eu. — A ansiedade pode enlouquecer alguém?

— Bom, a ansiedade pode ser a base de algumas compulsões, tal como a culpa — disse Gene, sorrindo como se estivesse admitindo algo. — É por esse motivo que estamos conversando sobre culpa.

— Eu tenho uma compulsão?

— Você está compelido, mas não acho que esteja exibindo sintomas suficientes para ser qualificado como um caso completo de desordem obsessivo-compulsiva — disse Gene, sorrindo de novo.

— Mesmo assim, está incomodado com alguma coisa, e ainda não conseguimos descobrir o que é.

Nós dois sorrimos. Eu já estava começando a achar que éramos dois idiotas sorridentes.

— Você ainda acha que a hipnose pode nos ajudar a descobrir esse troço? — perguntei.

— Não sei. É possível.

Eu esperava ter tempo para mim mesmo durante a excursão de canoagem, mas é claro que isso não aconteceu. Quando estamos num lugar realmente selvagem, procuramos companhia em busca de segurança e calor. Se chegamos a sair à procura de um momento de solidão, voltamos correndo. Onde eu finalmente me senti sozinho foi, e isso não é de surpreender, no meio da cidade: o apartamento de Carolyn, claro e arejado, que ficava no último andar de um prédio antigo com três unidades. Lá havia claraboias, uma enorme cama, um sofá confortável e um pequeno terraço nos fundos, com vasos de flores. Eu me sentava ali de manhã com os cachorros para ler o jornal ou escrever, e às vezes à noite, para pensar, beber uma cerveja, ouvir os ruídos da multidão e ver as luzes do estádio Wrigley, a dois quarteirões de distância. A casa dela virou um lugar onde eu não me sentia ansioso, criava todas as regras e tomava as decisões, algumas delas acertadas. Lá eu não comia em latas abertas sobre a pia da cozinha. Lavava os pratos antes de ir dormir, pelo menos a princípio, e nunca fiquei muito bêbado. Planejava as refeições, grelhava muitos frangos e peixes, usava vasilhas para alimentar os cachorros e trocava os lençóis. Quando me sentia solitário, eu telefonava para alguém, mas nunca depois das nove.

Na verdade, eu nunca havia morado sozinho, a não ser na estrada. Alguns anos antes, eu começara a viajar sozinho em certas ocasiões simplesmente porque recebia incumbências ou oportunidades quando Lydia e meus outros amigos não estavam livres. Senti medo na primeira dessas viagens, mas depois fiquei agradavelmente surpreendido ao descobrir que gostava da minha própria companhia. Agora tenho uma lista inteira de recordações que não compartilho com ninguém: touradas, banhos públicos em Budapeste, passeios de bicicleta ao longo do rio Danúbio ou do Mar do Norte em Zeeland, e uma refeição particularmente saborosa de caranguejo ao gengibre com cerveja Tiger num restaurante sobre um ancoradouro bamboleante ao final do percurso da barca em Hong Kong. Na verdade, quem deseja escrever algo não pode se importar de ficar sozinho, e eu estava escrevendo muito. Estava escrevendo a história de Lisa Kim, que começara na primavera. Finalmente chegara ao momento atual, e estava prestes a ter um monte de coisas para escrever.

— Quero que você estenda o braço à frente — disse Gene. — Faça um círculo com o polegar e o indicador. Agora quero que relaxe. Seu braço vai começar a ficar cansado. Provavelmente você já está sentindo o braço cansado, ficando mais pesado. Conforme fica mais pesado, deixe o braço ir baixando vagarosamente, na direção do seu colo. Quando encostar no seu colo, você estará completamente relaxado. Estará muito, muito relaxado. Prestará atenção à própria respiração. Sentirá a respiração. Seu braço está ficando cada vez mais cansado e pesado. Está descendo. Seus olhos estão fechando. Isso. Agora, quando eu lhe fizer perguntas, pode ser que o seu subconsciente recorde algo que o seu consciente não recorda. Se isso acontecer, o seu indicador direito se levantará. E se isso acontecer, vou tentar lhe ajudar a regredir e descobrir o que o seu subconsciente quer que você saiba. Tá legal?

— Tá legal.

— Vamos tentar algo um pouco diferente — disse ele. — Vamos começar pelo acidente e ir para trás. Vamos ver se descobrimos algo indo para trás.

— A partir do momento em que ela bateu no poste? — perguntei.

— É. Comece aí. Poderemos ir para a frente se for necessário.

— Estou observando. Parece que estou observando do sinal lá atrás, mas não pode ser. É muito longe, e as pessoas estariam buzinando, por isso estou dirigindo, mas ela ziguezagueia à minha frente, bate no meio-fio da direita uma vez, acho eu, e nem tenta fazer a curva. Talvez já estivesse desmaiada nesse momento. Quem sabe?

— O que você falou?

— Quando ela bateu no poste? Acho que falei "Ah, Jesus! Ah, meu Deus!". Entrei na alameda da garagem de alguém e liguei o pisca-alerta. Comecei a correr para a casa, mas alguém já abrira a porta. Gritei para chamarem a polícia.

— Vamos voltar.

— A partir do sinal? Tá legal. Eu estou observando Lisa. Sei que ela está com algum problema, mas não consigo decidir o que fazer. Não é como se eu houvesse decidido, mas ela houvesse seguido em frente e fosse tarde demais. Eu não consegui decidir. Mas, antes de chegarmos ao sinal, eu ainda fico torcendo por uma chance. Torço para nós dois sermos obrigados a parar, e então eu poderei fazer algo. Mas estamos a meio quarteirão de distância quando o sinal fica vermelho, de modo que precisamos diminuir a marcha antes de parar. E é um sinal vermelho curto, de qualquer maneira. Simplesmente não dá tempo.

— Vamos mais para trás — disse Gene.

— Eu vou seguindo Lisa. É fácil acompanhar o carro dela, porque uma lanterna traseira está quebrada. Vou seguindo atrás a uma certa distância, porque tenho medo de que ela entre na contramão, obrigando alguém a se desviar e bater em mim. Procuro desesperadamente um policial. Fico pensando "Como vou fazer sinal para um policial se ele vier na minha direção?".
— O que você está sentindo?
— Medo. Frio na barriga.
— Quando começa a sentir medo?
— Quando ela bate no meio-fio. Simplesmente quica no meio-fio, e eu percebo que ela está fodida.
— O que você estava sentindo antes disso?
— Irritação, acho eu. Ela está dirigindo depressa demais, sem cuidado, e isso me deixa puto. Primeiro ela cola na minha traseira, e fica mudando de faixa. Eu diminuo a marcha, vou para a outra pista, e deixo que ela ultrapasse. Só que o carro bate no meio-fio...
— Quando você percebe Lisa pela primeira vez?
— Ela está com o farol alto no meu retrovisor...
— Vá mais para trás ainda.
— Vamos ver — disse eu. — Não tenho... não sei. Não lembro de coisa alguma antes disso.
— Tá legal. Tudo bem. Continue indo para trás até se lembrar de alguma coisa.
— Vamos ver. Isso provavelmente me levará de volta até a escola.
— Tá legal, vá até lá. Que horas são?
— Quase seis. Quinze para as seis. Posso ver o relógio na parede da sala de aula. Estou atrasado.
— Atrasado para quê?
— Nós marcamos um jantar com o chefe de Lydia, Don, e eu estou quase no limite. Preciso corrigir uma última prova, e simplesmente não consigo me concentrar nisso. Finalmente termino a correção e levanto os olhos. São quinze para as seis. Lembro do nosso compromisso, e digo "Ah, merda!". Telefono para casa e deixo uma mensagem: "Desculpe. Mude a hora, se puder." Ponho na pasta todas as provas que preciso corrigir, e tranco a sala. Entro no meu

carro. Está escuro e frio. Não muito frio, mas um frio úmido. Choveu um pouco. As ruas estão molhadas. Não tenho muita certeza das coisas além disso.

— Você para em algum lugar?

— Na realidade, paro. Estou na Green Bay. Paro num mercado em Highland Park. Compro uma garrafa de vinho porque estou atrasado. Jacob's Creek Cabernet. Compro outra coisa. Pastilhas antiácido. Ando com azia. Meu estômago passou a tarde toda ardendo. Na cantina, Terry fez salada de presunto, que almocei com uma tigela de sopa de ervilhas. É uma comida gordurosa demais, e fico arrotando. Então, por volta das cinco da tarde, eu como impulsivamente o sanduíche que trouxe para o almoço. Agora começo a arrotar pra valer, e fico irritado comigo mesmo. Não estou com fome, mas tenho dor de cabeça de tanta tensão. Estou atrasado e preciso ir jantar fora com Don, que toma duas cervejas e começa a contar piadas horríveis sobre esposas em frente à própria esposa. Meu Deus! O trânsito está ruim. Ah, Jesus! Quase sofro um acidente. É isso mesmo.

— O que acontece?

— Ainda estou na Green Bay, mas já em Glencoe. Tento abrir o invólucro das pastilhas antiácido com uma mão só, metendo a unha do polegar entre dois tabletes, através do papel. Olho para baixo durante um nanossegundo e quase bato no carro parado à minha frente. Piso forte no freio e buzino. O cara atrás de mim buzina também, e vem derrapando para cima de mim. Eu prendo a respiração. Contorno o carro dela. Então...

— O seu dedo está levantado — disse Gene.

— O quê?

— Você levantou o dedo.

— É mesmo?

Nós dois olhamos para o meu dedo.

— Volte para o quase acidente. Descreva a coisa de novo.

Eu obedeço.

— Tá legal, que tipo de carro era?

— Está chovendo. Está escuro.

— Tente.

Eu inclino a cabeça para trás sobre a cadeira. Meus olhos estão pesados feito rolimãs, e deixo que afundem em direção ao meio da minha cabeça.

— Pequeno. Preto. Japonês. A lanterna direita está apagada.

Nós ficamos sentados em silêncio na sala de Gene por um longo tempo.

— É a Lisa Kim — digo.

— Tem certeza?

— Ou é ela ou um carro idêntico. A lanterna *dela* também está apagada.

— Sabia que quando descreveu o acidente você falou "eu contornei o carro dela"?

— Eu falei isso?

— Por que o carro parou? Vocês estão num sinal?

— Não. Estamos bem no meio de um quarteirão — disse eu. — Alguém está saltando do carro, acho.

— É a Lisa Kim?

— Não. A outra porta, o outro lado.

— Você consegue ver quem é?

— Não muito bem. Está escuro. Está chovendo.

— Se você precisasse dizer... é homem ou mulher?

— Se eu precisasse dizer, diria que é homem.

— Alto ou baixo?

— Mais para alto que para baixo.

— Gordo ou magro?

— Mais para magro.

— Velho ou moço?

— Não tenho ideia da idade, mas há alguma coisa...

— O quê?

— Não sei. Há algo reconhecível na pessoa.

— Moreno ou louro?

— Difícil dizer. Moreno, acho eu.

— Dá para perceber o clima emocional?

— Como assim?

— Como você descreveria essa despedida? — perguntou Gene. É amigável? Ou a Lisa pisou forte no freio e mandou o cara se mandar? Ele se inclinou para dizer adeus?

— Uma coisa apressada, só isso. Ele deve ter ouvido a minha freada. Como se fosse "Preciso ir. A gente se vê".

— Para onde ele foi? — indagou ele.

— Não sei. Não tenho noção disso.

— Você viu o carro preto no espelho retrovisor depois de passar?

— Acho que não.

— Volte para o mercado na Green Bay. Você poderia já ter notado o carro antes de quase bater?

— Acho que não.

— E depois de ultrapassar? O que acontece?

— Eu tenho comigo mesmo uma dessas conversas que a gente tem às vezes. Digo: "Escute aqui, seu babaca, que diabo há de errado com você? É sexta-feira à noite, época de Natal, e você vai jantar fora. Secretamente, você gosta das piadas infames do Don, e acabou de escapar de um acidente. Portanto anime-se, pelo amor de Deus!"

— E você faz isso?

— Faço. Eu corto para a Sheridan Road em Hubbard Woods, embora o trânsito lá seja um pouco mais lento, só para pegar um caminho panorâmico. Mudo o rádio da NPR para músicas natalinas. Começo a cantarolar. E ainda estou fazendo isso, quando ela se aproxima por trás de mim com os faróis altos.

— De volta ao carro que você quase atingiu... você viu o rosto da pessoa que saltou? — perguntou Gene.

— Na verdade, não.

— Ouviu a voz?

— Não, não. Eu não sei o que é... alguma coisa... alguma coisa...

— Você está cansado, não é?

— Estou.

— Vamos parar agora. Mantenha os olhos fechados.

— Tá legal.

— Vou contar de dez a zero. A cada número você emergirá um pouco mais da hipnose, até chegarmos a zero. Tá legal?

— Tá legal.

Depois ficamos sentados em silêncio durante um bom tempo. Eu *estava* cansado. Fechei os olhos de novo por um longo momento, e quando os reabri, Gene sorria para mim.

— Você descobriu o que era — disse ele. — Encontrou a pedrinha no seu sapato. Eu tinha quase certeza de que estava lá.

— Tinha?

— Tinha. Você não parece pirado o suficiente para ser pirado.

— Que jargão mais clínico.

— Você gosta?

— Gosto.

Conversamos sobre o que me impedira de fazer a ligação antes. Gene achava que eu ficara traumatizado com o acidente, e talvez estivesse até sob um leve estado de choque. Não achava isso surpreendente.

— Você viu algo portentoso — disse ele. — O que aconteceu antes foi insignificante, em comparação. Imagino que você simplesmente esqueceu as coisas anteriores. A sua mente consciente ficou repleta de fatos e sentimentos sobre o acidente, e não sobrou mais espaço. Além disso, decorreu certo tempo entre os dois incidentes, e, talvez o mais importante, houve algumas mudanças. Você mudou de itinerário, mudou de humor. Talvez simplesmente não tenha ligado os dois carros.

— Agora que liguei, o que posso fazer a respeito? — perguntei.

— Não tenho certeza. Talvez nada. Eu aguardaria um dia ou dois, para ver se o seu nível de ansiedade diminui. Se isso acontecer, talvez já tenha sido suficiente fazer a ligação.

— E se não acontecer?

— Se eu fosse você, esperaria algum tempo. Acho que você saberá o que fazer quando chegar a hora.

Só que o meu nível de ansiedade não diminuiu. Na verdade, até aumentou, mas não era o mesmo nervosismo opaco, perturbador e sem objetivo que eu sentira antes. Agora era agudo e focado. Quem era o sujeito no carro? O que ele estava fazendo ali? Por que saltara do carro? Por que permitira que Lisa Kim rumasse de carro para a morte? E o que havia nele que me parecia ligeiramente familiar? Eu esperei os dois dias recomendados por Gene, e depois peguei o telefone. Para responder às minhas perguntas, precisava saber mais a respeito de Lisa Kim. Tanya dissera que Rosalie Belcher Svigos era a melhor amiga de Lisa, por isso telefonei para o hospital de Chicago onde ela fazia residência.

A princípio parecia que eu não descobriria muita coisa com a doutora Rosalie Svigos. Ela não apertou minha mão, nem aceitou minha oferta de um bolinho de framboesa ou café descafeinado na cantina do hospital. Na verdade, foi tão fria que fiquei sem saber por que concordara em me receber, afinal de contas. Mas recebeu. Era uma mulher grande e bonita, com um ar tão não-me-venha-com-babaquice que precisei lembrar a mim mesmo que ela era apenas um ano mais velha que Lisa. Sentou na cantina barulhenta e ficou me observando com ar desconfiado enquanto eu tagarelava. Apesar disso, ficou *sentada*, me observando, mesmo que eu não lhe estivesse dizendo coisa alguma. Eu estava fingindo, e, embora não fosse a minha intenção, havia algo no jeito dela que fazia toda aquela história de último-sujeito-a-ver-Lisa-viva soar fantasiosa e improvável.

Ela me interrompeu no meio de uma frase e perguntou quem eu era. Um repórter? Um investigador?

— O pai da Lisa contratou você? Ou foi a companhia de seguros?

Encurralado, contei aquela história inverossímil, e percebi que Rosalie achou tudo inverossímil mesmo. Também vi que ela não estava disposta a revelar coisa alguma sobre a amiga: estava ali para proteger Lisa. Mas de quem? De um desajeitado professor de inglês com a consciência pesada? Apesar disso, Rosalie continuava sentada ali e devia haver um motivo para isso, principalmente depois que ela percebeu que eu não representava uma ameaça para Lisa. Contudo, quando pedi mais informações, ela me deu a versão oficial. Lisa era uma atriz brilhante. Como qualquer artista verdadeira, ela desafiava as pessoas, fazia com que pensassem sobre a linha entre a realidade e a ilusão, a natureza do artifício, tudo em que acreditavam. Ela era uma atriz intuitiva que vivia praticando seu ofício. Era uma minimalista que nunca parecia estar representando. Era um gênio que tinha pouco tempo para os tolos, e que não ligava se era mal compreendida ou fazia inimigos.

— Isso provocou problemas na carreira dela? — perguntei.

— O que você quer dizer com isso?

— Foi por isso que ela foi demitida do elenco de *Gangbusters* antes da estreia em Nova York?

— Eles imploraram para que a Lisa fosse com eles para Nova York — disse Rosalie. — Foi ela quem disse não.

— Por que diabo ela faria isso? Não seria, por assim dizer, a grande chance da carreira dela?

— Grandes chances só interessam quando você está em busca disso. A Lisa buscava um personagem. Quando *Gangbusters* estreou, nos fundos de um bar na avenida Lincoln, ela tinha um papel pequeno. Em dois anos, eles reescreveram tudo em torno de Lucy Fantissimo, a personagem dela. A Lisa virou a protagonista. A personagem tomou conta da peça. Tudo por causa da Lisa. Quando eles ficaram prontos para estrear em Nova York, porém, o espetáculo já entrara em decadência e estava agonizando. Uma coisa a Lisa não fazia: concessões. Ela era uma absolutista. E então recusou. Estava entediada com o papel. Dera tudo para *Gangbusters* e também aproveitara tudo que pudera. Já estava em outra.

— Desculpe, mas a outra era o quê...? Virar garçonete?

— Vou lhe contar uma coisa — disse Rosalie irritada. — Lisa Kim podia encontrar mais possibilidades dramáticas em um turno de quatro horas do que alguns atores numa carreira inteira. Mas, não, ela não trabalhava só como garçonete. Fez um filme experimental maravilhoso, atuou numa peça alternativa bem interessante e escreveu um texto que Bruce Kaplan está pensando em produzir na primavera. Além disso, fora escalada num filme independente muito importante, chamado *Dream Car*, que foi filmado em Nova York na primavera passada. Acho que vai ser um sucesso estrondoso. Acho que Lisa estava prestes a ganhar um bocado de notoriedade.

Diferentemente de muitos médicos que conheci, bem preparados tecnicamente, mas com pouca cultura, Rosalie Svigos tinha ideias, e eu vi que encontrara alguém que poderia me ajudar. Ela já falara o que tinha a falar, porém, e olhou para o relógio. Eu precisava agir depressa.

— Alguns minutos antes do acidente eu vi um homem sair do carro de Lisa. Você sabe quem poderia ser esse sujeito? — disse.

Ela olhou atentamente para mim outra vez, e perguntou:

— Como era a aparência dele?

— Era moreno. Minha impressão é que ele era alto, magro e de cabelo preto.

— Onde aconteceu isso?

— Na rua Green Bay, na altura de Glencoe.

— Glencoe? — disse Rosalie para si mesma.

— Na hora do acidente, a Lisa tinha tomado heroína — arrisquei.

— Meu Deus, de onde você tirou isso? — disse ela.

— Houve uma autópsia particular.

— Você sabe o que heroína faz? Faz a pessoa aceitar. Faz o mundo desaparecer. Faz a pessoa parar de sentir coisas. Essa era a última coisa que Lisa Kim desejaria. Ela queria sentir tudo. Era a pessoa mais viva que eu já conheci. Se você tivesse falado em cocaína, algo que estimulasse as sensações, eu até acreditaria, mas... a Lisa não tomava heroína.

Rosalie levantou para ir embora. Eu não consegui pensar num modo de impedir isso. Para minha surpresa, ela fisgou no bolso do jaleco branco um cartão, que colocou na mesa.

— Se você descobrir quem era o homem no carro, eu quero saber — disse ela. Hesitou, e depois continuou: — Ninguém encontra heroína numa autópsia. Encontra opiáceos, o troço de onde vem a heroína, mas a morfina também vem disso, além da codeína, que é usada em alguns remédios para tosse, e até Tylenol 3. Talvez a Lisa tenha tomado Tylenol 3 para uma dor de dente, ou comido pão com sementes de papoula. O exame pode ter dado positivo por causa disso. Ela não tomava heroína.

Eu poderia ter atropelado Lydia no dia seguinte e nem perceber que era ela. Sei que estava com a cabeça cheia de coisas, mas deveria ter visto Lydia, em todo caso. Aconteceu mais ou menos assim: eu estava dirigindo e pensando. Sabia que sabia algo sobre o homem que saltara do carro de Lisa Kim naquela noite, mas não sabia o que era. Alguma coisa. Será que eu já o encontrara antes? Será que estava de alguma forma reconhecendo aquele sujeito? Liguei o rádio e deixei minha cabeça esvaziar. Eu estava dirigindo. Precisava me mexer, a fim de pensar. Telefonei para Lydia e perguntei se poderia pegar umas coisas lá. Já era mesmo hora de fazermos contato, embora, na verdade, eu tivesse esperança de que ela não estivesse em casa; achava que um telefonema seria o bastante. Além disso, eu só estava procurando uma desculpa para me movimentar.

Lydia estava se preparando para ir correr. Por um instante, me perguntei se aqueles exercícios de alongamento apoiada no carro, aquele elegante par de tênis de corrida New Balance e aquela roupa de lycra eram para mim. Era eu que sempre me exercitava, e ela frequentemente caçoava da minha vaidade. Constrangidos, trocamos algumas palavras amáveis, como vizinhos que se encontram no supermercado. Depois ela partiu e eu subi as escadas. Fiquei mexendo nas coisas. Esquecera o que fui fazer ali. Ainda pensava naquela noite, tentando recriar a história mais uma vez, como fizera com Gene, mas dessa vez um pouco mais devagar. Eu queria capturar um detalhe que até então me escapara. Algum detalhe. Qualquer detalhe.

Distraidamente, empilhei alguns livros e CDs, que coloquei num saco plástico. Na minha cabeça, eu voltara à escola. Estava trancando a sala de aula. O que, exatamente, eu dissera a Thompson? Vi que estava fechando uma porta, mas era a porta do apartamento. Percebi então que naquele momento eu estava numa situação paralela: descendo um lance de escadas, entrando no carro. Talvez eu pudesse recriar fisicamente o que acontecera. Eu ligava o rádio imediatamente? Ou deixava desligado? Segui pelo beco e parei na rua seguinte. Fiquei parado ali, com o motor ligado; contra o quê eu andara lutando naquela noite? Alguma coisa. O que, com os diabos, poderia ser? Eu tinha o pé no freio, e conferi o espelho retrovisor. Lembre. Lembre. O que teria sido? Agora havia alguém diante do carro. Uma pessoa pulava para cima e para baixo, batendo com a palma da mão no capô do carro.

— Ei! — gritou ela.

Era Lydia. Correndo sem sair do lugar. Eu nem tinha visto que ela estava ali... há quanto tempo? Ela veio até a janela, e disse:

— Você está legal?

— Estou.

— O que está fazendo? Não consegui chamar a sua atenção.

— Eu estava pensando. Só pensando.

Ela bateu no capô de novo, acenou, e saiu correndo. Fiquei observando enquanto ela se afastava. Eu não vira Lydia ali. Ela estava bem em frente a mim e eu não percebera. Lembrei então que em certa época da minha vida tudo que eu queria fazer era olhar para ela.

Naquela vez em que Lydia sumira por três semanas e meia com outro cara, logo no início, a princípio eu não senti falta dela. Depois senti e logo depois senti terrivelmente. Eu ficava acordado na cama, imaginando com quem ela estava trepando, como, quando (naquele exato momento?) e onde. Imaginava que era um certo redator sarcástico, de pernas compridas e cabelo desgrenhado, que ela me apresentara numa festa. Evitava telefonar para o escritório dela, e, quando finalmente liguei, nossa conversa foi rápida. Ela parecia ocupada, distraída, displicente, na defensiva com aquela postura "não é da sua conta". Quando por fim voltou para casa, exausta e melancólica, eu estava apaixonado por ela, ou achava que estava. No mínimo eu queria Lydia de um modo que eu nunca quisera antes de outro homem desejá-la. Era o sentimento mais forte que eu já tivera por uma mulher, de modo que chamei esse sentimento de amor, e talvez fosse. Eu precisava me lembrar disso.

Voltei ao apartamento de Carolyn e deitei de costas, com as palmas das mãos encostadas no chão. Minha ansiedade, que sempre parecia florescer depois de qualquer contato com Lydia, estava se manifestando de duas maneiras: como algo semelhante a vertigem e sob a forma de agorafobia. Eu tinha medo da minha própria altura, sentia que era alto a ponto de chamar atenção, embora eu não seja muito alto. Queria ser mais curto, mais baixo, mais diminuto, mais achatado. Queria também ficar sozinho. Entrava em pânico em lugares apinhados de gente. Mercearias com luzes fluorescentes eram particularmente ruins para mim. Um dia, larguei um carrinho cheio de compras no meio de um corredor e fugi. Às vezes o barulho dos restaurantes penetrava na minha cabeça. Em duas ocasiões eu precisei apresentar desculpas esfarrapadas e ir até o carro, passar algum tempo estendido no banco traseiro. Às vezes precisava agarrar a mesa ou a cadeira com as duas mãos. Tinha medo de tombar lentamente sobre a mesa, ou ir deslizando por baixo. Outro antídoto para toda essa loucura era me manter em movimento, como um tubarão. Se eu permanecesse em movimento, conseguiria me alimentar, respirar e continuar um pouco à frente dos meus demônios.

Depois de ver Lydia, passei dois dias evitando contato humano, dormindo no chão e andando de bicicleta. Gene me mandara esperar, então esperei. O primeiro dia foi mormacento e enevoado. Fui pedalando vagarosamente para o norte, acompanhando a margem do lago. Peguei a ciclovia de North Shore para o oeste, virei para o norte na ciclovia do rio Des Plaines e terminei em Libertyville, no salão de um velho bar chamado The Firkin, que tem comida boa e chopes magníficos. Comi um sanduíche de salmão, bebi dois copos de Hoegarden gelada e li um pouco de *Motoring with Mohammed*, de Eric Hanson. Quando parti de volta, o sol já havia dissipado a névoa, de modo que encontrei um gramado ensolarado ao lado do rio. Deitei de costas com a bicicleta entrelaçada nas pernas, e dormi uma hora antes de voltar para a cidade. Depois sentei no terraço com Art, Cooper e meu livro, lendo até escurecer.

No segundo dia, fui pedalando pela orla sul até o Hyde Park. Uma frente fria passara durante a noite, deixando a calçada e a grama úmidas de chuva. Já o ar estava só um pouco frio e límpido. Parei várias vezes a fim de olhar para a cidade e o lago, vendo os barcos que iam e vinham, uma partida de basquetebol, os cachorros na praia canina e os pescadores negros, porto-riquenhos e vietnamitas ao longo das pedras e dos molhes. Passei uma hora na livraria da rua 57, até comprar *Fantasmas do Everest*, sobre a busca por Mallory e Irvine. Comprei um falafel e um chá gelado grande na rua 55 e voltei pedalando ao lago para comer. À noite tomei umas cervejas e sentei na parte de fora do Penny's Noodles para jantar comida tailandesa e terminar de ler o livro de Hanson.

No terceiro dia, recebi um recado telefônico da minha mãe, que fora passar o verão no chalé. Ela disse que chovera e as calhas haviam transbordado, precisavam ser limpas. Será que eu não poderia tirar um dia ou dois para ir até lá, fazer a limpeza e passar algum tempo com ela? Fiquei feliz por fazer isso. Como ela vive lendo e cochilando, era pouco provável que perturbasse a minha solidão. Além disso, eu vinha querendo percorrer a ciclovia de Kal-Haven que corre por cima de uma antiga ferrovia ao longo do Black River. Pus Cooper e a bicicleta na traseira da picape. Art foi na frente, encostado na porta, olhando pela janela feito um adolescente. Eu fui escutando um audiolivro, *Os mortos*, de James Joyce, e pensando que era um exemplo perfeito daquele verso de Keats: "Beleza é verdade, e verdade, beleza." Triste verdade. A triste verdade que os homens bons precisam encarar a respeito de si mesmos. "Eu precisaria?", pensei. "Já precisei? Chego a ser um homem bom?" Escutei o último parágrafo de novo, imaginando que era um treino para escrever o monólogo de Molly Bloom. Adoro o jeito de Joyce revirar as palavras sobre si mesmas: a neve "estava caindo por toda parte na escura planície central, nas colinas desmatadas, *caindo suavemente* sobre o pântano de Allen, e mais para oeste, *suavemente caindo* sobre as escuras ondas amotinadas do Shannon".

Em 1900, era preciso um dia para se chegar ao sul de Michigan, partindo de Chicago por navio a vapor. Em 1924, meu avô fez a viagem pela primeira vez, levando oito horas de carro, e frequentemente era preciso caminhar pelas últimas dunas carregando as malas, para que os carros pudessem subir sem ficar atolados. Hoje se leva duas horas do Loop pela super-rodovia, mas também, quando eu estou adormecendo na varanda, escuto os caminhões passando na rodovia, às vezes vejo ao norte as luzes da usina nuclear do outro lado das dunas e até ouço o vapor saindo das torres de resfriamento. Pode-se chegar lá mais facilmente hoje em dia, mas já não é tão distante assim. A vida é cheia de reviravoltas, como a sintaxe de Joyce, pensei comigo. Antes o mundo era selvagem, exceto por uns bolsões de civilização. Agora o mundo é uma grade de rodovias, rastros de vapor deixados por aviões e micro-ondas, sobrando apenas alguns bolsões de natureza selvagem, como Quetico. Ir até lá é uma aventura fabricada, pós-moderna e artificial, tal como os aventureiros de hoje, ricaços que escalam montanhas e dão a volta ao mundo em balões desnecessariamente. Aquele velho chalé no meio da floresta podia também ser uma ilusão, mas era uma ilusão que eu valorizava. De pé no telhado, com as mãos enluvadas para trabalhar na água, eu só conseguia ver a floresta e a água à minha volta, por todos os lados, até o horizonte.

Gosto de limpar calhas porque é um trabalho fácil e sujo. A parte suja deixa a gente com uma sensação de dever cumprido. A parte fácil nos deixa tempo para ir à praia, por isso fui até lá com minha cadeira e um guarda-sol. Passei a maior parte da tarde lendo. A água estava meio fria e dava uma sensação de limpeza. Eu lavei o cabelo com xampu. Cooper ficou deitado na areia úmida, arquejando, enquanto Art brincava com um galho comprido, pedindo aos passantes que jogassem o galho para ele ir buscar. Minha mãe fez um ensopado de carne com cenouras e alho-poró, que comemos na varanda com pão francês e vinho tinto. Fui dormir cedo, ouvindo o pio das aves.

Quando acordei ao alvorecer, senti meu rosto coçando e percebi que não fazia a barba já havia algum tempo. Reservei alguns minutos para isso, e vi colada com fita no espelho a fotografia dos pais de Lisa que eu recortara do jornal. Lá estava o tal sujeito, o outro homem na mesa deles. Ele estava se levantando e virando ao mesmo tempo, exatamente como o sujeito se levantara e virara ao sair do carro de Lisa naquela noite chuvosa de dezembro. O ângulo das costas, a postura e a posição da cabeça eram iguais. Era ele.

— Quem diria! — disse em voz alta.

Não voltei correndo para a cidade, como pensei fazer a princípio, e fui dar minha volta de bicicleta. Mas admito que estava distraído, e só me lembro da trilha como um comprido túnel verde. Aquilo não podia ser coincidência. Ele só podia conhecer a família. Só podia conhecer Lisa. Talvez fosse outro médico. Em caso afirmativo, sua aparente negligência ou indiferença era ainda mais perturbadora. Mas eu podia ter certeza? Estava seguro ou desesperado? Parei de pedalar, mas continuei montado na bicicleta. Tirei a fotografia do bolso e conferi. Eu estava certo. Em algum nível essencial e visceral, estava absolutamente certo.

O dia seguinte era sábado. Enfiei os cachorros e a bicicleta no carro, voltando para a cidade a tempo de pegar Tanya Kim no trabalho. Entreguei a ela a fotografia e disse:

— Quero ver se você conhece alguém.

— Você está brincando? — indagou ela. — Isso é uma espécie de piada?

— Não estou falando dos seus pais. Estou falando dele. Esse cara.

— Ah — disse ela. — Não, acho que não.

— Achei que podia ser um amigo, ou talvez um colega dos seus pais.

— Não conheço esse cara — disse ela.

10

O VERÃO DE LISA KIM

Ao olhar para trás, fico com a impressão de que os verões da minha meninice frequentemente tinham temas, embora eu não saiba muito bem como ganhavam esses temas, nem qual se encaixava em qual ano. Era tudo fantasia, autoinvenção. Houve um verão em que uma turma nossa passou semanas abrindo trilhas nas matas de Michigan. Nós saíamos marchando, mapeávamos o percurso e marcávamos o caminho com tampas de lata pintadas que pregávamos nas árvores. Em outro verão, eu e um amigo abrimos uma firma de aparar gramados, com ênfase na parte comercial. Gastávamos todo o dinheiro que ganhávamos com cartões de visita, blocos de notas fiscais em triplicata e gravatas já prontas. Outra vez formamos uma banda, embora nenhum de nós soubesse realmente tocar um instrumento. Sentávamos no porão de alguém usando óculos de sol com lentes amarelas, azuis ou rosadas, martelando, tocando, dedilhando e gritando canções muito ruins. Conversávamos sobre contratos de gravação. Passamos dois verões jogando softball das dez ao meio-dia toda manhã, mantendo meticulosos registros pessoais: no final quase tínhamos conseguido igualar os recordes dos jogadores da liga principal que imaginávamos ser. Quando fiquei um pouco mais velho, economizei dinheiro e comprei uma prancheta de desenho usada, e passei um verão posando de arquiteto: usava camisas sociais brancas de mangas curtas, e projetava um alpendre de ferramentas que meu pai construiu mais tarde. No verão seguinte, eu e um amigo escrevemos uma tira diária cômica sobre tartarugas, porque sabíamos desenhar muito poucas coisas além de tartarugas.

No verão que passei na casa de Carolyn O'Connor — o verão de Lisa Kim — eu me dei ao luxo de viver como criança de novo. Dessa vez, claro, banquei um detetive. Isso também não foi muito difícil de fazer: eu tinha dez semanas livres, e ninguém estava lá para revirar os olhos ou abanar a cabeça em sinal de desaprovação. A coisa envolveu imaginação, prevaricação e muitos telefonemas. O primeiro foi para o hospital onde o casal Kim trabalhava, e o segundo para Miriam Prescott, a mulher que chefiava o comitê de eventos especiais lá. Ela me convidou para uma conversa no seu clube.

No debate entre Fitzgerald e Hemingway, eu me alinho totalmente do lado de Hemingway. Tenho a impressão de que muitas vezes o dinheiro isola as pessoas, que ficam bobas como os Kronberg-Mueller e seu círculo no México. Já imaginava que Miriam Prescot seria uma pessoa assim, ou então uma mulher altiva e de rosto comprido, metida num terno axadrezado, apesar do calor. Em vez disso, ela era dentuça e sardenta. Eu me senti mal por me aproveitar dela, quase antes de perceber que estava fazendo isso.

Fiquei surpreso ao ser levado à mesa de um café num terraço, ao lado das quadras de tênis.

— Tomei a liberdade — disse ela, quando apertamos as mãos.

Uma garçonete já estava nos servindo elaborados sanduíches de salada de atum com elegantes batatinhas fritas caseiras, picles de pepino, grandes azeitonas verdes recheadas e copos de chá gelado.

— Um almoço de trabalho — disse ela, com ar de satisfação. — Sempre posso justificar isso quando a causa é boa.

— Uau, isso é... muito obrigado — disse eu.

Ela abanou a mão e disse:

— É a cara do Henry fazer aquele estardalhaço, ficar todo zangado, e logo depois mandar alguém aqui. De qualquer modo, por onde vamos começar?

Ao telefone eu falara que trabalhava para o *Tribune*, e realmente faço isso às vezes, mas provavelmente ela pensara que o jornal me mandara lá. Decidi manter essa linha, e disse:

— Vamos começar pelo seu jantar dançante.

— Claro que esse é só um dos três anuais que nós damos para levantar fundos.

Ela me falou dos outros dois detalhadamente, e depois do jantar dançante propriamente dito: o leilão silencioso, as rifas, como o tema é escolhido, o comitê e quanto dinheiro é arrecadado para o hospital. Eu fui tomando nota, contente por ter pensado em trazer um bloco e uma caneta.

— Isso já é um bocado de informação para trabalhar — disse eu por fim.

— Espero que seja. Publicidade nunca é demais. Você já sabe quando a reportagem vai ser publicada?

— Desculpe, mas eu só escrevo a matéria. Os editores é que decidem onde encaixar as coisas. Como é sobre a sua programação inteira, e não um único evento, acho que eles podem esperar até... o que vem a seguir? A excursão de outono?

— Isso seria bastante conveniente. Nada mau, na verdade — disse ela.

— Posso lhe fazer uma pergunta? — disse eu. Desdobrei a fotografia dos pais de Lisa Kim tirada no último jantar dançante, que eu cortara do jornal, e alisei o papel diante dela. — Peguei isso aqui no arquivo, e estava pensando...

— Ah, são o doutor e a doutora Kim, nosso casal coreano. Gostamos muito dos dois. Ele é radiologista, e ela, pediatra. Muito, muito competentes.

— E esse senhor? — perguntei. — Ele me parece familiar.

— Vamos ver. Ah, é o doutor Decarre... Albert Decarre.

— Ele é radiologista, ou...

— Não. É psiquiatra — disse ela.

De manhã, passei muito tempo sentado no terraço da casa de Carolyn, olhando para o número do telefone dele no catálogo. Até aquele momento, tudo poderia ser refeito e apagado. Depois eu já não tinha tanta certeza. Levei os cachorros até a praia canina na baía Belmont e fiquei atirando gravetos para eles pegarem. Passei mentalmente em revista o diálogo, principalmente a minha metade. Fui para casa e anotei tudo. À tarde comprei, com dinheiro vivo, um telefone celular pré-pago, preenchendo os formulários com nome e endereço fictícios. Comprei umas latas de Dr. Pepper Diet, e pus três na geladeira. Pouco antes de telefonar, abri uma.

— Dr. Decarre? — perguntei.
— É ele.
— Meu nome é David Lester. Sou jornalista autônomo e estou escrevendo um artigo para o *Chicago Tribune* sobre a morte da atriz Lisa Kim. A matéria vai afirmar que uma testemunha viu o senhor com Lisa poucos minutos antes do acidente. Tem alguma reação a essa afirmativa, doutor?
— O quê? Não. Não, não.
— Também vamos publicar que o senhor tinha um relacionamento pessoal com Lisa. Pode confirmar ou negar isso?
— Lisa Kim era uma amiga da família. Eu sou amigo dos pais dela há muitos anos. Conhecia Lisa desde que ela era criança. Só isso.
— Paul? O que é, querido? — perguntou uma voz ao fundo.
— Nada. Só o hospital.
Levantei a cabeça bruscamente. Ele acabara de mentir. Por que fizera isso?
— Já vamos servir — disse a voz.
— Já estou indo — disse Decarre.
— Doutor Decarre, Lisa foi sua paciente por quanto tempo? — perguntei.
— Não posso confirmar nem negar que uma pessoa seja ou tenha sido minha paciente. Isso viola o Código de Confidencialidade de Saúde Mental e Deficiências do Desenvolvimento do Estado de Illinois.

— O senhor gostaria de fazer alguma declaração para acrescentar qualquer esclarecimento ou informação à matéria? — perguntei.
— Seria um prazer apresentar o seu ponto de vista.
Houve uma pausa longa.
— Não.
— Muito obrigado pela atenção — disse eu, desligando.
O filho da puta mentira, e não negara que Lisa fora sua paciente. Se Decarre era amigo da família há muito tempo, por que Tanya Kim não reconhecera o rosto dele na fotografia? Aquilo não fazia sentido.

Meu telefone tocou e era Lydia. Charlie Duke telefonara para ela de repente.
— Ele está no Kansas, visitando a família. Quer nos ver.
— O quê? Você não contou a ele?
— É claro que contei. Eu falei: "Charlie, você precisa saber que eu e o Pete não moramos mais juntos."
Acho que nenhum de nós dois já falara isso. Fiquei imaginando se fora difícil, e se Lydia ensaiara as palavras, como provavelmente eu teria feito.
— Sabe o que ele falou? — indagou ela.
— O quê?
— Ele falou: "Ah, coitadas de vocês, crianças. Isso fecha a questão. Logo estarei aí."
Eu ri, e ouvi Lydia rir.
— Então... quando ele chega? — perguntei.
— Amanhã.
— Amanhã? Caramba, Lydia, não tenho certeza se consigo encarar isso.
— Bom, o Charlie está vindo. Eu me viro sozinha, se você não quiser.
Certas respostas de Lydia me faziam lembrar de vinhos. Tinham pequenos laivos de martírio, com uma sugestão de superioridade moral e imposição de culpa.

Resolvi visitar Rosalie Belcher Svigos de novo, a caminho de pegar Charlie na estação rodoviária. Primeiro telefonei para o celular dela, apostando que Rosalie não atenderia, e ela não atendeu. Deixei um recado breve e enigmático: eu estaria no hospital às dez horas do dia seguinte, com o nome do cara que estava no carro de Lisa.

Rosalie telefonou para mim três vezes, mas eu não atendi. Na terceira vez, ela deixou um recado marcando encontro num determinado posto de enfermagem no décimo primeiro andar. Bom. Eu queria ver a cara dela quando falasse o nome do cara. Cheguei na hora, e ela também.

— Quem é ele? — perguntou Rosalie imediatamente.

— Albert Decarre. Acho que ele era psiquiatra da Lisa, e também amante dela.

— Merda! — disse ela. — Filho da puta. Eu andava com medo de que algo assim estivesse acontecendo.

Ela me conduziu a uma sala de aconselhamento familiar, e sentou ereta numa cadeira. Queria saber que provas eu tinha, e apresentei tudo a ela. Falei da fotografia, do telefonema, da mentira do doutor Decarre e da sua falta de negativas. Só não falei da sessão de hipnose.

Rosalie abanou a cabeça.

— O que leva você a pensar que eles eram amantes? — perguntou.

— Lisa escreveu... mas por alguma razão não enviou... uma carta endereçada a "P". "P", ponto final.

Tirei a carta do bolso traseiro da calça, que entreguei a ela. Rosalie leu tudo duas vezes, vagarosa e cuidadosamente.

— Uau! — exclamou. — Como você conseguiu isso?

— A Maud me deu a carta, pensando que eu era o "P". Eu entreguei o troço a um velho amigo de Lisa chamado Peter Carey, achando que ele era o "P", mas ele disse que a carta não era para ele. Então, a quem era endereçada? Quando eu estava falando com Decarre ao telefone, a esposa dele se aproximou chamando: "Paul." Ele atende por "Paul". Talvez seja despropósito, mas comecei a pensar: é difícil ir de "Paul Decarre" a "P. Decarre", e depois a "De Carre", afrancesando a coisa, para então chegar a "Peter Carey"?

— Não é tão despropositado assim — disse Rosalie.
Aparentemente Lisa dava a todo mundo um apelido, ou então chamava a pessoa pelas iniciais. Rosalie falou que eu seria "P", "Sr. P", "PF Flyer", "Sapato Velho" ou sabe-se lá o quê. Também falou que sempre achara que havia algo de errado com a morte de Lisa, sempre soubera disso, mas não conseguia achar um só fiapo de prova. Quando eu telefonara, ela concordara em encontrar comigo por puro desespero, já que eu fora a primeira pessoa a compartilhar suas suspeitas. Era o encadeamento da história toda que lhe parecia perturbador. Lisa telefonara para ela algumas semanas antes, para contar que estava muito, muito apaixonada, mas não falara por quem. Essas duas coisas não eram comuns nela: era Lisa que geralmente deixava outras pessoas se apaixonarem por ela, e sempre contava tudo a Rosalie. E também havia o filme que ela faria. Lisa ficara entusiasmada, e já estava trabalhando muito no personagem. Ela planejava ir a Nova York em breve. Andava correndo todo dia, e tomando injeções de megavitamina. Nunca se sentira mais feliz ou melhor. Rosalie falou que aquilo era uma anticoincidência, e ela não acreditava em coincidências de qualquer tipo. Além disso, havia aquela história de heroína.
— A coisa simplesmente não batia — disse ela. — Não tinha a ver com a Lisa. Algo estava errado. Vamos conferir a ficha desse cara.
Ela foi até o corredor e voltou empurrando um computador num carrinho. Fiquei observando por cima do seu ombro. Decarre estudara numa renomada faculdade de medicina, e fizera um programa de residência médica de primeira linha. Seu campo de interesse clínico abrangia depressão, uso indevido de drogas, desordens alimentares, problemas conjugais, fobias, disfunções sexuais e terapia sexual.
— Talvez todos eles falem isso — disse eu.
Examinamos o currículo de dois outros psiquiatras da equipe do hospital. Eles tinham áreas de especialização completamente diferentes.

— Quero verificar outra coisa — disse Rosalie. — Escute só. Segundo o Departamento de Licenças Profissionais do estado de Illinois, o doutor Albert Decarre já foi repreendido por má conduta profissional.

— O que isso quer dizer? — perguntei.

— Não sei — respondeu Rosalie. — Mas isso pode incluir um relacionamento com uma paciente.

— Então ele pode ter feito isso antes?

— É possível. Alguma coisa ele fez. O que você realmente precisa saber é se a Lisa foi paciente dele.

Rosalie falou que não poderia me ajudar nisso, pois a informação estaria nos arquivos do médico, e não do hospital. Eu contei que o doutor Decarre tinha problemas de coluna, e perguntei se ela poderia descobrir algo sobre isso. Rosalie respondeu que só poderia ajudar se ele houvesse sofrido uma cirurgia, e que isso dependeria do local onde a cirurgia fora realizada, mas que tentaria. Seus olhos passaram por mim feito dois holofotes numa noite de gala.

— Se esse cara... — disse ela. Se esse cara...

Depois olhou fixamente para mim, e disse:

— O que mais você está tentando descobrir?

Falei que precisava saber o nome de solteira de sua mãe, e o número de seguridade social de Lisa.

— O nome de solteira da doutora Kim é Sam. Não sei o número de seguridade social de Lisa, mas posso descobrir. Ela passou duas semanas conosco quando se mudou de um apartamento para outro, e deixou um bocado de troços lá. Vou dar uma olhada nas coisas, talvez encontre um canhoto de cheque ou coisa assim.

Falei que não compreendera a frase "Você pode dizer que nossa amiguinha ajudou". Tinha medo de que isso fosse uma referência a drogas.

— O que mais poderia ser?

— Talvez megavitaminas, que são vendidas com receita. Aposto que esse cara estava dando receitas para ela.

Em certa época, Charlie Duke teria saltado do ônibus como se fosse de um Learjet, mas hoje ele parecia todo mundo que vem de Topeka pela Greyhound, e isso não era muito bom. Sua calça de linho estava muito amarrotada, a camisa tipicamente mexicana não escondia que ele ficara mais pançudo, o cabelo grisalho tinha um tom amarelado e no nariz havia um mapa rodoviário formado por vasos capilares vermelhos. Quando ele sorriu, eu vi que as grandes raízes brancas de seus dentes estavam expostas.

— Periodontite — diria ele. — É uma coisa terrível. Vou perder todos os dentes. Ah, bem!

Só que isso foi mais tarde.

Charlie jogou o braço comprido em torno dos meus ombros e me beijou na testa. Em outra época, ele também podia fazer isso impunemente. Depois disse:

— Coitadas de vocês, crianças. Eu simplesmente não consigo imaginar isso. Você precisa me contar tudo.

Eu nunca fiz isso, e ele nunca mais tocou no assunto.

Visitei com Charlie alguns pontos costumeiros da cidade: a vizinhança de Printer's Row, a Universidade de Chicago e a vista do planetário Adler para os arranha-céus. Ele tirou várias fotos com uma imaculada câmera Instamatic antiga. Mostrei também o Loop, a orla do lago e o parque Millenium. Charlie fazia questão de visitar a "lendária taverna Billy Goat", e eu sabia a razão disso. Ele precisava de um drinque. Já estava bebendo quando nos encontramos, embora mal fosse meio-dia, e eu fiz uma careta ao pensar em Charlie com meio litro num saco pardo dentro de um ônibus.

A taverna Billy Goat fica cercada por plataformas de carga, debaixo da avenida Michigan e da Tribune Tower. Tem fama de já ter sido local de reunião de escritores e repórteres dos jornais da cidade. Suas fotos autografadas continuam por todas as paredes, mas atualmente se encontram velhas e desbotadas. A maioria dos fregueses são turistas que conhecem o lugar por um esquete em que John Belushi dizia "cheeseborger, cheeseborger", Charlie tomou uma dose de uísque e uma cerveja; eu consegui ficar em apenas uma cerveja. Quando debochei do conforto nos ônibus da Greyhound, ele falou que era superior ao dos da Flecha Roja.

— Flecha Roja? — perguntei. — Não me diga que você veio de ônibus a viagem toda, desde a Cidade do México.

— Desde Cuernavaca. Na realidade, desde Tepoztlán. O padre Dick estava num retiro, e o Senhor Quebra-Galho (nome do seu Ford, que tem vinte anos) no momento precisa de uma embreagem nova, de modo que fui mesmo de ônibus para a cidade.

Durante os anos passados no México, por duas vezes Charlie combinara trabalho duro com bons investimentos para acumular uma fortuna modesta, mas nas duas descobrira pela manhã que o peso se desvalorizara enquanto ele dormia, e que seu dinheiro só valia uma fração do que valia na véspera. É a sina da classe média mexicana, que sempre parece pagar o preço pela cobiça, corrupção e incúria dos que estão no poder. Os ricos não se importam muito, e os pobres têm pouco a perder. Os gêneros de primeira necessidade, tais como feijão, arroz, milho e óleo diesel para os velhos ônibus escolares onde viajam os pobres para toda parte tradicionalmente são subsidiados, mas a sempre indefesa classe média é posta a nocaute o tempo todo.

Eu e Charlie fomos encontrar com Lydia no nosso apartamento antigo. Ele deu a ela um abraço que durou vários instantes, enquanto Lydia sorria para mim debaixo dos braços dele. O apartamento me pareceu mais vazio, embora eu não conseguisse identificar uma única coisa que faltasse ou tivesse sido mudada. O cheiro estava um pouco diferente. Nós tomamos um drinque, enquanto Charlie e Lydia conversavam. Fiquei observando Lydia. Ela exibia um penteado novo, estiloso e aparentemente caro. Estava bronzeada. Que estranho: eu sempre possuíra o sol, e Lydia, a sombra. Ela também perdera um pouco de peso.

Charlie insistiu em nos convidar para jantar, por isso fomos até o La Choza. Era perto, barato, mexicano, e a gente podia levar bebida de casa, desde que fosse só vinho ou cerveja. Na hora do jantar, Charlie já estava de porre, e não entendi como aquilo acontecera na minha frente: só se ele estava bebendo escondido quando ia ao banheiro. Ficamos sentados no jardim do restaurante, debaixo dos trilhos do metrô de superfície e das luzes natalinas que piscavam o ano todo. Bebemos Tecates geladas para combater o calor e comemos *enchiladas* e arroz com frango. Charlie contou casos engraçados sobre o pessoal da região que ele contratara para cavar uma piscina pequena no jardim. Após três anos de frustração, ele desistira e transformara o buraco numa fossa séptica. Depois contou uma história pertubadora sobre um método que ele descobrira para converter álcool de cereal em vodca e outra sobre dois garotos do vilarejo, chamados Pedro e Pablito, que andavam frequentando o rancho e fazendo serviços para Charlie. Falou deles diversas vezes e com muita ternura, criando na minha mente a suspeita de que os garotos estavam fazendo outras coisas para Charlie, ou pelo menos roubando coisas dele. E é claro que contou sua cota costumeira de histórias inverossímeis sobre personagens improváveis que faziam coisas inacreditáveis. Numa dessas, uma decadente estrela de novelas mexicana perdera no jogo de gamão sua mansão luxuosa, mas não a garagem, que ficava fora da casa e tinha uma escritura separada. Tudo que lhe restara era uma Mercedes 68 conversível, de modo que ela casara com o motorista e os dois agora moravam no carro dentro da garagem. Para desgosto do governo municipal, ninguém encontrara ilegalidade alguma no arranjo. Depois ele começou outra, dizendo:

— E o Arturo? Um vagabundo, uma espécie de bolchevique BMW, se é que isso existe. Para começar, todo mundo sabia que o pai comprara um cargo na UNAM para ele, e é claro que a Sylvia largou dele há muitos anos, enjoada daquela galinhagem. Assim, depois de tantos anos de discursos bombásticos sobre a revolução *ad nauseam*, adivinhem o que aconteceu? Ele foi expulso da universidade, e adivinhem por quê? Não era esquerdista o bastante. Agora, isso não é uma piada?

— Charlie, eu não sei de quem você está falando e nunca soube — disse eu. — Simplesmente não conheço essas pessoas.

— Eu também não conheço metade delas — disse ele. — Isso realmente não interessa. É só papo.

Se você garimpasse o palavrório de Charlie e ouvisse com bastante atenção, quase sempre poderia encontrar ali alguma pequena verdade, e essa era uma delas: "É só papo." Eu soltei uma gargalhada.

Nós já tínhamos esvaziado nosso isopor de cerveja. Pedi a conta e fui ao banheiro. Quando voltei, porém, vi que Charlie, não sei como, achara uma garrafa de vinho tinto, que já estava abrindo. Enquanto ele espoucava aloucadamente a rolha, pensei que levara a noite até aquele píncaro de alegria artificial só para poder beber um pouco mais. Já mais tarde, voltando para o carro de Lydia, Charlie mal se aguentava nas pernas, mas repetia sem cessar "que maravilha de noite" estávamos tendo.

Logo que entramos aos tropeções no apartamento, Charlie vestiu seu pijama de algodão azul, com debrum azul-marinho, e foi dormir no sofá. Eu e Lydia ficamos discutindo se eu deveria ou não dirigir, embora soubéssemos que na verdade estávamos falando de outra coisa. Acho que estávamos sentindo a intimidade que pais divorciados sentem quando precisam lidar com um filho doente ou desencaminhado, e tínhamos esperança de que aquilo fosse algo mais.

— Fique aqui — disse ela. — Não vamos arriscar.

— Eu ficaria, se não fosse pelos cachorros.

— Quando você passeou com eles?

— Pouco antes de vir para cá.

— Eles ficarão bem até amanhã de manhã. E se não ficarem, qual o problema?

Nós fomos para a cama, mas a coisa não funcionou. Lydia fez tudo que eu sempre queria que ela fizesse, mas não adiantou. Estava quente demais, nós começamos a suar, e Charlie roncava. Eu falei que estava constrangido, e Lydia falou que também estava. Contei a piada de *Macbeth* sobre a bebida: "Provoca o desejo, mas estraga o desempenho." Lydia continuou desafiadoramente alegre. Tentamos ficar só nos abraçando, mas parecíamos desajeitados.

Finalmente eu disse:

— Escute, estou me sentindo culpado pelos cachorros. Acho que não vou conseguir dormir. É melhor ir embora.

— Claro... quer dizer... se você não consegue dormir.

Desci a escada o mais depressa que pude. Ainda estava meio bêbado, e já com um pouco de ressaca. Sentei no carro, tentando pensar num momento da minha vida em que me sentira pior do que naquela ocasião. Fiquei imaginando se Lydia também estaria se sentindo assim tão mal. Meu Deus, eu nunca desejara tanto desejar uma pessoa na vida.

— Cristo! — disse eu em voz alta. — Jesus Cristo! O que eu fiz? Será que isso tem relação com Lisa Kim?

Eu saíra por um momento para dar uma olhada em torno, mas achei que a porta se fechara e trancara atrás de mim. Fiquei com a sensação desagradável, que eu queria muito negar, de que eu entrara numa nova fase da minha vida. Era uma fase em que nem tudo era um começo, pois agora havia alguns fins. Nem tudo era um ato de se apaixonar, agora havia o ato de se *desapaixonar*. Eu realmente não sabia que isso era possível.

No dia seguinte, quando fui levar Charlie para a rodoviária, ele estava remexendo nos armários da cozinha.

— Você sabe onde Lydia guarda as biritas? — perguntou. — Preciso de um golezinho, para curar a ressaca.

Mostrei para ele a arca na sala onde Lydia guardava as bebidas, e ele rapidamente entornou um gole generoso.

— Pronto. Muito melhor.

Na rodoviária, ele me deu um abraço forte e prolongado, como fizera com Lydia na noite da véspera. Senti seu coração batendo, ou então era o meu. Eu sabia que, com toda probabilidade, nunca mais veria Charlie. Não era uma premonição ou coisa assim, apenas algo sabido. Nosso tempo já passara. Nossas estrelas haviam se cruzado: a dele, a de Lydia e a minha. Eu estava muito feliz por isso ter acontecido, mas agora acabara. Nossos vetores estavam se afastando velozmente um do outro. Como acontecera com tanta frequência ultimamente, tive uma sensação de transição e inevitabilidade. Há tanta coisa que está além do nosso controle, que na verdade só podemos lidar com o que não está. Aquilo que não estava parecia ser Lisa Kim.

* * *

— Você estava apaixonado por ela? — pergunta a garota que tingiu o cabelo de rosa. — Isto é, se ela realmente existisse, pois é claro que não existe, blá-blá-blá.

— Acho que estava, de certa forma — respondo.

— Isso é muito esquisito — diz ela.

— Por quê?

— Ela não existe, e depois morreu, de modo que não existe ao quadrado.

— Mas ela *realmente* existiu — digo.

— Não para você. Poderia muito bem ser ficção — diz Nick.

— As pessoas se apaixonam por personagens fictícios todo o tempo.

— Só garotas de 14 anos por cantores de rock — diz Nick.

— Não, todo mundo. Todos nós. Vou lhe dar um exemplo. Quando eu era pouco mais velho que vocês, já na faculdade, eu me apaixonei por uma bela menina, um tanto masculinizada, chamada Elena. Ela se apaixonou por mim também, ou pelo menos foi o que pensei, e tudo aconteceu num certo dia da primavera nos fundos da casa de um dos meus professores, que ficava numa colina com vista para a universidade. Nuvens brancas corriam pelo céu azul, nossos pés descalços tocavam a grama nova e a coisa foi emocionante. Verdadeiramente emocionante.

— Caramba, o professor Ferry se deu bem.

— Por favor, nos poupe dos detalhes — disse a garota de cabelo rosa.

— Não se tratava de sexo, mas de amor — continuo. — Contei a ela tudo que eu tinha no coração. A garota escutou atentamente, e percebi que ela escutou. Eu me apaixonei. Um ano mais tarde, comprei um anel para dar à garota. Na noite em que ia pedir que ela se casasse e passasse o resto da vida comigo, evoquei a lembrança daquela tarde de primavera. Para mim, aquilo era a pedra fundamental do nosso relacionamento. Sabem o que ela lembrava daquela tarde?

— O quê?

— Ela lembrava que estava fazendo frio. Lembrava que a grama estava úmida e que ela pegou um resfriado. Só isso. Eu perguntei e perguntei, mas era isso. Nem cheguei a dar o anel para a garota. Deixei no bolso.

— Aonde você quer chegar? — pergunta o garoto com cara de cachorro.

— Eu tinha me apaixonado por um personagem fictício. Tinha inventado aquele personagem.

— Acho que o seu amor era fictício — diz a garota de cabelo rosa. — Se você realmente amasse a garota, acho que perdoaria tudo. Acho que você sentiu uma paixonite, e não amor.

— Talvez. É até provável — digo. — Mas alguém aqui não disse uma vez que paixonite era uma forma de amor?

— Acho que é um estágio do amor — diz a garota de cabelo rosa. — Um estágio inicial.

— Na minha opinião, o amor é como o sexo, grande parte está na nossa cabeça.

— Eu me recuso a acreditar nisso — diz alguém.

— Talvez ele tenha razão — diz o garoto com cara de cachorro. — Já li uma matéria sobre uma pesquisa feita por alguém que dizia que, para a maioria das pessoas, nenhuma experiência sexual se iguala ao que a pessoa achava que seria, antes de fazer sexo pela primeira vez.

— Isso é muito assustador — diz a garota de cabelo rosa.

— Mas isso não é verdade em todos os campos? — diz Nick. — Não seria verdadeiro em relação a qualquer coisa, como cheeseburguers ou seja lá o que for? Você nunca pensa num cheeseburguer que seja seco e frio, pensa? Precisa ser quente e suculento. Acho que na verdade vocês estão falando sobre o real *versus* o ideal.

— O que você quer dizer com isso?

— Bom, quando imaginamos o amor, o sexo, ou seja lá o que for, imaginamos sua forma mais perfeita. Quer dizer, quando falamos "dia de verão", pensamos num dia de verão perfeito, e não num dia friorento ou chuvoso.

— Tá legal. O que é o amor ideal, então? — perguntei.

— O amor de um cachorro — diz a garota de cabelo rosa, sem hesitação.

— Ah, Deus! — diz alguém.

— É sério. Você pode rir das velhas que criam gatos, mas pense um pouco.

— Pensar em quê?

— Pense no amor que um bicho nos dá — diz a garota de cabelo rosa.

— Tá legal, vou pensar nesse amor. É submisso e extremamente limitado — diz Nick.

— Claro que é limitado. Não estou sendo melosa...

— Tá legal, é incondicional...

— Incondicional, e não muda — diz a garota de cabelo rosa. — É estático. Não evolui. Um bicho e seu dono não vão se afastando até tomarem rumos diferentes. Um bicho não passa pela porcaria da crise de meia-idade, nem foge com a porcaria da assistente de vendas...

— Ah, Deus! — diz alguém. — Eu *sabia* que a conversa ia dar nisso.

— Bom, não tenho culpa. Um bicho só magoa o dono quando morre.

— Isso acontece cerca de sete vezes durante a vida do dono — diz o garoto com cara de cachorro.

— Além disso, um bicho não cresce precisando rejeitar você feito uma criança — diz a garota de cabelo rosa.

— Você vai ser uma dessas pessoas com a casa cheia de cachorros que são denunciadas ao departamento de saúde — diz Nick.

— Eu sei que vou.

— Mas e o amor verdadeiro? — pergunta alguém.

— O que é isso? — pergunta a garota de cabelo rosa.

— Amor romântico. Amor entre um homem e uma mulher.

— Ou um homem e um homem, ou uma mulher e uma mulher — diz alguém.

— Bem lembrado — digo. — Atualmente nós fazemos questão de incluir e honrar os homossexuais. Há cem anos eles eram mortos ou escorraçados da cidade. Há cinquenta eram postos em hospitais, e às vezes eles se matavam. Atualmente temos paradas em homenagem a eles. O que mudou, além da percepção?

— Pois é — diz Nick, cautelosamente. — Mas há uma diferença entre percepção e fantasia. Essa Lisa Kim é pura fantasia.

— Pois eu lhe digo que muitos dos mais celebrados amores na literatura eram pelo menos parcialmente fantasiosos. Romeu e Julieta. Eles se conheceram quantos dias antes? Quantos minutos passaram juntos no total? "Eu era uma criança e ela era uma criança/Neste reino à beira-mar/Mas nos amávamos com um amor que era mais que amor... Eu e minha Annabel Lee."

— Quem é esse? — pergunta Nick.

— Poe. Outro exemplo é *Lenore* — digo.

— Mas esses são amores perdidos — diz Nick. — Pelo menos existiram. Há uma diferença entre os que são lembrados e os imaginários.

— E que tal "A Dama de Shalott?" — pergunto. — Vocês conhecem "A Dama de Shalott"? Nick, pegue o *Sound and Sense* aí atrás. Encontrou?

— Não.

— Pegue o *Norton*, que eu sei que está aí.

— Pronto.

— Vá correndo tirar umas cópias, por favor.

— E que tal Odisseu, que some por vinte anos? — pergunta alguém. — Durante esse tempo ele rejeita a imortalidade, e rejeita a vida com uma bela deusa sensual numa ilha deserta, só porque é apaixonado pela esposa. Mas, quando finalmente volta para casa, nem é reconhecido por ela.

— Mas é reconhecido por quem? — pergunta a garota de cabelo rosa. — Você lembra por quem ele é reconhecido? Seu velho cão. É a prova do que eu digo.

— É, mas então o velho cão morre num monte de bosta — diz o garoto com cara de cachorro.

— Odisseu some por vinte anos — diz alguém. — Então, uma noite, ele volta para casa, mas fala que precisa visitar o pai, e logo depois precisa empreender outra viagem. Pelo amor de Deus. Pelo quê, em Penélope, ele é apaixonado? E ela, pelo quê é apaixonada?

— Nick, distribua as cópias. Quero todo mundo lendo "A Dama de Shalott" para amanhã. A pergunta é: pelo quê ela é apaixonada?

Eu parei para comprar folhas de cartolina, e depois voltei à casa de Carolyn para trabalhar. Cobri de cartolina a enorme mesa de jantar em estilo colonial, que puxei para o meio da sala de estar, embaixo de uma claraboia e de frente para a mais longa das paredes, de onde eu retirei seus objetos de arte. Levei as cadeiras da mesa de jantar para o quarto de hóspedes, e trouxe a cadeira de escritório de Carolyn. Instalei meu laptop, empilhando meus cadernos e arquivos. Depois comecei a fazer listas com hidrocor nas folhas de cartolina, que colava na parede comprida. Fiz uma lista de tudo que eu sabia, uma lista de tudo que eu suspeitava e uma lista de tudo que eu não sabia, sob a forma de perguntas. A primeira e mais destacada era: "Lisa era paciente de Decarre?" Estabeleci três cronologias: uma para o dia da morte de Lisa, uma para os trinta dias anteriores e uma para os 180 dias anteriores. Destinei uma folha para cada um dos atores principais, listando ali tudo que eu sabia sobre aquela pessoa. Fiz uma lista com o telefone, endereço e e-mail de todo mundo. Quando Rosalie telefonou dando o número da seguridade social de Lisa, coloquei isso em algarismos grandes numa folha separada. Escrevi roteiros com conversas imaginadas — pelo menos a minha metade. Por fim, anotei uma lista de coisas a fazer e, nos dias que se seguiram, fui fazendo cada uma.

Aluguei uma caixa postal. Pus anúncios nos pequenos jornais semanais, ao longo da Orla Norte, para tentar localizar outros pacientes do doutor Decarre. Telefonei para o Departamento de Psicologia da Universidade Northwestern e tive uma agradável conversa com a secretária. Inventei para ela uma história inverossímil: eu representava uma empresa que desenvolvera uma série de novas ferramentas para avaliação de personalidades, e estava procurando universitários que quisessem fazer um teste.

— São 35 dólares a hora. Acha que alguém no seu programa pode se interessar?

— Ah, acho que sim.

Descobri que podia mandar ou levar material para o escritório da universidade, e distribuir tudo pelos escaninhos dos estudantes. Também descobri os nomes dos dois estudantes do programa que tinham caixas postais fora do campus. Um desses era tudo que eu precisava: Geoffrey Hand.

Telefonei para Mike Peoples. Eu e ele fizéramos doutorado em inglês juntos naquela universidade, e em certa época ficáramos simultaneamente interessados num poeta obscuro do Distrito do Lago. Mike decidira estudar o cara, e eu decidira parar. Ele virou erudito, e eu virei professor. Como a economia acadêmica é absurda, eu me contentei com meu diploma de mestrado para poder me candidatar logo a cargos de professor secundarista razoavelmente bem pagos, enquanto Mike ainda pagou mais dois anos de taxas escolares elevadas e escreveu uma tese, antes de poder se candidatar a cargos de professor universitário razoavelmente mal pagos. Entretanto, ele tinha um escritório na biblioteca da universidade, e isso era outra coisa que eu necessitava.

Embora já não fôssemos colegas há alguns anos, sempre parecíamos voltar àquela espécie de gozações universitárias semelhantes a guerras de toalha nos vestiários. Mike gostava de me chamar de "homem comum" e de "herói inglório nas trincheiras da guerra contra a ignorância e da ignomínia". Já eu gostava de perguntar se ele ainda se masturbava entre as estantes da biblioteca. Desta vez também perguntei:

— Como vai o livro?

— Bastante bem. Estou quase terminando. Li um capítulo na St. Andrews na primavera passada, e vou ler o último capítulo na MLA em dezembro.

Perguntei a Mike se eu poderia usar seu escritório para fazer uma ou duas reuniões particulares.

— É claro. Não tem problema. Só me ligue na véspera, e compre uma garrafa de Guinness para mim quando puder.
— Fechado.
— Qualquer coisa para ajudar o homem comum.

Quando Carolyn telefonou, não consegui achar meu calendário na bagunça de papéis em cima da mesa. Achei que perdera a noção do tempo, e que ela voltaria no dia seguinte ou abortaria a viagem por uma razão qualquer.
— Não, nós só compramos uns cartões telefônicos baratos, de modo que temos telefonado para todo mundo. Pensamos em telefonar para você e saber como vai o Cooper. Na verdade, ainda estamos na Itália.
Aquilo era ótimo. A sala dela tomara a aparência de um posto de comando: a mobília fora empurrada para o lado, enquanto as pinturas e gravuras estavam encostadas numa parede. Havia pilhas por toda parte, de roupas, jornais, catálogos de telefone e alguns pratos. Todas as paredes já estavam cobertas por listas em folhas de cartolina. Dois grandes ventiladores de janela, um puxando o ar pela frente e o outro empurrando pelos fundos, faziam as folhas ondularem e se enfunarem como velas na minha pequena regata secreta.
— Tudo legal? — perguntou ela.
— Totalmente!
Falei dos cachorros, de nossos passeios matinais até a praia canina e das noites no terraço. Falei de Lydia e Charlie. Por fim falei de Lisa Kim e Decarre. Contei que ele era psiquiatra, e que já recebera uma repreensão. Depois acrescentei:
— Agora, escute só: ele estava com ela no carro minutos antes da batida. Além disso, o laudo da autópsia mostra que ela tinha opiáceos no organismo, e sua melhor amiga fala que Lisa jamais tomaria heroína.
— Isso quer dizer o quê? — perguntou Carolyn.
— Codeína ou morfina, talvez.
— Entendi. E quem tem acesso a morfina?

— Pois é.

Ficamos calados por um bom tempo.

— Há algo errado nisso, não há? — disse ela.

— Acho que sim — respondi.

— Estou supondo que tudo que você me contou é verdadeiro e verificável.

— Tudo que contei para você é verdade. Nem tudo é verificável, pelo menos por enquanto.

— Acho que talvez fosse melhor procurar a polícia — disse ela.

— Você acha que eu já tenho material suficiente? — indaguei.

— Não tenho certeza. Você tem alguma coisa, mas eu não conheço o Código Criminal. Pergunte aos policiais. Ou então procure o Steve Lotts.

Finalmente encontrei meu calendário, e perguntei:

— Ei, o que vocês estão fazendo na Itália? Já deveriam estar na Grécia a essa altura.

— Bom, nós conhecemos dois italianos — disse ela. — O Aldo e o Luca.

Wendy estava apaixonada por Aldo. Luca estava apaixonado por Carolyn. "A mulher irlandesa é a melhor do mundo", vivia dizendo ele. Carolyn me contou o que era sair sacolejando no meio do tráfego de Siena na garupa de uma Vespa. Falou de um fim de semana campestre com a família de Aldo na Toscana. Narrou uma visita feita a ruínas etruscas tão afastadas da trilha que eles eram as únicas pessoas no local. Descreveu noitadas com velas, massas e vinho.

— Isso parece sério — disse eu.

— Nem tanto. Daqui a algumas semanas, tudo estará acabado.

— Você está triste?

— Não, ele não é o cara — disse Carolyn. Além do mais, ela finalmente cansara de viajar. Já passara bastante tempo longe de casa, e estava ansiosa para começar no novo emprego. — É outro motivo para esse telefonema. Acho que estarei em casa no dia 15 de setembro.

Falamos de logística. Não falamos sobre o meu paradeiro em 15 de setembro.

A voz de Dorothy Murrell era queixosa e precisa como um instrumento de corda, e ela falava com a precaução de alguém que caminha sobre gelo fresco. Eu falei que meu nome era Geoffrey Hand, e disse:
— Você respondeu ao meu anúncio no jornal...
— Ah, sim. Entendi. Está bem...
Eu falei que tinha mais algumas perguntas, e queria saber se seria possível marcar um encontro. Dorothy achava que não. Achava que já falara tudo que queria falar na carta. Eu sugeri um lugar público, dizendo:
— A biblioteca da universidade, por exemplo. Eu tenho acesso a um gabinete lá.
— Você estuda na universidade? — perguntou ela.
— Faço pós-graduação em psicologia — menti. Falei que estava reunindo informações para a minha tese, e que a carta dela era exatamente o que eu estava procurando.
— Eu não vou identificar o médico. Não vou — interrompeu-me ela.
Eu expliquei que, a menos que ela fizesse isso, nada realmente poderia ser feito.
— Pouco me importa — disse ela. — Não vou fazer isso com ele. Seria o fim. Não quero que ele seja magoado assim.
Quando finalmente aceitei os termos impostos, ela concordou, embora um pouco relutantemente, em encontrar comigo na sala de referências da biblioteca às dez da manhã de sábado.
— Vou usar um boné de beisebol amarelo — disse eu.

Eu estava sentado à mesa, olhando para as minhas listas na parede, quando Lydia telefonou. Seu carro enguiçara entre Chicago e Milwaukee.
— Tem algum jeito de...
— É claro. Vou pegar você. Vai ser um prazer.
Ela estava sentada na valise, trabalhando com seu laptop em frente ao posto de gasolina, quando eu cheguei. Estava mais magra e bronzeada. Fizera luzes no cabelo. Usava um conjunto e saltos altos.

— Meu Deus, se eu não conhecesse você, diria que era alguém importante — disse eu.

Era uma piada, embora de mau gosto, e eu percebi isso logo que pronunciei as palavras. Mas Lydia levou a coisa na brincadeira:

— Cale a boca — disse ela. — Meu Deus, que dia!

A luz da bateria acendera na rodovia, e depois todas as luzes do painel. Por fim o motor do carro morrera enquanto ela seguia a toda velocidade, mas Lydia chegara ao acostamento. Um sujeito legal parara e tentara fazer uma chupeta na bateria, mas o motor não pegara. Ela mandara rebocar o veículo. Era o alternador, mas o conserto só ficaria pronto na manhã seguinte. Lydia contou isso tudo de um só fôlego.

Falei que voltaria com ela no dia seguinte para pegar o carro, se ela quisesse.

— Ah, meu Deus, isso seria maravilhoso — disse ela. — Eu não sei de que outro jeito poderia chegar aqui.

Gostei do nervosismo dela, achei um pouco excitante. Era como se aquilo fosse um pequeno encontro amoroso. Eu até tomara uma chuveirada rápida e trocara de camisa, vestindo uma que ela me dera.

De repente percebi o que eu vinha fazendo: esperando. Eu andava esperando um sentimento que já tivera antes, e que perdera de alguma forma. Aquilo fez com que eu me sentisse melhor, pois significava que eu não estava só embromando Lydia. Eu não estava só com medo de largar ou de magoar Lydia. A manhã podia não me dar exatamente o tal sentimento, mas pelo menos me dava a esperança de que aquilo continuava dentro de mim ou de nós.

Contei uma piada sem graça. Como Lydia riu, contei outra.

Ela falou que recebera de Charlie uma carta muito amável endereçada a nós dois. Fiquei um pouco aborrecido por a carta ter sido enviada para ela, tinha certeza de que dera a Charlie o endereço da casa de Carolyn.

— Mas o que ele dizia? — perguntei.

— Eu dou a carta a você quando chegarmos em casa.

— Não pode simplesmente me contar?

— Na verdade, não. Você mesmo pode ler — disse ela, começando a rir.

— Que foi? — perguntei.

— Há uma coisa ali sobre um dançarino de flamenco perneta, chamado Paco Paco — disse ela, rindo mais ainda.

— O quê? — perguntei, já também rindo.

— Eu adorei quando você disse "Charlie, eu não conheço essas pessoas"...

Lydia estava rindo tanto que nem terminou a frase. Eu também ria. Não conseguimos parar de rir por alguns minutos. Quando finalmente paramos, ela disse:

— E quando ele falou que também não conhecia a maioria daquelas pessoas...

Isso fez com que recomeçássemos a rir. Estávamos a 120 por hora na rodovia, rindo tanto que fiquei com medo de bater em alguém ou alguma coisa. Havia um carro ao nosso lado, e no banco do carona uma mulher olhava para nós com uma expressão horrorizada no rosto.

— Olhe ali — disse eu, tocando no braço de Lydia. Isso nos fez estourar de rir pela terceira vez. Quando finalmente nos acalmamos e enxugamos os olhos, a mulher desaparecera. Quando já estávamos nos aproximando da praça de pedágio, eu disse: — Ela provavelmente pensou que estávamos chorando.

— Ah, Senhor — disse Lydia, desta vez parando de rir. — Meu Deus.

— Ei — disse eu. — Você já comeu? Estou morrendo de fome.

— Posso comer alguma coisa, sim — respondeu ela.

— Burger King é uma boa?

— É claro.

Havia muito tempo que fazíamos sempre o mesmo pedido: dois sanduíches de frango grandes, sem maionese, com uma porção de rodelas de cebola, e um milk-shake de baunilha. Distribuíamos as rodelas de cebola nos sanduíches, e dividíamos o milk-shake. Foi o que fizemos naquele dia. Depois Lydia ficou em silêncio.

— Você está legal? — perguntei.

— Estou.
— Não vai terminar isso? — perguntei. O sanduíche dela estava pela metade.
— Não. Você quer terminar?
— Bem...
Quando deixei Lydia em casa, eu disse:
— Qual é o problema?
— Nada — respondeu ela. Nós dois esquecemos a carta de Charlie.

— Mais ou menos na terceira vez que nos vimos, ele falou "Pode me chamar de Paul" — disse Jeanette Landrow, rindo. — Muito californiano, pensei. Que bandeira! Ah, Meu Deus, eu deveria ter previsto a coisa, mas... — ela riu novamente — vamos deixar pra lá!

Ela era uma morena bonita, com um delgado nariz reto, boca larga e enormes olhos negros. Mandara uma carta tímida e hesitante para mim. Estávamos sentados nas extremidades opostas de uma mesa de piquenique num parque na borda do lago Michigan. Podíamos ver gente correndo e pedalando na trilha do outro lado, mas estávamos sozinhos. Soprava uma brisa vinda da água, e Jeanette olhava para o copo de café que eu lhe trouxera.

— Na sessão seguinte, provavelmente, ele falou que eu tinha dificuldade para sustentar relacionamentos por ainda ter problemas a resolver com meu pai, que abandonou nossa família quando eu tinha seis anos. Como meu pai era o único homem que eu conhecia, isso causou uma espécie de atraso no meu desenvolvimento. Bom, aquilo fazia sentido para mim, e ele falou que poderia me ajudar. Durante algum tempo, as sessões foram produtivas, e eu fiquei muito entusiasmada. Estava realmente progredindo. Então, por volta da décima consulta, ele falou sem mais nem menos que eu não deveria ficar alarmada se começasse a me sentir atraída por ele. Isso era um fenômeno comum, que acontece conforme se instala a confiança entre paciente e terapeuta. Se acontecesse comigo, ele queria que eu soubesse que era uma coisa normal, para não me preocupar. Na verdade, falou que poderia até ser uma coisa boa, que às vezes as pacientes conseguem explorar suas fobias e desejos... eu lembro que achei estranho que ele usasse a palavra "desejos"... na segurança do relacionamento terapêutico. Que usando o terapeuta tanto como guia quanto cobaia, elas podem aprender maneiras sadias de confiar, compartilhar, dar e assim por diante. Também falou que então o terapeuta pode ajudar as pacientes a levar o tratamento até o fim e progredir além, aplicando todas essas coisas a suas vidas, e assim por diante. A parte difícil em tudo isso é que ele é muito bom no que faz. Muito, muito bom. Ele realmente me ajudou, ao menos durante algum tempo. Com ele, eu aprendi a fazer concessões sem provocar ressentimentos. Aprendi qual era a linha entre eu mesma e a outra pessoa, coisa que sempre me trouxe dificuldades. Aprendi a reconhecer e declarar minhas necessidades. Aprendi a dizer não de modo sadio e razoável; tudo isso parece tão irônico agora. Eu aprendi a negociar. Então... — Jeanette respirou fundo, riu novamente e disse: — Ah, meu Deus, isso é tão difícil!

— Você gostaria de parar? — indaguei.

— Não, não. Preciso contar a alguém. Pode muito bem ser você; quer dizer, um desconhecido. Alguém que seja objetivo. Só me faça um favor: fique olhando para lá. Não olhe para mim, está bem?

— Claro — disse eu.

Ela falou durante trinta ou quarenta minutos, enquanto eu escrevia sem levantar o olhar. Mais tarde, já no estacionamento, olhei para ela, sorri, agradeci e disse:

— Posso lhe fazer uma pergunta?

— Pode.

— Você já pensou em relatar isso?

— Já. Eu sei que deveria. Realmente sei que deveria.

Quando cheguei em casa, havia uma mensagem de Rosalie na secretária eletrônica.

— Há seis anos o Decarre teve uma fusão lombar na L4 e L5, e isso limitaria muito a flexibilidade dessa parte da coluna dele.

Eu encontrara mais duas peças do quebra-cabeça, mas ainda me faltava a que ficava bem no meio, interligada com meia dúzia de outras. Lisa Kim era paciente de Decarre? Eu tinha um plano para descobrir isso, mas era complicado e problemático: eu só poderia fazer uma tentativa. Se não funcionasse, talvez eu nunca viesse a descobrir, e, se não descobrisse, nada daquilo adiantaria. De novo acordei cedo e levei os cachorros à praia. De novo escrevi um roteiro na minha cabeça, e depois no papel. De novo abri uma Dr. Pepper Diet e usei o celular pré-pago.

— Atendimento ao cliente.

— Quero saber uma coisa... você poderia me ajudar com uma discrepância entre nossos arquivos e os arquivos de um médico? — disse eu.

— Vou fazer o possível. Pode me dar o número da conta?

— Serve o número da seguridade social? — perguntei, dando a ela o número de Lisa e me identificando como pai dela.

— Desculpe, mas qualquer informação sobre contas e arquivos médicos é confidencial. Se o senhor pedir que a Lisa Kim nos telefone, teremos prazer em ajudar.

— Sei que isso vai deixar você embaraçada, mas a Lisa é falecida. Ela morreu num desastre de automóvel.

— Caramba, entendi. Desculpe...

Nós dois nos desculpamos algumas vezes. Eu falei em resolver questões pendentes, dizendo que Lisa fora cobrada por uma consulta médica, a qual tínhamos certeza que ela não comparecera, e queríamos saber se a cobrança fora enviada também para a seguradora, que talvez já houvesse pago a sua parte.

A mulher ao telefone falou que me ajudaria, mas que aquilo era uma violação da lei e das normas. Ela poderia até perder o emprego.

— Eu só tenho permissão para responder a indagações não autorizadas com a frase "não tenho informações sobre essa pessoa". Só posso falar isso.

— Você tem permissão para *não* dizer "não tenho informações sobre essa pessoa"?

— O que o senhor quer dizer? — perguntou ela.

— Você pode simplesmente ficar calada? — perguntei.

— Bem...

— Digamos que eu faça a pergunta e que você tenha informações sobre o paciente. Você pode permanecer em silêncio?

— Bom, não sei, acho que...

— Se eu lhe der a data da consulta, e você não tiver informação alguma, você responde que não tem informações, certo?

— Certo.

— Mas se eu lhe der a data e você *tiver* uma informação, você pode ficar calada?

Ela ficou confusa, e empacou. Perguntou se eu podia provar que era o pai de Lisa, pedindo o endereço dela, o número do telefone, e o nome de solteira da mãe. Obedientemente, fui lendo esses dados da folha de cartolina intitulada "Estatísticas Vitais de Lisa".

Ela fez uma pausa e disse:

— Tá legal, vou tentar.

— Muitíssimo obrigado. Eu realmente fico muito grato. Você pode me dizer se a Lisa consultou o doutor Albert Decarre na terça-feira, 4 de dezembro? — perguntei.

— Não tenho informações sobre essa pessoa — disse ela.

— E no dia 27 de novembro?

— Não tenho informações... Escute, parece que o senhor está jogando verde. Eu não posso...

— Eu sei, eu sei. Só mais uma, prometo. Só mais uma. E no dia 20 de novembro, terça-feira?

Não ouvi resposta alguma.

— Você ainda está aí?

— Ainda estou aqui — disse ela.

— Tá legal, então. Muitíssimo obrigado — disse eu.

— Não há de quê.

Desliguei o telefone, soltei um urro de alegria e engoli o resto da Dr. Pepper. Lisa vinha se tratando com o filho da puta. Fora recebida por ele em 24 de novembro, na véspera do Dia de Ação de Graças, quase na época em que escrevera a carta. O que levara Lisa a não enviar a carta talvez tivesse acontecido naquela sessão.

Olhei para o relógio. Eu tinha uma hora antes de apanhar Lydia. Fui até o banheiro e abri o chuveiro. O telefone tocou. Era ela, falando que arranjara outra carona.

— Mas você falou que não tinha outro meio...
— Pete.
— Sim.
Houve uma pausa. Depois ela disse, cuidadosamente:
— Ontem foi muito difícil para mim. Não aguento passar por isso outra vez. Foi aquele maldito sanduíche. Agora preciso ir.
— Espere, Lydia. Espere um minuto...
— Não posso. Já vieram me buscar.
— E a carta do Charlie?

Mas o telefone já estava mudo. Voltei para o banheiro, fechei a torneira e fui sentar no terraço. Conseguia recordar a vida com Lydia, mas não conseguia mais me imaginar vivendo assim. Tudo aquilo parecia pertencer ao passado. Eu tinha a sensação estranha de que algo semelhante a uma gravidade emocional pesava sobre mim, me puxando para baixo. Voltei para a lista de "coisas a fazer" lá na sala e acrescentei: Procurar um apartamento.

Depois deitei no chão.

11.
...

DE VOLTA À ESCOLA

Eu vira Steve Lotts pela última vez na festa de despedida de Wendy e Carolyn. Steve fora embora como se estivesse enojado, e, a despeito da sugestão de Carolyn, eu não tinha a menor intenção de telefonar para ele. Estranhamente, o próprio Steve me telefonou. Claro, isso não era estranho. Mais tarde, descobri que Carolyn ligara para ele logo depois de conversar comigo, falando que talvez eu tivesse algo real e que precisava de orientação.

Steve sugeriu que fôssemos almoçar no seu ponto favorito, o Café North Pond, no parque Lincoln. Ele já estava me esperando, com uma taça de Pinot Grigio na sua frente, já que era seu primeiro dia de folga depois de algum tempo. Eu pedi o mesmo, já que era quase o meu último dia de folga. Uma frente fria chegara do lago e limpara o ar da cidade. O céu estava límpido, e pela primeira vez em semanas esfriara o suficiente para você perceber que o verão não duraria para sempre. Como sempre, Steve escolhera uma mesa perfeita, com vista para o pequeno lago cercado por árvores e a silhueta da cidade ao fundo.

— Você precisa provar a torta de creme de aspargos com cogumelos. Inacreditável — disse ele, sem mencionar as palavras que havíamos trocado no jogo de beisebol ou no jantar.

Eu também não mencionei Lydia, e contei o que sabia sobre Albert Decarre, dizendo:

— Ele mentiu para ela. Ele mentiu para a própria esposa.

— Como se isso fosse novidade. Quantos caras *não* mentem para suas esposas? É exatamente por isso que eu não sou casado.

— Por que ele falaria para ela que o telefonema era do hospital?

— Para não precisar dizer que estava sendo denunciado, ameaçado, chantageado ou caluniado — respondeu ele. — Para não estragar o jantar com os convidados dela? Sei lá. Talvez ele andasse comendo aquela gata coreana, e tivesse algo a esconder. Não quer dizer que ele matou a Lisa, Pete.

— Há uma testemunha ocular. Eu sou uma testemunha ocular. Vi com meus próprios olhos o sujeito saltar daquela merda de carro.

Steve falou que até um mau advogado bêbado conseguiria me arrasar no banco das testemunhas.

— Você acha que eu não sou uma testemunha confiável? — indaguei.

— Não é isso. São os outros troços. Estava escuro. Estava chovendo. Você só lembrou do cara sete meses depois, quando foi hipnotizado. É dose. Esse negócio de hipnotismo deixa os jurados nervosos. É embromação. Além disso, há o seu interesse pessoal nisso tudo. Desculpe, Pete, mas...

— Parece que você acha que estou inventando tudo isso — disse eu.

— É claro que não. Eu acredito que o cara estava lá. Acredito que ele teve participação na morte da garota. No mínimo poderia ter evitado a coisa, e é possível que tenha causado tudo. Acredito que ele esteja envolvido de alguma maneira, mas acreditar é diferente de provar. Francamente, você não tem prova alguma.

— Então como consigo uma prova?

— Nem sei se você pode conseguir — disse Steve, dando de ombros. — É uma ciência imperfeita. Cinquenta por cento dos crimes mais importantes nunca são solucionados. Cinquenta por cento dos criminosos se safam, e, pode acreditar, muitos deles são burros pra caramba. Só Deus sabe a porcentagem de espertos que se safam, e esse seu médico é esperto.

— Mas ele é culpado.

— Assim como o O. J. também era e eu sei disso, mas... — Steve deu de ombros. — Como eu disse, essa é uma ciência imperfeita.

— Então é isso? — perguntei. — Não há nada que se possa fazer?

— Seja paciente. A maioria dos criminosos quer atenção. Quando ele se sentir suficientemente seguro e confiante, talvez faça a besteira de contar a alguém ou cometa outro erro qualquer. Se você quer saber a verdade, acho que ele voltará a fazer isso, e quando se tem dois crimes para comparar, já é possível perceber certos padrões...

— Você acha mesmo que ele vai voltar a matar?

— Não matar, a menos que precise fazer isso. Vejo esse sujeito mais como criminoso sexual do que como assassino. Por exemplo, as pessoas podem matar uma vez por paixão, medo ou desespero, e nunca mais fazer isso, mas os criminosos sexuais quase sempre cometem crimes em série. É uma compulsão. Meu palpite é que ele já fez isso antes, e fará de novo.

— No meio-tempo, o que eu faço? — perguntei. — Espero sentado que mais alguém seja ferido ou morto?

— É duro, eu sei, mas você já fez tudo que podia.

Eu não tinha tanta certeza assim.

Pela primeira vez em dez semanas, vesti uma calça comprida e fui trabalhar. Sempre sinto certa apreensão quando as aulas recomeçam, no mínimo por ter ficado tanto tempo afastado, e isso foi particularmente verdadeiro no ano de Lisa Kim. Participei de dois dias de reuniões, sempre me recusando a prestar atenção. Eu não queria estar ali. No passado, voltar às aulas sempre fora uma transição, já que o verão é uma distração tão agradável. Mas agora o trabalho passara a ser a distração. Eu sentia que deveria estar sentado à escrivaninha diante do computador e das listas, planejando meu próximo lance. Já na primeira semana de aulas, tirei a sexta-feira de folga e fui a

Indiana comprar uma arma. Sem dúvida isso era uma tentativa de afastar o tedioso sono entorpecedor do inverno, e prolongar a incerteza elétrica daquele verão.

Provavelmente eu poderia ter ido de carro até lá, feito o que precisava fazer e voltado para casa em um só dia. Poderia até ter parado no chalé na ida ou na volta, mas não quis fazer isso. Eu queria me sentir confortável lá, conhecer o lugar, aprender o nome das ruas, passear nas calçadas e dobrar as esquinas, então me registrei num velho motel na rodovia Red Arrow na noite de quinta-feira, deixei Art e Cooper com McLanches Felizes e saí para jantar. Nem no dia seguinte me apressei. Levei os cachorros até a praia, e tomei um café da manhã de verdade num restaurante de verdade, antes de começar a procurar.

Achei primeiro a loja de penhores, e lá encontrei a arma. Depois encontrei a igreja, o zelador da igreja e a lavanderia automática. A igreja estava trancada, mas o zelador falou que no sábado havia uma missa ao meio-dia, e que a igreja estaria aberta para os fiéis até a missa da noite.

— Então eu posso entrar, sentar em silêncio e rezar entre as missas? — perguntei.

— Pode.

À tarde, telefonei do meu celular pré-pago para a loja de penhores. Perguntei o preço da arma que eu encontrara de manhã, incluindo os impostos e uma caixa de munição. Depois fui a um supermercado, e comprei um cheque administrativo naquele valor exato. Paguei em dinheiro.

Em seguida, achei um bar agradável em New Buffalo, com chope Pilsner Urquell. Tomei uns dois copos vendo o noticiário e o final do jogo dos Cubs. Jantei sozinho de novo e voltei para ler na cama.

Na manhã seguinte, encontrei Alice. Também encontrei Don, Arnelle, Cindy e o senhor Hayes, mas desde o início tive quase certeza de que seria Alice. Seu anúncio no quadro de avisos do supermercado era muito bem impresso e dizia: "Serviços de casa e quintal. Preço baixo e alta qualidade. Não existe trabalho difícil. Limpo janelas." Nenhuma das pequenas etiquetas na parte de baixo da folha fora levada. Isso era bom. Seu negócio era novo e ela ainda estava faminta, além de ter senso de humor. O senhor Hayes parecia velho, e eu gostei de Don, que também cuidava do jardim, mas pensei que preferia mesmo uma mulher. Achei que levaria uma vantagem não só emocional, como também física, se escolhesse uma mulher. Arnelle parecia ser legal, mas Alice era minha primeira escolha, de modo que prendi a respiração ao telefonar do carro para ela às duas horas.

— Alô.
— É Alice que está falando?
— É.
— Alice, meu nome é Tom. Vi o seu anúncio no Kroger's e estou telefonando para falar de um trabalho.
— Então você veio ao lugar certo.
— Posso fazer algumas perguntas?
— Claro.
— Você tem registro, é licenciada?
— Não sou — disse ela, sem qualquer explicação ou desculpa.
— Legal. Quantos empregados você tem?
— Você está falando com ela. Eu sou a diretora executiva, a diretora de finanças e todo o resto da tropa, querido — disse ela, dando uma risada gostosa.
— Legal. Por favor, não leve isso para o lado pessoal, mas você tem ficha na polícia?
— Neca. Até hoje só recebi multas de trânsito.
— Nenhuma por dirigir embriagada?
— Neca.
— Tem certeza?
— Positivo.
— Alice, você tem carro?
— Dá para dizer que sim.
— Tá legal, Alice.

Fiz uma pausa momentânea, olhei para a minha lista e tomei uma decisão. Falei que gostaria de contratar Alice para fazer coisas que não eram tarefas domésticas. O serviço levaria cerca de uma hora, e renderia trezentos dólares em dinheiro vivo. Seria um serviço limpo, 100% legal e absolutamente seguro. Falei que não pediria qualquer coisa que Alice não quisesse fazer, e que ela poderia se recusar a qualquer momento, sem perguntas adicionais. Mas eu precisava que o negócio fosse feito imediatamente.

— Neste instante? — perguntou ela.

— Dentro dos próximos minutos. Quer saber mais?

Alice não respondeu, e eu pensei que desligara, mas logo depois ela disse:

— Vá em frente.

— Tá legal — disse eu, perguntando se ela sabia onde era a igreja.

— Sei. Conheço a igreja — respondeu ela. A igreja ficava a dez minutos da sua casa.

— Tá legal. Se você aceitar o serviço, pegue seu carro e vá até a igreja logo que desligar o telefone. Entre na igreja, que está aberta, e sente na penúltima fileira de bancos do lado esquerdo. Eu chegarei lá e me sentarei na última fileira, bem atrás de você. Não se vire. Eu não quero que você me veja, e, se você fizer isso, nosso trato está desfeito. Entendeu?

— O que você quer que eu faça?

— Eu falo quando estivermos lá. Ainda está interessada? — perguntei. Ela hesitou novamente, e eu insisti: — Alice, se você está em dúvida...

— Querido — disse ela. — Não posso me dar ao luxo de ter dúvidas. Espere 15 minutos.

Ela chegou lá em 12. Dentro da lavanderia, vi Alice estacionar o carro a meio quarteirão de distância e correr na direção da igreja. Ela era uma mulher grande, com uns 35 anos, que tinha os joelhos e o cabelo ruins, mas que queria fazer o serviço. Quando entrei na igreja, ela estava exatamente onde deveria estar, e eu me sentei bem atrás dela.

— Alice, sou o Tom. Por favor, não se vire.

— Aham. O que você quer que eu faça?

— Do outro lado da rua há uma loja de penhores chamada Quality Loan.

— Eu sei.
— Se você ainda estiver disposta, vou lhe dar um cheque administrativo. Quero que você vá até a loja e compre isso aqui para mim — disse eu, estendendo uma ficha de arquivo por cima do ombro de Alice.

Ela pegou a ficha e disse:
— Item 1.058. O que é?
— É uma pistola. Peça ao sujeito o item 1.058. Ele fará você preencher dois formulários, um estadual e outro federal. Preencha os formulários com dados verdadeiros. Se você fizer isso, tudo será perfeitamente legal. Depois ele dará um telefonema para conseguir a aprovação. A resposta pode demorar 15 minutos, talvez meia hora. Seu pedido será aprovado, retido ou negado. Se você não tem ficha policial nem multas por dirigir embriagada, o pedido será aprovado. Então você entrega o cheque ao homem, e ele lhe dará a pistola. Há uma chance remota de que o pedido seja retido, e aí eles terão três dias para aprovar ou negar.

— E então... o quê?
— E então nada. O trato está desfeito. Você volta, se senta, eu me sento aqui atrás, dou a você cem dólares em dinheiro pelo incômodo, e nós nos despedimos.

— Só isso?
— Só isso se você não fizer a compra, mas você fará. Se não tem ficha na polícia nem foi multada por embriaguez, você vai conseguir. E tudo é perfeitamente legal.

— Até a parte seguinte — disse ela.
— Espere. Você compra a arma, volta e se senta onde está sentada agora. Eu sentarei aqui atrás de novo. Você me mostra o item, que coloca ao seu lado no banco. Eu lhe entrego três notas de cem dólares — disse eu, inclinando o corpo e abrindo as notas em leque diante dela por um momento. — Você deixa o item debaixo do seu casaco no banco, se levanta e vai até o altar para rezar... você é católica?

— Por trezentos dólares, sou.
— Você vai rezar lá na frente. Quando voltar, o item já terá desaparecido, assim como eu. Então, quando for mais conveniente,

mas dentro da próxima semana, nos próximos sete dias, você vai à polícia contar exatamente o que aconteceu. Você comprou uma arma para se defender, foi até a igreja, deixou o embrulho no banco, embaixo do casaco, foi rezar, e alguém furtou o troço. Onde o mundo vai parar! Só isso. Você é inocente, e está livre. Eu já terei sumido muito antes.

Fiquei esperando.

— Você tem certeza de que isso não é ilegal?

— Basta você comunicar o furto.

Ela fez uma pausa e disse:

— Escute, posso pensar sobre isso à noite... e fazer amanhã?

— Amanhã é domingo.

— Segunda, então?

— Desculpe. O trato é pegar ou largar. Agora ou nunca.

Nós dois ficamos esperando. Depois Alice olhou para a ficha de arquivo e disse:

— Um-zero-cinco-oito. Você está com o cheque aí?

— Estou.

Ela estendeu a mão para pegar a ficha.

— Então, vamos lá.

Eu comprei um refrigerante e um exemplar do *Sun-Times* para me ocupar enquanto esperava na lavanderia, mas estava tão nervoso que sequer conseguia me concentrar nas manchetes. Só ficava olhando pela janela e para o relógio. Aquilo estava demorando demais. Talvez Alice precisasse esperar para ser atendida. Talvez ela houvesse chamado a polícia. Não. Talvez tivesse saído com a arma pela porta dos fundos. Não. O que estava demorando tanto? Já haviam decorrido 42 minutos. Então eu me virei por um momento, porque um homem trouxera seu cachorro para a lavanderia e a atendente hispânica estava tentando fazer com que ele tirasse o animal dali; o sujeito estava levantando a voz. Achei que talvez ele estivesse meio bêbado. Fiquei com medo de que a atendente chamasse a polícia. Quando me voltei, Alice já subia correndo os degraus da igreja; mais alguns segundos e eu não teria visto a chegada dela. Cruzei a rua, mas parei no vestíbulo, tentando me acalmar antes de atravessar as portas almofadadas e entrar no silêncio frio do templo. Sentei e toquei no ombro de Alice. Ela pôs no ombro uma sacola que continha uma caixa pesada, para que eu pudesse ver a logomarca. Mas não largou a sacola, que segurava com firmeza. Eu lhe entreguei o dinheiro. Ela examinou e esfregou as notas com os dedos, como se fossem feitas de pano.

— Vou fazer uma prece — disse ela, se levantando pesadamente. Parou no corredor, ainda de costas para mim, e perguntou: — Mas por quem devo rezar? Espero que não seja por sua esposa.

— Espere — disse eu. — Não se vire, mas escute por um minuto. Eu não vou atirar em ninguém. Sou escritor. Estou fazendo isto para uma história, só para ver se pode mesmo ser feito. Mais nada.

— Aham — disse ela, e foi caminhando pesadamente pelo corredor.

Saí pela porta da frente, desci os degraus, dobrei a esquina, atravessei a rua de mão única e pus a arma debaixo do meu assento no carro. Art, que dormia, soltou um bufo, enquanto Cooper permaneceu em silêncio. Fui embora de carro, sem passar de novo pela igreja. Seis minutos depois, peguei a rodovia, ainda cheio de adrenalina. Soltei um urro e depois uma risada, coisa que me surpreendeu e causou alvoroço nos cachorros. Meu Deus, eu não me divertia tanto há não sei quanto tempo, talvez nunca mesmo, e pensei: "É só uma brincadeira. É só uma brincadeira." Mas é claro que agora eu possuía uma arma de fogo ilegal. Se um policial me parasse, eu diria exatamente o que dissera para Alice — "sou escritor" —, e, dirigindo de volta para a cidade, pensei na história que eu já começara a escrever.

Agora quero contar para vocês o dia em que Lydia rompeu comigo. Já escrevi três versões da história, acho que procurando uma versão em que minha imagem não sofresse tanto, mas não consegui encontrar. Às vezes nossa imagem simplesmente sofre, e não há o que fazer.

Aconteceu na manhã do sábado seguinte. Parecia até que eu era o primeiro item da lista de tarefas que Lydia faria no sábado, mas talvez seja injusto dizer isso. Ela fez a coisa como fazia quase tudo: com rapidez, precisão, eficiência e eficácia. Já eu teria feito uma bagunça, mas acabei não fazendo coisa alguma, não é? Acho que já sabia o tempo todo que, se eu nada fizesse, Lydia acabaria fazendo algo. Afinal de contas, eu já dera o sinal para alugar um apartamento a partir de primeiro de outubro, e combinara me hospedar com John Thompson até essa data.

Lydia foi a primeira pessoa em todo o verão a tocar a campainha, e eu precisei sair procurando o interfone para abrir a porta. Ela correu o olhar pelo apartamento, vendo a grande mesa cheia de coisas, as listas nas paredes, minha bicicleta e a mobília afastada de lado, depois disse:

— Jesus Cristo, a Carolyn sabe disso?

— Não se preocupe, tudo estará em ordem quando ela voltar.

— Preciso contar uma coisa para você... — disse Lydia, ainda parada no meio da sala. — Eu arranjei um emprego em Milwaukee — foi assim que ela falou que estava terminando comigo. — E aluguei um lugar que não aceita animais de estimação. Você precisa ficar com o Art.

— Milwaukee? Era isso que você estava fazendo lá, toda elegante, quando a gente se encontrou?

— Na verdade, não. Foi uma agência de empregos que surgiu de repente, e eu fui até lá só para ver quais eram minhas alternativas, mas eles acabaram me oferecendo o cargo de diretora de criação, que eu aceitei. Então você pode ficar com o apartamento, se quiser. Minha mudança vai ser na segunda-feira.

Eu fiquei esperando, enquanto nós dois nos entreolhávamos, parados ali. Depois perguntei:

— Só isso?

— Olha aqui, Pete, eu passei todo o verão pensando sobre o amor que sinto por você. E sinto mesmo. Sei que levei um bocado de tempo para admitir isso, e talvez este seja o problema, mas sinto mesmo. De qualquer forma, passei todo o verão pensando sobre a coisa errada. Eu deveria estar pensando sobre o amor que *você* sente por *mim*. E a resposta é "não o suficiente".

— Lydia...

Ela levantou a mão e disse:

— Pare. Isso não importa. Agora só importa o que eu acho, e eu acho que você não me ama. Não como eu amo você. Não como eu preciso ser amada. Pete, eu perdi a confiança em você. Você me conhece. Eu sou uma extremista, não posso viver à base de talvez e às vezes. Não quero chegar aos 55 anos sozinha na cama de madrugada, imaginando qual é a sua dúvida mais recente. Não consigo viver assim.

— Lydia...

— Não — disse ela. — O negócio está irremediavelmente quebrado. Não pode ser consertado, nunca sararia. Sei que, no fundo do coração, nunca mais vou ter confiança em você. Passei todo o verão tentando fazer com que você me amasse, e o verão acabou. Agora eu vou embora, e só peço que você me deixe ir. Todas as suas tentativas de bancar um cara legal só pioraram as coisas, por isso, por favor, me deixe ir.

Ela se levantou, olhou para mim e saiu porta afora. Eu fiquei olhando, enquanto ela descia a escada. Depois fui até a janela, e fiquei vendo Lydia atravessar a rua.

Eu não tinha intenção de matar o doutor. Absolutamente. Aquilo era uma pesquisa, ou então era uma brincadeira, uma grande indulgência, uma volta aos verões de minha juventude. Eu estava fingindo de novo: fingindo que era detetive, escritor de histórias de mistério, ou a mão direita de Deus. E andava me divertindo imensamente. Contudo, sei que a única diferença entre um passageiro e um paraquedista é um passo curto, e, quanto mais eu me aproximava da escotilha aberta, mais excitante e carregada ficava a minha fantasia. Além disso, preciso admitir que no fundo eu sabia que a maior emoção seria descobrir que aquilo não era absolutamente uma fantasia.

Foi por isso que eu levei a bala naquela noite. Não tinha intenção de fazer isso, mas, no último minuto, percebi que simplesmente não seria a mesma coisa com a pistola vazia. Eu queria verossimilhança. Queria sentir a adrenalina correndo de novo. Queria ter o médico debaixo da minha mira e tomar a decisão de não puxar o gatilho. E achava que tinha tudo planejado até o último segundo, até o detalhe final, mas acabou que eu não estava preparado de forma alguma para o que aconteceu.

    Segui em marcha lenta pela Sheridan Road, sem sequer pensar no meu destino: parecia um homem à procura de uma brisa do lago num outono quente, escutando uma partida de beisebol no rádio. Os Cubs estavam jogando apenas para cumprir a tabela, e os locutores se esforçavam muito, até demais, para não se mostrarem entediados, distraídos ou cansados diante do que viam.

    Parei o carro na extremidade mais afastada do estacionamento, com uma vista desimpedida da BMW preta do doutor. Abri o *Tribune* sobre o volante, seção por seção, e lentamente o estacionamento foi ficando vazio. Quando a vaga à esquerda do carro do doutor ficou desimpedida, fiquei olhando durante bastante tempo, e depois avancei devagar até entrar ali. Aquilo elevava a aposta. Agora eu não só tinha o meio e o motivo, mas também a oportunidade. Tinha proximidade. Dentro de alguns minutos ele estaria próximo o suficiente para ser praticamente tocado, e certamente morto. O meu coração pulsava em meus ouvidos.

    Mas não foram alguns minutos. Passaram-se 45 minutos depois do término da última consulta do doutor. Estava ficando escuro. Agora só havia três carros no estacionamento, lado a lado, com o veículo do doutor no meio. À medida que cada raio de luz esvanescente tornava o meu empreendimento mais concebível e possível, eu imaginava a cena, visualizando tudo. Levantei a arma pesada e fria, empunhando a coronha junto à janela aberta no lado do carona do meu carro. Perto demais, pensei. Ele estaria bem ali. Como eu poderia atirar em algo ou alguém tão de perto? O sangue espirraria. Poderia espirrar em mim. O doutor poderia cair sobre o meu carro e sujar tudo de sangue. Eu já me via voltando para a beira do lago com uma grande mancha de sangue humano na porta do lado do carona e gotículas de sangue nos meus óculos. E se ele caísse debaixo do meu carro, rolando para debaixo das rodas? Eu passaria sobre ele? Sairia do carro e puxaria o corpo pelos pés? Já estava quase concluindo que não poderia dar um tiro nele. Não poderia atirar em algo a uma distância tão curta, horrorosa e íntima. Mas é claro que o momento exato de dar o tiro seria aquele: quando você pensava que não poderia, quando tinha certeza que não faria isso. Então, bum! E "íntima" era a palavra certa. Seria uma ação muito íntima, eu não percebera isso. Seria uma ação tão íntima quanto um beijo, tão íntima ou até mais íntima do que sexo...

Ouvi vozes. Ele não estava sozinho.

— Merda — disse eu, aliviado.

Vi duas figuras cruzarem meu espelho retrovisor: um homem e uma mulher. Logo o doutor chegou à porta do seu carro. Vi as costas dele do outro lado do meu, e prendi a respiração: nunca estivera tão perto dele. Então surgiu também a mulher, que pegou o cotovelo do doutor e encostou nele.

— Não — disse ele. — Nós não podemos.

A mulher desapareceu. Com a mesma rapidez, o doutor fechou a porta e ligou o motor. Foi dando marcha a ré, como uma cortina que é puxada. A tal mulher reapareceu, já destrancando a porta do outro carro e entrando.

— Puta que pariu — disse eu.

Era Tanya Kim. Ela me ouviu e olhou na minha direção. Depois deu marcha a ré e desapareceu na noite.

Lydia me deixou um tapete, uma cômoda, um cabideiro, um alto-falante, uma mesinha de centro, uma espreguiçadeira, a maior parte dos pratos, talheres diversos, as panelas e a mobília da sala de jantar, incluindo as cadeiras com encosto, velhas, mas ainda boas, que pertenceram aos meus pais. Imediatamente transferi as operações para a mesa que havia ali, e colei minhas listas ao redor, embora pelo meio de outubro as listas já fossem quase todas novas. Comprei uma cama, peguei emprestado um par de abajures e trouxe para casa um dos sofás que os alunos haviam doado à minha sala de aula. Pelo menos por enquanto não compraria uma televisão. Eu gosto de ver TV, mas naquele outono não tinha tempo para isso, estava ocupado demais. Infelizmente o que me ocupava raramente era o trabalho escolar, por isso, no início de novembro, fui dizer a John Thompson que precisava tirar uma licença. Falei que queria tirar uma licença sem vencimentos.

Ele escutou meus planos, e perguntou:

— Quanto tempo você quer?

— Um ano, dois semestres.

— Se você fizer isso, vai voltar a ser o professor que era antigamente?

— Vou. Se não voltar, peço demissão.

Ele ficou olhando para mim enquanto pensava, depois disse:

— Quero que você faça uma coisa. Vá para casa e escreva uma carta ao comitê de licenças sabáticas. Fale para eles que você deseja escrever. Você tem credenciais para isso. Já passou muito do limite, mas quem sabe? Não custa tentar, e você pode manter metade do seu salário.

Três semanas antes do Natal, eu convidei Tanya Kim para jantar no meu apartamento. Ao telefone, fui franco, falando que tinha coisas a contar sobre Lisa e Decarre. Só não falei que também convidara Dorothy Murrell e Jeanette Landrow, as duas outras vítimas do doutor, nem Carolyn O'Connor. No último minuto, achara que elas ficariam mais à vontade com outra mulher lá, e Carolyn era capaz de pôr qualquer um à vontade.

Decidi preparar uma caçarola, que era um dos meus pratos favoritos, com linguiça italiana apimentada, corações de alcachofras, ervilhas e queijo parmesão. Era um prato bem masculino, mas ótimo para uma fria noite de inverno. Seria servido com uma grande salada de alface, nozes, amoras e tomates-cerejas, além de um bom pão crocante. Escolhi pequenas tortas de limão como sobremesa, e três queijos com frutas para encerrar.

No meio da tarde, começou a nevar. Achei que certamente alguma das convidadas usaria isso como desculpa para não ir, mas todas apareceram. Carolyn foi a primeira a chegar. Ela trouxe um prato grego, feito com grão-de-bico, azeite e alho, além das fotos da viagem à Europa. Só que eu estava atarefado e nervoso demais para ficar examinando aquilo.

— Ei, essa é uma bicicleta e tanto — disse ela ao ver minha Trek.

— Bonita, não é?

— Não era você que falava que podia encontrar tudo que queria na vida numa liquidação de garagem? Acho que não encontrou isso numa liquidação.

— Não, eu me rendi. Comprei até um capacete e uma roupa sintética.

Jeanette chegou em seguida, trazendo uma pasta de arquivo que mantinha junto ao corpo, mesmo segurando uma taça de vinho tinto. Ela se encostou no balcão da cozinha, e nós ficamos conversando sobre planos natalinos enquanto eu preparava o jantar. Depois chegou Dorothy. Estava nervosa, rindo muito. Juntas, ela e Jeanette pareciam tímidas, mas também curiosas: sempre que uma falava algo, a outra ficava olhando atentamente. Quando a conversa morreu por um momento, Jeanette disse:

— Acho que é uma espécie de intervenção, não é?

Tanya chegou por último. Servi uma taça de vinho para ela e levei uma travessa de bolachas com *hummus* para a sala. Depois voltei para a cozinha e aumentei o som. Percebi que estava sentindo meu coração bater. Ergui as sobrancelhas para Carolyn, e disse:

— Veremos.

Eu meio que esperava que Tanya já tivesse ido embora quando entramos na sala de estar, ou que todas elas já tivessem ido, mas não foi o que aconteceu. Em vez disso, as três estavam sentadas no sofá, com Tanya no meio. Só as outras duas falavam, quase sempre entre si, mas Tanya escutava. Escutava e observava. A conversa continuou durante o jantar, e às vezes parecia um jorro de alívio. Todo mundo relaxou. Eu e Carolyn só ouvíamos, mas não estávamos excluídos. Era como se todos nós fizéssemos parte de um clube secreto, e acho que realmente fazíamos.

Tanya não falou muito, e também não revelou muita coisa, mas tomou um bocado de vinho. No final, tanto Carolyn quanto Dorothy lhe ofereceram carona, mas ela recusou: não estava de carro, e queria caminhar.

Na porta, eu disse para Carolyn:

— Nem cheguei a ver suas fotos.

— Podemos fazer isso agora mesmo.

— Não quero fazer isso depressa, e, de qualquer forma, estou cansado demais. Vamos jantar na semana que vem, e você me mostra tudo.

— Tá legal, combinado — disse ela. — Telefone para mim.

— Obrigado pela noite — disse eu.

Terminando de lavar a louça à meia-noite, pensei comigo mesmo que nem eu nem Tanya havíamos mencionado que era aniversário da morte de Lisa Kim. Fiquei imaginando se Tanya chegara a perceber isso.

Na segunda-feira, eu recebi uma carta com selos mexicanos. Era endereçada tanto a mim quando a Lydia, e por um instante senti que passara por uma elevação num carro em alta velocidade. Eu não me dera ao trabalho de contar a Charlie, e imaginava que Lydia também não.

As cartas natalinas de Charlie eram famosas entre mim e Lydia. Exibiam sua habitual prosa pitoresca, mas decorada com lâmpadas cintilantes. Preparei uma xícara de chá para apreciar a carta, depois sentei à grande mesa e abri o envelope.

Caros Pete e Lydia,

Lamento muito ter de informar a vocês que Charlie morreu de enfarte em outubro, depois de voltar para a escola. Ele teve um pequeno ataque enquanto dava aula, e foi imediatamente levado ao hospital. À noite, ainda conversamos por telefone, combinando que eu buscaria Charlie de carro em poucos dias. De madrugada, porém, ele sofreu outro enfarte, que foi fulminante. Estava sob tratamento intensivo e cercado de médicos, mas não foi possível salvar sua vida.

Desde então, venho me ocupando dos seus negócios. Dois de seus filhos vieram ao funeral. Ele foi cremado e suas cinzas foram espalhadas aqui na fazenda.

Charlie era um homem de muitos amigos, e vocês dois estavam entre os melhores. Tenho certeza de que guardarão dele uma lembrança generosa.
   Sinceramente,
   Dick

No Instituto de Arte de Chicago há um quadro de John Sloan chamado *Noite de Sábado no Renganeschi*, que mostra três jovens mulheres jantando num popular restaurante de Nova York em 1912. As toalhas de mesa são brancas, e os garçons trajam *tuxedos*. O local parece animado, cheio e alegre. O quadro sempre me lembra Mia Francesca, o restaurante em que eu e Carolyn jantamos naquela sexta-feira. É um salão estreito, bem iluminado, barulhento e festivo na rua North Clark, numa esquina perto do apartamento de Carolyn. Quando cheguei, ela já pegara uma mesa junto à parede e uma taça de vinho tinto.

— Achei que era melhor escolher logo uma mesa. Aqui enche rápido.

— Vou querer a mesma coisa que ela está bebendo — disse eu. — Está frio lá fora.

Conversamos sobre o frio, o Natal, o emprego novo de Carolyn e Tanya Kim, que me deixara uma mensagem de agradecimento na secretária eletrônica, dizendo que me mandaria algo que ainda não chegara. Conversamos sobre aquela noite.

— Sabe, foi muito interessante — disse Carolyn. — Aquelas três mulheres... não conseguiam decidir se eram rivais ou aliadas. Eu jamais senti uma dinâmica tão estranha numa sala, mas não foi ruim. Na verdade, foi bom. Você não acha que tudo saiu bem?

— Eu fiquei satisfeito quando terminou.

Agradeci a ela por ter me recomendado Gene, e conversamos sobre ele. Carolyn falou que gostava do fato de Gene não fazer julgamentos apressados.

— Você também não faz, sabia? — disse eu. — Não sei se você sempre foi assim, ou se aprendeu isso com o Gene, mas me parece que você sempre foi assim. Enquanto as pessoas ficavam revirando os olhos pelas minhas costas, você continuava me tratando como se eu fosse normal. Até reconheço que exagerei um pouco durante algum tempo.

— Talvez, mas, quando você nos relatou o acidente, eu fiquei tocada. Acho que foi porque você acreditava que podia ter feito alguma coisa quando muito poucas pessoas acham que podem. E mais ainda: achava que devia ter feito alguma coisa, e muito menos pessoas ainda pensam assim. Acho que gostei de ver que você acreditava em si mesmo quando percebeu que os outros duvidavam, e meio que resolvi acreditar em você também. Acontece que a sua intuição estava certa, e a minha também.

— Então você não acha que o que eu vou fazer é temerário? — perguntei.

— Acho que é o que você precisa fazer.

— Acha que vai funcionar?

— Quem sabe, Pete? Não faço ideia. Nós estamos brindando a quê?

— Eu estou me despedindo.

— Se despedindo?

— Vou para o México — disse eu, fazendo Carolyn levantar as sobrancelhas. — Lá é barato, e eu não vou ter muito dinheiro. E na verdade eu gosto do México, me sinto em casa lá. E acho que posso ganhar algum dinheiro escrevendo diários de bordo.

— Ao México, então — disse ela, levantando a taça de vinho.

Eu olhei para ela, e ela para mim. Nós dois sorrimos.

— Eu realmente fiquei um pouco apaixonado por ela, você sabe.

— Sei.

— Mas acho que é hora de esquecer isso também. Venho pensando em começar a namorar de novo.

— Ótimo. Acho que você está pronto para isso — disse ela.

— É... mas não sei por onde começar.

— Você deve conhecer um monte de candidatas. As escolas não estão cheias delas?

— Estão, mas não sei se quero namorar uma colega de trabalho. E também não sei... essa é a questão. O que eu estou procurando? Não quero fazer isso como fazia aos 22 anos. Você pode imaginar que critérios eu usava naquela época. Não, já falei para mim mesmo, nem pense em sexo, amor, romance ou casamento. Pense numa única coisa: em alguém com quem você realmente gostaria de jantar. Nada mais. Então decidi fazer uma lista lá no Café Express, com um bloco e uma caneta. Coloquei logo o seu nome, naturalmente, já que jantamos juntos de vez em quando, eu sempre gosto. Mas depois não consegui pensar em outra pessoa com quem eu preferiria jantar, nem com quem gostaria de jantar, de modo que parei.

Ela olhou para mim de maneira estranha.

— O que você está dizendo?

— Estou dizendo que eu gostaria de escrever para você enquanto estiver fora. Posso fazer isso?

Ela não respondeu. Parecia atordoada, e eu gostei de ver aquela surpresa. Ao lado de sabedoria e inteligência, ali também havia ingenuidade e inocência.

Carolyn foi recobrando a serenidade enquanto examinávamos as fotografias, jantávamos e conversávamos sobre outras pessoas: Steve está fazendo isso, Wendy está fazendo aquilo, e alguém mais fazendo algo mais. Depois ela perguntou se eu falara com Lydia.

— Não. E você?

— Nós não temos nos falado.

Ela telefonara para Lydia e deixara duas ou três mensagens, mas ela não telefonara de volta. Carolyn achara que isso significava que Lydia não estava interessada em levar a amizade adiante. Associações demais, provavelmente. A essa hora já havíamos pago a conta e estávamos parados na calçada defronte do restaurante. Carolyn me perguntou onde eu estava estacionado.

— Estou bem no seu quarteirão. Posso acompanhar você até lá?

— É claro.

Acho que nós dois estávamos tentando não nos tocar, nem sequer encostar os ombros. Ao chegar a um trecho coberto de gelo, porém, eu peguei no braço dela. Quando chegamos à entrada do prédio, Carolyn perguntou se eu queria passear com Cooper e ela.

— É claro.

Cooper ficou contente ao me ver. Seguimos o cachorro ao longo da rua Halsted, e voltamos para a rua Clark. Quando chegamos ali, Carolyn disse:

— Convido você para uma saideira no Outpost.

— E o Cooper?

— Podemos amarrar o Cooper na placa de PROIBIDO ESTACIONAR. Todos os passantes vão fazer carinho nele, ele vai adorar.

Fomos sentar no bar, bebericando um Grand Marnier e vigiando Cooper através da vidraça. Carolyn fez um ar pensativo, e depois virou para mim.

— Pete, eu sei que nós nos conhecemos há muito tempo, mas ainda assim acho que você não me conhece bem.

— Sei que você tem amizades muito fortes — disse eu. — Sei que você gosta de viajar e de mergulhar. Sei que verde é sua cor favorita. Sei que você não deixa cachorros subirem na sua mobília. Sei que você adora ler.

— Ler é quase a minha coisa favorita.

— Além de cozinhar e cantar — disse eu.

— Pois é — disse ela, acrescentando que só cantava em grupos grandes ou completamente sozinha. Queria que eu soubesse que ela não gostava de se destacar, nem de ser a rainha da festa. — Eu não consigo contar uma piada, e falar em público me dá pânico.

— Isso não é bom para uma advogada.

— É por isso que eu não sou advogada litigante. Não gosto de ser o centro das atenções. Fico nervosa. Não gosto dos refletores. Muita gente me acha um pouco chata.

— Eu não acho, e já sabia tudo que você falou. Conte alguma coisa que me surpreenda.

— Sou uma motorista nervosa. Tenho pavor de altura. E odeio futebol.

— Ainda não estou surpreso.

— Tá legal... não gosto muito do Natal, tirando a música, e odeio "O Pequeno Tambor".
— Algo mais.
— Você tem um carro branco, e eu não gosto de carros brancos.
— O que há de errado com "O Pequeno Tambor"?
— É repetitivo e sentimental.
— Por que você não gosta do Natal?
— É um dia difícil para pessoas solteiras. Eu sempre procuro viajar durante o Natal.
— E carros brancos?
— Parecem equipamentos de cozinha.
Levantei meu cálice.
— Você quer tomar outra? — perguntei.
— E nunca tomo mais que uma saideira. Viu? Sou um atraso de vida.
Fomos caminhando de volta. Ela estava parada com Cooper no alto da escada, quando eu gritei:
— Carolyn!
— Sim?
— Posso escrever para você?
Ela pensou por um momento, e disse:
— Pode.

LIVRO DOIS
• • •

ALGUM TEMPO DEPOIS, COM UM INTERLÚDIO CONTEMPORÂNEO

1

CRÔNICAS DE VIAGEM

SAN MIGUEL DE ALLENDE, MÉXICO
de Pete Ferry

Era a primeira vez que Lydia ia ao México. Éramos bem jovens. Meu espanhol estava um pouco enferrujado, e ela ainda não falava a língua. Eu acabara de assinar o meu primeiro contrato para escrever crônicas de viagem, e estava ansioso para partir, mas Lydia só queria saber de curtir San Miguel de Allende.

Não que haja algo de errado com San Miguel de Allende. É um lugar lindo, realmente, um dos vários vilarejos espalhados pelo México que foram declarados monumentos nacionais e preservados devido ao caráter colonial. Isso significa uma catedral, estreitas ruas de paralelepípedos, praças com coretos, arcadas, telhados com telhas de barro e um mercado municipal colorido. Significa muros de estuque sobre os quais crescem e drapejam buganvílias alaranjadas ou roxas. Significa sedutoras imagens, vistas da rua por portas semicerradas ou entreabertas, de espaços internos privados: pátios, fontes, flores, árvores secretas e cestas penduradas de pássaros verdes, azuis e amarelos.

Talvez por San Miguel ser um lugar tão adorável, ou ter uma excelente escola de arte e alguns cursos de línguas, haja americanos demais por lá. São tantos que todos os garçons falam inglês, há uma livraria de livros em inglês na praça principal, uma boa pizzaria a um quarteirão da livraria e, o que é deprimente, um bairro fora da cidade ocupado quase que exclusivamente por gringos aposentados.

Como navegante de primeira viagem, é claro que Lydia gostou de tudo isso, menos do tal bairro afastado. Como "escritor de viagens profissional", porém, eu achei tudo isso ruim, principalmente o tal bairro. Eu queria ir a um lugar onde pudesse usar meu espanhol precário e um bom livro de frases feitas. Onde não servissem salada Cobb em todos os cardápios e onde não aceitassem o cartão American Express. Em vez disso, jantamos no Mama Mia's três noites seguidas, só porque a pizza era boa, além de barata. Eu usava isso como justificativa, pois nenhum de nós dois tinha muito dinheiro. Além disso, nós gostávamos dos garçons, que eram jovens, relaxados e irreverentes. Depois das nove havia música ao vivo num pequeno palco armado no pátio ao ar livre. Mas três noites já bastavam. Eu queria partir no dia seguinte. Lydia queria passar o fim de semana ali para ver o violonista que se apresentara na véspera. Nós discutimos e chegamos a um acordo: esperaríamos a noite de sexta-feira, e partiríamos no sábado pela manhã.

Nesse ínterim, eu passei um dia cruzando as montanhas de carro para visitar Guanajuato, a antiga capital do ciclo de mineração da prata, que fica dramaticamente situada numa serpenteante ravina estreita. A cidade é cheia de imponentes prédios do século XIX, pertencentes ao governo e à universidade. Não vi outros americanos, e passei o dia falando espanhol. Voltei sentindo-me apaziguado e contente comigo mesmo.

Estranhamente, Lydia também sentia o mesmo. Ela fora explorar a parte de San Miguel na encosta acima do centro, e encontrara a pequena praça de touros que eu procurara em vão. Depois passara a tarde nos ateliês do Instituto Allende, conversando com outros pintores. Comendo pizza à noite, nós dois parecíamos um pouco convencidos, e acho que cada um já estava se perguntando o quanto precisava do outro. Quando o pátio da Mama Mia's começou a encher, viramos nossas cadeiras para o palco. Pouco antes das nove, cinco mexicanos se aboletaram na mesa ao lado. Um deles era um grandalhão, de ombros largos, bigode cerrado e largo sorriso branco. Todos falavam espanhol em voz alta. Usavam chapéus e botas de caubói, com calças jeans novas. As camisas de cores berrantes tinham colchetes em vez de botões. Eles pareciam fazendeiros de fora da cidade, mas tinham mais dinheiro do que eu esperava que fazendeiros tivessem. Estavam deslocados no meio de turistas e mexicanos citadinos. Ao voltar para a mesa, o grandalhão pisou no pé de Lydia, e pediu desculpas em inglês. Ela respondeu com sua piada de sempre, dizendo que tinha dois pés, e o sujeito riu prazerosamente.

O violonista apareceu, seguido por uma cantora. Ela era a causa de haver tanta gente ali. Cantava muito bem: canções de amor e baladas, tanto em espanhol quanto em inglês. Algumas pessoas se levantaram para dançar ao som de uma música lenta. De repente, nós recebemos uma jarra de sangria, enviada cortesmente pelo grandalhão. Calculei que ele se levantara antes para pedir aquilo. Foi constrangedor, porque o sujeito não estava sentado em outro lugar do pátio, e sim bem ao nosso lado. Fomos obrigados a sorrir, menear a cabeça, tocar os copos e brindar. Só que já havíamos tomado alguns drinques, e beber a quase dois mil metros de altitude é sempre problemático. Lydia parecia um pouco alta. Tentei atrair o olhar dela, mas não consegui. Então os músicos fizeram uma pausa, e os mexicanos entraram na nossa conversa. De onde éramos? O que estávamos fazendo no México central? Estávamos gostando?

Lydia estava no seu elemento, e eu me diverti observando a cena. Ela tinha um estoque pronto de respostas divertidas que parecia sob medida para aquela situação. Logo fez todos os mexicanos rirem, até os dois que claramente não falavam inglês. A essa altura eu já notara a presença de um baixote, além do grandalhão. Talvez fosse um auxiliar do grandalhão, ou então o contrário. De qualquer forma, os dois formavam uma dupla afiada, com permanente contato visual, apartes e piadas particulares.

A música recomeçou, e no intervalo seguinte eu me ofereci para dividir a jarra de sangria que o grandalhão nos ofertara. Fiquei aliviado quando os mexicanos aceitaram. Entretanto, quando voltei do banheiro, já havia outra jarra na mesa. Tentei recusar usando a altitude como desculpa, mas vi que os olhos do grandalhão não estavam fixados em mim, e sim no rosto de Lydia ao meu lado. Pelo canto dos olhos, vi que ela articulava silenciosamente algumas palavras para ele. Saquei tudo. Obviamente houvera uma conversa entre eles na minha ausência, e eu virara um ator involuntário num dos dramas de bolso que Lydia produzia regularmente. Aquele ali se intitulava "Pete Reaça *versus* Lydia Livre". Eu sabia que o único modo de sair daquela situação era não entrar, então fiquei calado, mas talvez já fosse tarde demais. Pouco depois, o grandalhão disse para o baixote:

— *No lleva sostén.* (Ela não usa sutiã.)

— *Talvez tampoco lleva las bragas* (Talvez tampouco use calcinha) — respondeu o baixote.

Então eu disse:

— *Las lleva.* (Usa, sim.) — Depois sorri e acrescentei: — Eu vi quando ela se vestiu.

Houve um silêncio constrangedor. Então o grandalhão deu uma risada estrondosa e bateu nas minhas costas, dizendo:

— Você fala espanhol, meu amigo!

— *Un poco.*

— Por favor, não leve a mal. Mas sua esposa é uma moça muito bonita.

— Ela não é minha esposa — disse eu.

— Sua noiva, então...

— Ela também não é isso.

— Sua amiga? — perguntou o baixote.

— Acho que ainda não conseguimos descobrir o que somos. Estamos batalhando para isso. Por enquanto, somos só companheiros de viagem.

— Então não liga se eu dançar com ela? — perguntou o grandalhão.

— É claro que não.

Ele enlaçou Lydia. O cara era muito grande, e ela, muito pequena. Já de volta às mesas, que haviam sido reunidas, ele falou animadamente com Lydia sobre alguma coisa, enquanto cutucava o antebraço dela com o enorme indicador. O baixote estava sentado do outro lado de Lydia, com o braço apoiado ao longo do encosto da cadeira dela. Eu me inclinei e sussurrei no ouvido dela:

— Você já foi para a cama com um mexicano?

Ela riu.

— Ainda não.

— Já foi para a cama com cinco? — perguntei.

Ela riu de novo.

— Ah, pare com isso!

Eu desisti, e virei para o palco. Houve mais música, mais vinho, mais dança. As coisas foram ficando um pouco embaçadas para mim. Então o violonista recolocou o instrumento no estojo, e os garçons foram colocando as cadeiras em cima das mesas. Sentado ao meu lado, o baixote disse:

— Meu amigo, nós gostaríamos de ter você e Lydia como nossos convidados. Há uma cantina maravilhosa fora da cidade...

— Como se chama? — perguntei.

— La Casa del Fuego...

— É um puteiro — disse eu. — Já li sobre esse lugar.

Ele inclinou a cabeça uma vez, e disse:

— Lá tem mulheres, é verdade, mas também tem várias outras coisas. É também restaurante, boate e cassino. Fica aberto a noite inteira.

— Não, obrigado. Precisamos partir cedo amanhã de manhã.

— Ah, vamos — disse Lydia, sentando de repente no lugar onde estivera o baixote. — A coisa parece divertida.

— Você prometeu — disse eu. — Já é uma da madrugada, e eu quero chegar a Oaxaca amanhã à noite.

— Vamos, Pete, estamos de férias.

— Não — disse eu com firmeza. — Não vou entrar num carro com um bando de mexicanos bêbados que não conheço.

— Então é por isso? Porque eles são mexicanos?

— É claro que não.

— Então por que você falou isso?

Já estávamos parados na calçada defronte da Mama Mia's, enquanto os mexicanos esperavam por nós no meio do quarteirão.

— Porque estamos no México, pelo amor de Cristo! Se estivéssemos na Albânia, eu teria dito "albaneses" — disse eu.

Assim que pronunciei as palavras, porém, vi que a coisa soava mal.

— E se estivéssemos em Columbus, você teria dito "naturais de Ohio bêbados"? — disse Lydia, rindo de mim. — É claro que diria.

Ela virou de costas.

— Lydia, aonde você vai?

— Já falei. Quero ver essa cantina. Vou com eles.

— Não posso deixar você fazer isso — disse eu, pegando o cotovelo dela. Naquela altitude, naquela hora, e naquele nível de embriaguês, era a coisa errada a dizer, e eu percebi isso.

— Você o quê?

— Nada.

— Você não pode me deixar fazer isso? Você não pode é me impedir. Olhe só.

Ela virou e foi andando devagar, meio cambaleante, na direção dos mexicanos. Um deles só olhava para os seios dela. Lydia deu os braços a dois deles, e todos foram até o meio da rua, entrando numa grande picape branca. Os faróis acenderam, e o veículo se afastou. Dava para ouvir música country tocando bem alto lá dentro. A picape fez meia-volta e veio na minha direção, enquanto a música enchia a rua vazia. Três dos homens estavam de pé na caçamba, apoiados na cabine. Eu vi o baixote dirigindo e o grandalhão no assento do carona. Quando o veículo passou por mim acelerando, vi Lydia sentada entre os dois. Seu rosto pequeno, redondo e branco como alabastro foi iluminado momentaneamente pelas luzes dos postes, enquanto ela mantinha o olhar fixado à frente.

2.

O DOUTOR

Num dia de verão, eu percebi que estava passando tempo demais sentado à escrivaninha perto da janela do meu quarto, por isso levantei-me cedo para cruzar a praça com Art e tomar um bom desjejum na calçada do café debaixo das arcadas. Cheguei até a comprar o jornal em inglês, na esperança de descobrir como estavam se saindo os Cubs. Debaixo de uma manchete que dizia "Paradeiro: É Favor Contactar a Embaixada Americana", uma longa lista de nomes incluía o meu. Aquilo me surpreendeu. Eu fora dado como desaparecido? Tentei me lembrar da última vez em que falara com alguém, ou escrevera para alguém, nos Estados Unidos além de Carolyn. Parecia que já haviam decorrido dias, mas eram semanas, muitas semanas. Na realidade, eu não telefonava para lá desde que deixara San Miguel e chegara aqui. Mais tarde coloquei alguns pesos na caneca do mendigo.

O mendigo era uma das razões que me impediam de sair do quarto com mais frequência: o mendigo, a carroça de frutas e o meu trabalho. Embora a ladeira fosse íngreme, as lajotas do calçamento eram tão grandes e irregulares que havia pouco risco da carroça de frutas sair rolando. O mendigo se abrigava sentado num umbral atrás da carroça, ao lado de uma lata de sardinhas enferrujada. Parecia uma pilha de lixo que o gari certamente ainda recolheria. Naquele amontoado sem cor, a única parte de sua anatomia que eu conseguia distinguir era o rosto já sem feições ou órgãos, que mais parecia um punho inchado e disforme.

Quando alguém deixava cair uma moeda na lata, o mendigo rastejava para pegar, depois ficava agitando o dinheiro de forma impaciente, quase freneticamente, acima da cabeça, até o vendedor de frutas trocar a moeda por uma banana, uma laranja, um fatia de melão, umas poucas nozes, uma manga, um pedaço de mamão, uma tangerina ou uma fatia de coco com um filete de molho apimentado por cima. O mendigo comia com a mesma impaciência, agarrando e engolindo cada bocado feito um mico. Quando acabava, voltava a esperar mais passos, outra moeda e mais comida. Eu não gostava muito dele, mas aquilo me fascinava. Eu sequer sentia pena, até porque ele estava demasiadamente afastado da minha vivência, mas acabei percebendo que tinha certa inveja dele. Várias vezes ficara tentado a pôr algumas centenas de pesos naquela lata, só para ver o vendedor de frutas jogar o estoque inteiro na cabeça do mendigo. Talvez fossem seus modos à mesa que me ofendessem tanto.

Depois da chuva à tarde, o sol no planalto acima do meu telhado brilhava sobre a carroça de frutas na rua e por alguns instantes reduzia tudo a cor, algumas cores, insistentes cores primárias como uma pintura feita com os dedos por uma criança. De manhã cedo, até antes da chegada da carroça de frutas, uma mulher com uma panela de água abria a porta do muro para lavar as cascas, restos e conchas de ontem na sarjeta.

Todos nós precisamos de nossos monstros, isso é certo, e às vezes eles precisam um do outro: Saddam Hussein e George Bush não eram muito interessantes por si sós. O mesmo se aplica ao Senhor Claggart e Billy Budd? Ou o par correto seria o Senhor Claggart com o Capitão Vere? Acho que sim. Quanto ao monstro favorito de todo mundo, a maior contribuição de Adolf Hitler para a destruição em nossa época não foi a guerra em âmbito mundial ou o assassinato de 12 milhões de pessoas. Foi fornecer às que sobraram um modelo absoluto de maldade, no momento em que, sabiamente, já havíamos começado a duvidar da existência disso. Desde 1945, só Deus sabe quantas vidas foram dadas e tiradas em nome da moralidade, e certamente a virtude autoproclamada é hoje a maior força destrutiva no planeta hoje.

Eu vi Albert Decarre seis vezes como paciente depois que voltei do México, embora planejasse apenas uma consulta. Na primeira vez, falei que estava obcecado por algo que vira e algo que sabia, mas só discutimos essas duas coisas na última consulta. Conversamos sobre minha família, o amor que meus pais tiveram um pelo outro durante 41 anos, e a culpa que eu sentia por ter magoado Lydia.

— Você pode me falar desse relacionamento?

Eu falei que tínhamos tudo que um relacionamento deve ter, exceto algo que nenhum de nós dois conseguia definir, mas que ambos sabíamos que estava faltando.

Ele fez algumas anotações.

— Isso que faltava... você via no relacionamento dos seus pais? — perguntou.

— Acho que sim. Aquilo parecia uma cola. Era algo que ligava os dois, um compromisso absoluto, a parte que diz "na doença e na saúde, na riqueza e na pobreza, no melhor e no pior". Isso eu e Lydia não tínhamos. Eu sempre soube que alguma coisa aconteceria, que não teríamos força para sobreviver a isso e que nos separaríamos. Coisa que aconteceu.

Preciso lhes contar que, a despeito de mim mesmo, eu gostei de Albert Decarre. Ele era inteligente, solidário, atencioso, prestativo, conflitado e vivido. Tinha um rosto fortemente vincado e olhos encovados, coisas que a fotografia não revelara. Carregava uma tristeza interior, mas também era muito elegante; essa é a única palavra adequada. Ele era esbelto, gracioso e de fala macia. Suas roupas eram bem talhadas, e o cabelo tinha um caimento perfeito. Ao mesmo tempo, ele sempre parecia estar prestes a fazer alguma coisa que você não gostaria de provocar. Poucos minutos depois de nos conhecermos, eu já sabia exatamente por que Jeanette Landrow temia magoar Decarre.

Minhas sessões com ele foram conversas, na verdade; Decarre podia ser atencioso e de fala suave, mas não era reticente. Escutava bem, mas também falava bem, e cada um de nós frequentemente construía algo sobre as ideias do outro, às vezes chegando a conclusões importantes. Isso aconteceu pelo menos duas vezes.

Mesmo gostando de Albert Decarre no início, eu não confiava nele. Sabia tão bem quanto qualquer pessoa que Lúcifer pode ser sedutor. Nunca esquecia que a tranquilidade, o charme e a aparente confidencialidade (ele podia ser surpreendentemente franco) eram truques que já haviam seduzido outros e que também poderiam me seduzir. Vim a perceber, entretanto, que havia uma diferença entre mim e as pessoas seduzidas: se Decarre estava me enganando, também estava sendo enganado por mim. Às vezes eu ficava observando enquanto ele descruzava as pernas e falava, ou distraidamente alisava o queixo e falava, mas sempre acabava precisando reprimir um sorriso, pois eu era o cofre que estava prestes a desabar na sua cabeça, o carro prestes a cruzar a faixa central divisória e avançar na pista dele. Em algumas ocasiões, a satisfação que eu sentia era até perturbada por uma certa comiseração por ele, afinal de contas, eu ia destruir Decarre, e qualquer um — mesmo um homem mau — que está condenado é capaz de suscitar nossa simpatia. Comecei a ver nisso uma inversão da síndrome de Estocolmo: eu era o sequestrador e estava começando a me identificar com ele, o sequestrado. É claro que Decarre não sabia que era o sequestrado. Mais tarde minha identificação se tornaria diferente e mais forte.

A maioria das conversas que tivemos foi sobre o amor, a natureza do amor. Uma das conclusões importantes a que chegamos, e acho justo dizer que fizemos isso juntos, foi a seguinte: só porque uma pessoa não ama mais a outra, não significa que nunca amou. A morte do amor é um fenômeno tão natural como seu nascimento ou sua existência. O amor não precisa cometer suicídio ou ser assassinado, pode morrer naturalmente, acidentalmente ou mesmo incidentalmente. Pode morrer até quando não queremos que isso aconteça, exatamente como uma pessoa morre. Ao conversar sobre essas coisas, eu estava naturalmente pensando em Lydia, Lisa e Carolyn. Enquanto observava Decarre, tentei imaginar em quem ele estaria pensando.

Outra coisa dita por Decarre, e que eu tentei aplicar a nós dois, foi a seguinte: "A verdade mais cruel de todas é que, nesta vida, às vezes precisamos magoar outras pessoas. Não é que você faça ou possa fazer isso, você precisa fazer." Na escala pessoal, ele comparava essas ocasiões a terremotos, incêndios florestais e a seleção natural na escala global. Falava que eram ajustes necessários, mesmo que fossem dolorosos, pelo bem geral, e que evitar tais ajustes só provoca desequilíbrio ou coisa pior. Pode surpreender vocês saber que, enquanto Decarre falava essas coisas, eu não sentia que ele estava se justificando ou racionalizando, sentia que ele estava percebendo os fatos. É claro que eu pensava em mim mesmo e Lydia, em Albert e Lisa, e depois em mim e nele. E foi então que minha identificação com ele realmente se cristalizou, porque subitamente eu percebi que precisava fazer o que estava prestes a fazer, exatamente pelo mesmo motivo que levara Decarre a precisar fazer o que fizera. Qualquer dúvida que eu ainda pudesse ter foi eliminada. Eu e ele éramos iguais, nós dois estávamos possuídos por uma lamentável compulsão. Marquei minha sessão final com ele e fui embora.

Voltei uma semana depois, no mesmo horário. Pus no chão a mochila com seu conteúdo precioso, e sentei na cadeira já agora familiar. Albert Decarre se sentou do outro lado da mesa de centro. Eu falei que chegara a hora de conversar sobre aquilo que eu vira e aquilo que eu sabia. Ele perguntou o que eu vira.

— Eu vi alguém morrer.

— Humm — disse ele. — Sinto muito. Isso pode ser muito duro. Você conhecia a pessoa que morreu?

— Antes não, mas conheci depois.

— Depois da morte dela?

— É. Na realidade, eu me apaixonei por ela.

— Depois que ela morreu? — perguntou ele.

— É. Na verdade, só vi essa pessoa quando ela morreu.

— Posso perguntar como ela morreu?
— Foi um acidente. Pelo menos foi o que me pareceu, na época.
— E você viu o acidente acontecer?
— Vi tudo.
— Eu quero lhe perguntar outra coisa. Você causou o acidente?
— Não.
— Teve alguma coisa a ver com a morte dela?
— Não, só que eu acho, ou achei durante muito tempo, que poderia ter evitado aquilo.
— Você não pensa mais assim?
— Não, acho que não. Não com muita frequência.
— Então você ainda está em dúvida?
— Um pouco.

Decarre fez algumas anotações, enquanto eu observava. Ele tinha uma boca inusitadamente expressiva e longos dedos brancos. Cruzou as pernas daquele jeito dos magros, em que uma parece pendurada na outra.

— Há certo tempo você falou que o seu relacionamento com a Lydia não conseguiu sobreviver a uma coisa que aconteceu. Foi isso?
— Foi.
— E você se apaixonou pela mulher que morreu?
— É, eu me apaixonei por ela. A ficha caiu.
— Frase interessante. Você sente com frequência que a ficha está prestes a cair?
— Não, acho que não, mas senti naquele relacionamento.
— Você sente isso agora?
— Agora? Acho até que sim, mas de uma maneira muito diferente. Lembra mais uma "resolução", e acho que foi por isso que vim até aqui.

Ele voltou para a página anterior do bloco, dizendo:
— Para resolver o que vem perseguindo você?
— De certo modo.
— Fale uma coisa — disse ele. — Você acha que poderia ter com alguma mulher o tipo de relacionamento que seus pais tinham?

— Bom, espero que sim. Acho que todos nós buscamos isso, não?

O doutor ignorou a pergunta. Falou que lidava com muitas pessoas que tinham modelos inadequados ou ruins na vida, mas que às vezes ter um bom modelo, um modelo bom demais, é a coisa mais penosa de todas. Chamava isso de síndrome dos pais famosos. Se um dos pais é extremamente bem-sucedido, fica difícil para a criança conviver com isso. Ela talvez não consiga ganhar tanto dinheiro, construir uma casa tão grande, escrever um livro tão bom ou fazer tantos gols quanto o pai. E mesmo que consiga, sabe que as pessoas dirão "ora, foi só por causa do pai. Foi o pai que tornou isso possível".

— Você acha que o casamento de meus pais era ideal demais, e que eu nunca conseguirei chegar lá? — perguntei.

— É possível. Uma coisa interessante é você ter escolhido se apaixonar por alguém inalcançável.

— Eu não escolhi exatamente — disse eu.

— Mas você se apaixonou por alguém inalcançável. Ninguém é mais inalcançável do que uma pessoa morta, e você pode se surpreender ao saber que muita gente se apaixona pelos mortos — disse ele, sorrindo. — É outra síndrome.

Decarre chamava isso de síndrome da viúva. Um homem morre depois de um casamento difícil ou perturbado, e é transformado pela viúva num santo: ela esquece as meias sujas pelo chão, as bebedeiras, ou a galinhagem, e romantiza tudo, transformando o sujeito no marido que sempre quis, com mais amor por ele depois da morte do que tinha em vida.

— E você acha que eu estou fazendo isso? — indaguei.

— É possível — disse o doutor. — Amar alguém que não está aqui é mais seguro do que amar alguém que está, entende? É por esse motivo que "a ausência enternece o coração". Não há ausência mais profunda do que a morte. Quando uma pessoa morre, pode ser transformada do jeito que você quiser.

— Não sei. Isso me parece uma explicação fácil.

— Tá legal, então me conte mais. Por que você acha que se apaixonou por essa morta?

Eu falei que a culpa era um fator, mas que ela era bonita, interessante e vulnerável.

— Vulnerável depois da morte? — perguntou ele.

— De uma maneira estranha. Eu já falei que vi algo e sei de algo. Isso tem a ver com o que eu sei.

— E o que é isso?

— Eu sei que a morte dela não foi realmente um acidente. No mínimo, foi um acidente intencional.

— Um acidente que ela provocou? Ela cometeu suicídio?

— Não. Foi morta.

— Ah. Assassinada? — perguntou ele.

— É, ela foi assassinada, e eu sei quem fez isso.

— Como você sabe disso? — indagou ele.

— Eu vi o homem que fez isso.

— Você viu alguém fazer isso? Viu alguém matar a mulher?

— Não, mas eu vi o sujeito, e sei que foi ele. Juntei dois e dois, e sei.

— Pete, posso perguntar qual é o seu propósito acerca desse homem?

— Eu gostaria que ele fosse julgado, é claro.

— Posso perguntar então por que você simplesmente não vai à polícia?

— Eu fui. Foi uma das primeiras coisas que fiz.

Fiquei esperando, observando Decarre.

— E eles ajudaram você em alguma coisa?

Contei a ele que os policiais me ajudaram a ver que eu não sabia coisa alguma sobre o trabalho da polícia. Que a minha "acusação" contra o sujeito era intuitiva. Que minhas provas ou não existiam, ou eram circunstanciais. Que o sujeito era um cidadão muito respeitado, sem ficha criminal. E que eu parecia estar numa busca amalucada, ou numa cruzada. As coisas que não contei a ele foram: "os policiais" era somente Steve Lotts, que agora já acreditava que o sujeito estava envolvido na morte da mulher. Talvez o tenente Grassi já desconfiasse de algo criminoso desde o início, e eu já tinha muito mais provas, que só não levara à polícia porque queria poder agir, caso eles não agissem.

— Falaram que nenhum promotor público teria coragem de assumir a coisa. Que se algum fizesse isso, viraria motivo de chacota na promotoria. Sugeriram que eu fosse fazer terapia.
— Certo.
— Por isso eu estou aqui. Fazendo terapia.
— Está bem. Como você está se sentindo sobre tudo isso agora?
— Como assim?
— Já que você veio "em busca de resolução", suponho que ainda não tenha encerrado o assunto.
— Não, não. Eles me obrigaram a lançar um olhar mais realista para mim mesmo, meus motivos e a situação toda. Quer dizer, por que eu estava fazendo aquilo? O que realmente era importante para mim?

Falei para o doutor que já não via a mulher como uma mera vítima inocente: ela era complexa demais para isso. E também já não via o homem como completamente mau. Não gostara do que ele fizera, mas começava a entender a coisa pelo menos um pouco. Ao menos já conseguia imaginar seu desespero. Pela primeira vez mencionei que o sujeito era um médico, que a mulher era sua paciente, que os dois estavam tendo um caso amoroso e que eu tinha quase certeza de que, pelo menos em certo nível, mesmo que fosse só no nível emocional, ele estava sendo chantageado por ela. A mulher estava assediando o sujeito de alguma forma. No fundo, ele era um homem bom, que cometera um erro e corria o risco de ser destruído por isso. Era um homem modesto, inteligente e circunspecto, prestes a virar manchete nos tabloides: um homem que devotara a vida a ajudar os outros, vitimado pelo mais humano dos desejos. Era um homem talvez preso, quem sabe, a um casamento sem amor, com uma esposa fria e difícil, um homem solitário e vazio que estava envelhecendo. Então aparecera essa mulher jovem, uma garota linda, vivaz, excitante, sensual, ousada, tentadora, desejosa, capaz, muito capaz, muito disposta e muito vulnerável. É claro que depois a coisa azedara, ela virara uma víbora, e ele se viu diante da ruína completa. Falei que pensara muito no desespero e no pânico que o doutor devia ter sentido, no escândalo, na vergonha e na desonra que ele sabia ter pela frente, e naquela fala de Noah Cross em *Chinatown*: "A maioria das pessoas nunca precisa encarar o fato de que, no momento certo e no lugar certo, elas são capazes de qualquer coisa." Cheguei até a falar que recordava algumas coisas de que já fora capaz ou que fizera e das quais me arrependia. Falei que fizera coisas que preferia não ter feito. E fiquei olhando para ele.

— Quer me falar sobre essas coisas? — perguntou.

— Não, na verdade, não. Pelo menos agora. Eu precisava resolver esse negócio do doutor, entende? Então percebi que minha falácia estava no ponto de partida. No fundo, ele não é um homem bom, só parece ser. Quem olha mais de perto vê um médico que traiu sua responsabilidade mais essencial, que magoou uma paciente que veio à procura de ajuda, que feriu essa mulher premeditadamente por várias vezes. Talvez no início fizesse isso por paixão; mais tarde, porém, fez desapaixonadamente. E, quando ficou com medo de ser apanhado, ele abandonou a mulher. Abandonou como amante, como ser humano e como paciente. E quando ela contra-atacou, foi morta pelo doutor.

— Humm...

— Tem mais. Há um homem com casaco de pele de camelo, e uma mulher que podia ser esposa dele. Nós nos encontramos no local do acidente, entende? Eles estavam indo para o norte, e eu, para o sul. Se a garota tivesse derrapado para a esquerda, em vez de bater direto na árvore, poderia ter se chocado com os dois. É claro que a mulher que podia ser esposa dele talvez *não* fosse. O sujeito podia até estar prestes a acertá-la na cabeça ou jogá-la no rio. Ou talvez a mulher fosse fazer isso com ele. Sei lá. Tudo isso é para mostrar que eu não sou muito sentimental, mas é preciso considerar quem mais a gente pode estar colocando em perigo, não é?

Olhei para ele com atenção redobrada.

— Então, onde isso deixa você? — perguntou ele finalmente.

— Você está perguntando se "o doutor é bom ou o doutor é mau"?

— Se você quiser.

Por um instante, pensei que ele estava genuinamente interessado na minha resposta.

— Eu achava que nem uma coisa nem outra — disse eu. — Achava que ele era mais amoral do que imoral, uma espécie de sociopata. Que ele realmente não tinha sentimentos. Que provavelmente poderia ficar sentado aí, discutindo a coisa com frieza e objetividade, sem deixar a pressão sanguínea subir ou começar a suar. Provavelmente conseguiria até driblar o detetor de mentiras, se fosse de seu interesse. Era isso que eu achava. Agora já não tenho tanta certeza.

— Você se sentiria melhor se pudesse punir esse homem? — perguntou ele.

— Não é isso, entende? Eu não quero punir o sujeito. Só quero que ele pare.

— Então você sente que tem um propósito moral?

— Cheguei à conclusão de que ele é um homem sem isso.

Fiquei encarando Decarre, enquanto explicava que o doutor cruzara a linha que um médico simplesmente não pode cruzar. Nem uma vez nem nunca. Qualquer um que fizesse isso interpretara mal a relação básica entre médico e paciente, onde não há margem para erro. Aquilo não era um erro. Nem um deslize, ou um engano. Era traição fundamental. Quando um médico faz isso, é porque provavelmente já fez antes, e provavelmente fará de novo.

— Então você sentia que precisava deter esse homem...

— Não. Só se fosse com mais provas. Então sabe o que eu fiz? Coloquei um anúncio intitulado "Pesquisa de Doutorado sobre Abuso Clínico" no *Evanston Review*, no *Wilmette Life* e em todos os pequenos jornais de North Shore. O texto dizia: "Estou escrevendo minha tese sobre psiquiatras, psicólogos e assistentes sociais que se aproveitam de seus pacientes no campo sexual, psicológico ou emocional. Se você quiser participar da pesquisa, por favor entre em contato comigo por meio da caixa postal tal e tal. Sigilo garantido."

Quando contei isso para Decarre, ele descruzou e cruzou novamente as pernas. Fez um esforço para não tirar os olhos dos meus, e conseguiu.

— Recebi algumas respostas muito interessantes — continuei. — Menos do que se poderia esperar, ou que um leigo imaginaria, acho eu. É engraçada a nossa desconfiança de psiquiatras e advogados. Ou talvez não. De qualquer modo, entrevistei todo mundo. A maioria das histórias podia ser eliminada quase que imediatamente: eram frustrações, fantasias e delírios. Foi interessante ouvir aquilo. Essas coisas são tão óbvias. Mas duas não eram, e ambas tinham a ver com o doutor. As duas tinham a marca da verdade, além de certas semelhanças interessantes: alguns traços físicos do médico, e algumas características da mulher morta que eu conseguira descobrir. Semelhanças fortes. Uma dessas histórias me interessou particularmente. Foi contada por uma moça bonita e nervosa, que não conseguia manter relacionamentos estáveis. A moça falou que já tivera "cerca de mil deles", palavras dela, e que todos terminavam da mesma forma, no mesmo estágio de desenvolvimento. Ela estava ficando desesperada. Tinha problemas não resolvidos com o pai, que desaparecera muito cedo na vida dela, e o doutor se ofereceu para ajudar a moça com essa questão. Por acaso, ele tinha exatamente a mesma idade do pai. Ela mesma admitiu que "não percebera a bandeira". Em todo caso, o doutor se ofereceu para ajudar criando o que chamava de um "relacionamento terapêutico substituto". Ele foi franco, falou que o tratamento era experimental e que nunca tentara aquilo antes, mas estava disposto a experimentar com ela. Nas palavras da moça: "Ora essa... o que eu tinha a perder? Era uma terapia, pelo amor de Deus." Sem ansiedade, culpa ou expectativas, exceto a de que ela ficaria saudável, ou mais saudável. Sem qualquer laço. Ela se jogou inteira. Na realidade, esperava ansiosamente o dia da consulta seguinte. Segundo ela, por algum tempo, a coisa funcionou. Durante algum tempo, nas palavras dela, foi: "Maravilhoso."

"Até a parte sexual era boa. O doutor era um amante muito carinhoso, generoso e gentil. Ensinava a elas coisas sobre sexo. Orientava a moça. Enquanto os dois transavam, ela fazia perguntas, e ele respondia. Mais tarde, os dois analisavam o que haviam feito. Era uma coisa muito clínica, e permitia que ela enfrentasse o pai por meio dele. Esse aspecto também funcionou, ela já estava quase pronta para visitar o pai pela primeira vez em três anos e revelar alguns de seus sentimentos, quando aconteceu o inesperado. O pai morreu. Morreu de repente, e também de repente desapareceu a chance de resolver qualquer coisa. Novamente usando uma palavra da moça, ela ficou "arrasada". Ligou imediatamente para o médico, mas... agora vem a parte engraçada... ele não retornou os telefonemas. Ela passou três dias telefonando, deixando recados no pager, telefonando para o número de emergência e deixando recados na secretária eletrônica. Nenhuma resposta. Nada. Nada. A moça achou aquilo estranho. Começou a acreditar que era por causa do pai. De alguma forma, o doutor ficara perturbado pelo fato, como se fosse uma mensagem de Deus ou algo parecido. Só que ela estava angustiada, e na véspera do Dia de Ação de Graças finalmente foi até o consultório dele. Eram 8:30 da noite. O carro do doutor ainda estava lá, embora a última consulta sempre fosse às 7:00. A moça ficou esperando. Quando viu que o doutor não saía, imaginou que ele estava pondo em dia a papelada, de modo que entrou. A sala de espera tinha uma dessas portas duplas. Ela bateu, viu que a porta estava aberta, e empurrou. Lá estava o doutor com uma mulher, em flagrante delito. Os dois ficaram paralisados. Ele estava recostado de pernas abertas, com a mulher ajoelhada. A moça ficou boquiaberta. Eu perguntei se havia qualquer chance de que aquilo fosse uma espécie de terapia. Ela respondeu que a única terapia em curso ali era terapia oral, ministrada pela paciente. Na hora, a moça soltou um berro. Ela gritou: "Paul... seu chupador de pau, escroto, filho da puta!" Depois saiu correndo. Bateu a porta e continuou correndo. Isso aconteceu há muito tempo, e ela nunca mais viu o doutor. Nem teve notícias dele. É claro que não seria fácil descobrir o paradeiro da moça. Ela desapareceu. Nas suas próprias palavras, sumiu "sem deixar endereço". Ficou bastante tempo hospitalizada. Perdeu o emprego, entregou o apartamento, comprou um celular novo e fez todos os conhecidos jurarem não revelar seu paradeiro. Mas não há indício algum de que o doutor tentou entrar em contato com ela.

"Agora vem a coisa mais interessante, e de certa forma também pertinente. Naquela noite no consultório do doutor, não só a moça descobriu a existência da outra mulher como a outra mulher descobriu a existência dela. A moça tem apenas uma vaga lembrança da outra mulher, mas acho que essa lembrança basta. Ela era jovem, mais alta do que a média, e magra. Tinha cabelo preto liso cortado à meia-altura, e olhos negros. Era asiática.

"Já a mulher morta era uma coreana, com 1,67m de altura, 53kg e 28 anos de idade. Achei que só podia ser ela, de modo que verifiquei com a seguradora dela, e com certeza fora cobrada uma consulta naquela mesma data, 16 dias antes da morte dela. Você acredita que o médico ainda cobrava as consultas dela? É claro, poderia ser apenas uma fatura emitida automaticamente pelo computador, ou talvez ele percebesse que não cobrar dela seria uma espécie de admissão, ou algo parecido. Ainda assim..."

Eu e o doutor ficamos sentados, olhando um para o outro por algum tempo. Decarre parecia respirar normalmente, mas mordeu os lábios duas vezes, provavelmente sem perceber o que estava fazendo. Em certo momento, ele quase deu um sorriso, e achei que foi de propósito.

— Infelizmente, nenhuma das duas pessoas estava disposta, nem se sentia apta, a suportar as agruras e a publicidade de uma investigação ou um julgamento — continuei. — Quer dizer, nós começamos o processo. Fomos ao conselho estadual de licenciamento, e o pessoal de lá ficou muito interessado. No final, porém, as testemunhas precisam se apresentar. E elas não conseguiram fazer isso. Então...

Parei de falar e olhei outra vez para o doutor.

— Então? — disse ele. — Então, na verdade você não tinha coisa alguma, não é? Se o médico matou essa mulher, e esse "se" é bem grande, você nem sabe como ele fez isso.

— Ah, isso eu sei. Ele injetou morfina nela. Pelo menos isso eu sei. Ele fez isso em um de dois lugares possíveis, e em uma de duas maneiras. Isso eu também sei. Ou ele fez no consultório, onde ela chegou bêbada e descontrolada, ou fez no carro dela. Há uma testemunha que viu o doutor no carro de Lisa Kim na rua Green Bay, minutos antes da morte dela. *Como* já é mais incerto. Ele pode ter simplesmente dado uma picada nela com uma seringa hipodérmica, talvez já estivesse bêbada demais para notar. Além disso, nós descobrimos que ele já vinha dando a ela grandes injeções de vitaminas.

Quando Lisa apareceu bêbada, pode ter sido convencida a tomar mais uma. Não seria a primeira vez, e nós descobrimos que ela gostava dessas injeções. O doutor pode ter alegado que queria curar aquele porre. Em vez de vitaminas, porém, pode ter dado morfina a ela. Ou pode ter feito isso dentro do carro, pouco antes de saltar.

Decarre tinha a aparência de alguém que gostaria de estar em outro lugar e tirar uma soneca. Ele deu um sorriso cansado e disse:

— Então, como eu falei, na verdade você não tem coisa alguma, não é?

— Bom, eu sabia tudo isso, entende? Se fizesse alguma coisa com o que eu sabia, cabia a mim fazer — disse eu.

— Muito bem, vamos falar de você. Onde isso tudo deixou você? — perguntou ele, medindo cuidadosamente os tempos verbais.

— Eu? Bom, acho que, àquela altura, eu percebi que precisava matar o doutor.

Ficamos nos encarando diretamente por muito tempo. Era um duelo de olhares. Eu venci. Seus olhos finalmente piscaram, e por um breve segundo pousaram na mochila a meu lado no chão.

— O que você acha que teria lhe acontecido, se tivesse feito isso? — perguntou ele por fim.

— Tá legal — disse eu. — Acho que vejo certo padrão nas suas perguntas. Vamos ver se cheguei perto. "O paciente mostra uma tendência a agir ou reagir de forma extrema, sugerindo uma possível disfunção bipolar. Ao mesmo tempo, é irrealista quanto às consequências de suas ações e reações. Parece fora de contato com a realidade. Na medida em que tem um senso inflado de importância moral e responsabilidade, está um tanto delirante." Que tal isso? Como me saí?

Ele sorriu para mim com aqueles olhos tristes.

— Ainda não estou em condições de fazer um diagnóstico. — disse.

Eu sorri para ele e disse:

— Na realidade, eu tinha consciência aguda das possíveis consequências da minha ação. Sabia que podia ser pego. Sabia que podia passar a vida na prisão. Sabia que havia até a chance de que minha ação criasse simpatia pelo doutor, fazendo sombra aos seus pecados e transformando sua figura numa espécie de mártir. O problema era que eu tinha uma consciência mais aguda ainda das consequências da minha inação: ele continuaria exercendo a medicina, provavelmente continuaria a magoar gente, e poderia muito bem matar alguém mais. Eu não queria passar o resto da vida na prisão, é claro, mas também não queria passar o resto das minhas noites acordado na cama. Não queria virar um desses carneirinhos que você vê no correio ou na loja de ferragens, gente que não consegue olhar nos seus olhos. Decidi que precisava arriscar. São poucas as vezes na vida em que você precisa dar um passo à frente, e essa parecia ser uma delas.

— E salvar a mulher era outra? — disse ele, que ainda não falara dela diretamente. — Isso é uma compensação?

— Poderia ter sido. Eu pensei sobre isso, mas, na verdade, não muda as coisas. O que interessava era deter o doutor, por isso arranjei uma arma. Na verdade, arranjei duas armas, porque eu estava indeciso se atiraria nele a distância ou à queima-roupa. Arranjei um fuzil e uma pistola. Descobri um clube de tiro, e comecei a desenvolver minha habilidade como atirador. Acabei ficando bastante bom nisso, na realidade. Depois elaborei um plano.

Fui descrevendo o plano, com um detalhismo que pode ter sido excruciante para Decarre. Contei como localizara a casa dele numa ravina coberta de bosques em North Shore, perto do lago Michigan. Como descobrira um lugar perfeito para me esconder entre os arbustos e teixos. Como empacara durante algum tempo pensando em como chegar lá e depois escapar: não havia lugar para estacionar nas proximidades, e a área era fortemente patrulhada. Como encontrara a solução certa noite, enquanto esperava o trem: um bando de ciclistas passara por mim e eu percebera que eles não levantavam suspeitas. Eram anônimos. Sumiram rapidamente na noite, seguindo uma ciclovia que ia na direção de Evanston, quase sempre abaixo do nível do solo e por baixo de ruas transversais. Contei que eu virara ciclista, percorrera a ciclovia uma dúzia de vezes, cronometrara o percurso, sentara entre os arbustos, vigiara Decarre, medira as rotinas e horários da sua família, puxara um gatilho imaginário, deixara um fuzil imaginário nos arbustos, *a la* Lee Harvey Oswald, e fugira de bicicleta. Levara um minuto e meio até a ciclovia, e mais 22 até Evanston. Contei tudo isso a Decarre de maneira confidencial, como se ele fizesse parte do plano e participasse da conspiração. A essa altura do processo já era evidente o seu desconforto, e eu estava adorando aquilo.

— Então, uma noite, usei uma arma real — continuei. — Era meados de outubro, e as noites andavam frias. As folhas já haviam amarelado e começado a cair. Quando todas tivessem caído, minha camuflagem desapareceria. Meu tempo estava se esgotando. Eu sabia que precisava agir. A noite era aquela. Fiquei esperando. Finalmente o doutor saiu da casa para a varanda, uma espécie de estufa que eles têm, toda envidraçada. Eram 9:17. Ele segurava um telefone numa das mãos e falava ao aparelho com uma taça de vinho tinto na outra. Sentou no sofá de costas para a janela, e ficou parado ali. Muito prestativo. Eu coloquei sua cabeça na alça de mira, e me imaginei disparando o fuzil: a taça despedaçando, o doutor desaparecendo da vista e deixando apenas um jorro cor-de-rosa, a parede ao fundo sendo salpicada de sangue e miolos. Fiquei com ele na alça de mira por muito tempo, mas não consegui atirar. Simplesmente não consegui atirar nele. Por fim, baixei o fuzil, desmontei as peças e recoloquei tudo na capa de raquete de tênis que eu trouxera. Fiquei sentado ali muito tempo, conversando comigo mesmo. Foi uma conversa para desnudar a alma, uma epifania. Eu falei para mim mesmo: "Quem você quer enganar? Você não é assassino. Não consegue atirar nesse cara. Nunca vai conseguir atirar nele. Você não é assassino. Não é policial. Nem detetive particular. Isso tudo é ridículo." Já voltando para casa de bicicleta, ainda me fiz a pergunta: "Se você não é nada disso, quem é você, afinal?" E respondi para mim mesmo: "Sou professor, para começar. Um professor bastante bom. Além disso, sou escritor, e contador de histórias." E foi então que a ficha caiu. A resposta estava ali. Eu contaria a nossa história: a minha história, a sua história, a história de Lisa Kim, a história toda.

Então apanhei no chão a mochila, que coloquei no colo.

— E foi isso que eu fiz. Contei a história. Escrevi tudo. Levei muito tempo trabalhando. Na verdade, tirei uma licença sabática para conseguir fazer isso. Passei a maior parte dessa licença numa casinhola no México. Perdi uma amante e encontrei outra. Muitas coisas mudaram. Toda a minha vida mudou, mas eu consegui. Escrevi a história. Então enviei o manuscrito cegamente para 25 agentes literários. Um deles, Lorin Rees, lá em Boston, leu a história e gostou. Mostrou a outras pessoas, e sabe do que mais? Encontrou uma editora para publicar. Tina Pohlman, da Harcourt, comprou os direitos, acredite ou não. E sabe o que mais? O livro foi lançado hoje de manhã. Está à venda agora em todo o país. Eu parei na livraria Lake Forest no caminho para cá e havia uma pilha inteira estocada lá. O mesmo aconteceu na Borders. E na Barnes & Noble. Há uma boa chance de sair uma resenha no *Tribune* esta semana, se você quiser procurar.

Então abri o zíper da mochila e tirei de lá o livro, que coloquei na mesa de centro entre nós.

— E aqui está — disse, girando o livro 180 graus para que ele pudesse ler o título. — *Crônicas de viagem*. É uma espécie de metáfora. Há uma ressalva daquele tipo de sempre, mas você se reconhecerá aí. Todo mundo reconhecerá.

Deixei que ele contemplasse o volume por mais algum tempo, e então abri a capa com o indicador, dizendo:

— Veja, eu escrevi: "À Lisa." E aqui está de novo na dedicatória impressa: "À Lisa."

Ele ficou olhando sem piscar para o livro. Depois, quase para si mesmo, disse:

— Nada disso aconteceu, na realidade.

— É claro que aconteceu — disse eu. — A maior parte aconteceu. Eu mudei a ordem das coisas, e rearrumei algumas, mas eu e você sabemos que essas coisas aconteceram de verdade.

— Mas não a nossa conversa — disse ele.

— Bem...

— Como essa conversa pode estar no livro, se está ocorrendo agora?

— Escute...

— Nunca aconteceu, nem acontecerá.

— Você tem razão ao dizer que a conversa não aconteceu, mas não que nunca acontecerá. De certa forma vai acontecer, e provavelmente neste consultório.

— Mas você não pode se safar assim — disse ele, como que se lamentando. — Tudo isso é inventado.

— Não, não. Não é. *Vou* falar para você o que definitivamente preciso dizer. Você pode ouvir dois minutos da minha fala antes de me expulsar daqui. Ou pode ouvir tudo que tenho a dizer e me inocular com uma seringa. Ou pode simplesmente ler o que está escrito, mas eu vou contar tudo isso aqui para você, de um modo ou de outro.

— É tudo calúnia. Não passa disso.

— Não posso controlar quanto disso você vai ouvir, nem quando, mas realmente não importa se você vai ouvir ou não. O livro já está nas livrarias. Ouvindo ou não, você está fodido.

— Isso é uma difamação patente — disse ele, um pouco aturdido.

— De qualquer modo, todo esse capítulo é só para o leitor — disse eu. — É um artifício literário, apenas para completar a história. É Hercule Poirot convocando todos para a sala de visitas, ou o inspetor Morse explicando tudo ao sargento Lewis enquanto saboreiam uma caneca de cerveja. É completamente desnecessário...

— Isso nunca aconteceu — repetiu ele.

— É claro que não. É isso que nós dois estamos dizendo, não é? Essa parte aqui nunca aconteceu. Ninguém está fingindo que aconteceu.

— De qualquer forma, ninguém vai acreditar em você — disse ele.

— Alguém já acreditou. A editora.

— Vou abrir um processo que vai levar sua editora à falência — disse ele, sem muita convicção.

— Vai mesmo?

— E vou processar você até arrancar o último centavo.
— Acho que você precisa fazer isso mesmo — disse eu.
— Como assim?
— Acho que você não tem outra saída. Afinal, o que acontecerá se você não fizer isso? Seria uma clara admissão de culpa, não seria?
— Vou processar você — disse ele, um pouco pateticamente.
— Vou processar você.
— Espero que sim. Aparentemente nós não temos um caso criminal perfeito, mas no tribunal de causas cíveis, onde o ônus da prova é "preponderância das evidências" e onde "dúvida razoável" não se aplica, ganharíamos facilmente. Depois talvez seja até cabível uma acusação criminal. Quem sabe das novas provas que surgirão durante uma ação civil?
— Como o quê? — perguntou ele.
— Como esta, por exemplo — disse eu, tirando da mochila um envelope que estendi para que ele visse. — Sabe o que é isto? O depoimento de Tanya Kim, selado, assinado e com firma reconhecida.
— *Tanya* Kim?
— É, Tanya Kim. Infelizmente só pode ser aberto depois da morte ou incapacitação dela. Nesse caso, o documento será entregue ao procurador estadual. Mas isso é por enquanto. Ela pode mudar de ideia, gente jovem muitas vezes faz isso. Ela pode decidir divulgar essa informação depois de ouvir o resultado da ação civil. Isso não me surpreenderia nem um pouco.
— Você tem ideia de quanto custa um processo? Como vai bancar isso?
— Pretendemos vender alguns livros. Mas não este aqui. Este é uma cortesia. Para você — disse eu, sorrindo para ele. Fechei o zíper da minha mochila, peguei meu paletó e fui me encaminhando para a porta. — Quase me esqueci. Acredito que isso se destinava a você também.
Então tirei a carta de Lisa do bolso traseiro da calça. Vinha mantendo a folha ali, bem entre a carteira e meu corpo, desde o dia em que recebera a carta. O tempo e a fricção tinham gasto o papel, que ficara liso e delgado como seda fina ou algodão polido. Eu coloquei a carta sobre a mesa de centro, ao lado do livro.

* * *

— E o que aconteceu? — pergunta Nick.
— Como assim "o que aconteceu"?
— Com o sujeito. O doutor.
— Já contei a vocês o que aconteceu — digo.
— Mas depois. Desde aquela noite. Ele ameaçou você? Fugiu para o Brasil, pulou de uma ponte ou coisa assim? — pergunta a garota de cabelo novamente roxo.
— Não há "desde aquela noite". Já contei para vocês tudo que sei.
— Espere aí. Isso é só uma história, não é? — pergunta o garoto com cara de cachorro.
— Não é só uma história, mas *é* uma história — digo.
— Mas você está simplesmente inventando tudo, não está?
— Não estou simplesmente inventando tudo, mas *estou* inventando — digo.
— Mas o que significa isso exatamente? — diz o garoto com cara de cachorro. — Essa sua ambiguidade está me deixando maluco. Eu quero saber qual parte disso tudo era verdade. Havia uma moça no carro?
— Havia.
— Ela estava bêbada?
— Estava.
— Bateu com o carro?
— Bateu. Eu poderia ter impedido isso, fui o primeiro a chegar lá, isso mudou completamente a minha vida e eu tirei uma licença sabática para escrever a história dela.
— Você não pode simplesmente deixar a história nesse ponto — diz a garota de cabelo roxo. — Precisa obrigar o doutor a fazer alguma coisa.
— Não, não preciso, mas acho que ele vai fazer alguma coisa.
— Tipo se matar? Meter uma bala na cabeça?
— Espero que não — digo.
— Você espera que não? Tem certeza? — pergunta Nick. — Você não quer que ele morra? Não quer fazer com que ele morra?

Então em quê você é diferente do doutor, que queria que a Lisa morresse?

— Sabe, Nick, você tem um talento extraordinário para pôr o dedo na ferida — digo. — Eu *realmente* me sinto responsável pelo que acontece. Esse é o dilema da indignação moral. Mais cedo ou mais tarde, nós precisamos arcar com as consequências. Cedo ou tarde, precisamos optar pela moralidade ou pela indignação. É muito mais fácil ficar só indignado, e eu descobri que agia assim muitas vezes, mas nem sempre. Também descobri que quem cobra moralidade dos outros precisa estar quites com a sua.

— E você está? — pergunta Nick.

— Não o suficiente — digo. — Ainda tenho algum trabalho a fazer.

— Mas você foi em frente mesmo assim — diz Nick.

— É, eu fui em frente mesmo assim.

— Mas para onde vai o troço? O que está acontecendo na história nesse exato momento? — indaga o garoto com cara de cachorro.

— Bom, eu estou aqui conversando com vocês — digo.

— Isso faz parte da história?

— Pode fazer.

— Você quer dizer que nós fazemos parte da história?

— Se quiserem — digo.

— *Eu* quero — diz a garota de cabelo roxo.

— Eu não — diz outro aluno.

— Legal! — diz o garoto com cara de cachorro.

— Espere aí — diz Nick. — Isso significa que *aquele* momento e *este* momento são iguais? Que os dois momentos se juntaram? Tipo... agora a narrativa está no tempo presente?

— Não necessariamente — digo.

— Então há mais coisas para contar — diz Nick.

— Só se eu quiser contar — digo.

— Como assim, se você quiser?

— É uma seleção — digo. — E arte é seleção, se vocês quiserem chamar isso de arte. Hemingway falava que o que fica de fora é mais importante do que o que a gente põe dentro.

— Então, o que mais você vai pôr dentro da história? — diz a garota de cabelo roxo.

— Nada — digo. — Acho que já falei bastante.

— E a Lisa Kim? Você realmente acabou a história dela?

— Acabei.

— A Lydia existe mesmo? — pergunta a garota de cabelo roxo.

— Não.

— E a Carolyn? — pergunta ela.

— Existe.

— Você está namorando a Carolyn?

— Estou.

— O que vai acontecer com vocês? — pergunta Nick.

— Eu não sei. Digamos apenas que já ultrapassamos o período crítico de experiência, e que estamos numa trajetória ascendente.

— O que isso significa? — pergunta o garoto com cara de cachorro.

— Que eles estão apaixonados, idiota — diz a garota de cabelo roxo.

EPÍLOGO

CRÔNICAS DE VIAGEM

ENTRADA: DOOLIN, CONDADO DE CLARE, IRLANDA
por Pete Ferry

Carolyn dirá a coisa de uma forma melhor:
— Pouco me importa onde vamos ficar, mas, quando chegarmos lá, quero abrir a bagagem e colocar minhas coisas nas gavetas. Quero me aquietar.

Já teremos feito uma longa excursão, comprado o Eurailpass, visitado sete cidades em seis dias, carregado mochilas e enfrentado filas em cibercafés duvidando que ainda haja parisienses em Paris. Teremos visitado Londres e visto a França. Terá chegado a hora de ficarmos sentados em trajes íntimos com uma taça qualquer e um bom livro. Além do mais, esta será a nossa lua de mel.

Escolheremos o Chalé Rose, no vilarejo de Doolin, condado de Clare, oeste da Irlanda. Encontraremos o chalé no *Guia de auto-hotelaria*, publicado pelo Departamento de Turismo da Irlanda.

A grande vantagem de alugar uma casa é que quase imediatamente você começa a morar lá, de modo que jamais conseguiria num quarto de hotel. Você compra flores porque sabe que vai sobreviver a elas, verifica o papel higiênico e a banheira, dá nova arrumação à mobília, enche a geladeira.

Você se torna, por menor que seja o período, membro de uma comunidade estável. E, como sempre acontece quando mora num lugar, a impressão final é muito diferente da inicial.

Isso será bom no caso do Chalé Rose. Na realidade, nossa *primeira* impressão será bem positiva. Quando entrarmos no quintal, logo depois de deixar a rodovia que leva aos penhascos de Moher, ficaremos entusiasmados. Sendo uma casa construída há cem anos numa fazenda ainda em funcionamento, o Chalé Rose terá um telhado de sapê alto e pontudo, paredes caiadas com um metro de espessura, venezianas azuis e jardineiras com flores multicoloridas.

Contudo, as paredes grossas e as janelas pequenas escurecerão a sala de uso comum. As camas vergarão sob nosso peso. A cozinha ficará a meio caminho entre utilitária e malcuidada. A linda paisagem verde, o mar azul e as ilhas Aran a oeste só poderão ser avistados do banheiro, porque um enorme celeiro de metal, completamente desprovido do charme que os americanos procuram na Europa, bloqueará todas as outras janelas.

O lugar estará completamente aberto, com todas as luzes acesas, o rádio aos berros e a turfa ardendo na lareira. Nós ficaremos perambulando por ali, tentando não ficar desapontados.

— Os quartos são bonitos — diremos. — E tem chuveiro.

De repente Breda Logan entrará na casa, fugindo da garoa lá fora e enxugando as mãos no avental.

— Chovendo — dirá ela. — Bom, aqui está isto, e ali está aquilo. Cobertores no armário. Eu trouxe uma braçada de turfa para o fogo. Há mais atrás do celeiro, se vocês precisarem. Não tenho tempo de papear agora. Pus uns bolos no forno. Volto logo.

Será a última vez que veremos Breda até a hora da nossa partida, duas semanas depois.

— Antes de ir, você poderia nos mostrar onde fica Doolin?

— Logo ali — dirá ela com um gesto amplo do braço, enquanto cruzamos o quintal na direção do pasto.

— Onde?

— Logo ali — dirá ela, um pouco frustrada.

Tudo que veremos, porém, será um punhado de fazendolas ao longo da estrada, bem longe e abaixo de nós. Nada que pareça uma aldeia, muito menos um vilarejo, e certamente não a tradicional capital musical de toda a Irlanda.

Mas será Doolin, sim. Quando chegarmos mais perto, encontraremos outra parte escondida do outro lado da colina. Ainda assim, não será grande coisa: um pub e um punhado de lojas numa das pontas da rua, mais algumas casas a oitocentos metros na outra ponta; no meio, algumas pousadas do tipo cama e café e um ou dois hotéis pequenos; no topo nu de uma colina, uma diminuta igreja amarela recém-construída, e parecendo pertencer a Montana.

Seguiremos pela estrada durante uma hora, passando por acampamentos a caminho do litoral. Tomaremos uma caneca de cerveja com um bom prato de peixe num dos pubs, ouvindo um pouco de música que não será tão boa quanto a banda local que teremos ouvido em Clinton na noite anterior. Desistiremos e voltaremos para casa.

A meteorologia preverá tempo melhor pela manhã, mas estará úmido e frio quando levantarmos. Na missa de Quatro de Julho, ficaremos de pé no fundo da igreja com diversos homens agitados, maldormidos e de rosto vermelho. Na homilia, o padre falará sobre a necessidade de tratar bem os americanos.

— Acho que quase todas as almas em Doolin têm alguém nos Estados Unidos.

Lá fora um carro parará, e um italiano pedirá informações em inglês estropiado. Eu começarei a dizer que não sei, mas então perceberei que sei. Ele terá perguntado sobre o único lugar cuja localização eu conheço. À esquerda na esquina, dois quilômetros, à esquerda no posto policial, e depois reto.

Saquearemos duas pequenas mercearias no vilarejo próximo de Lisdoonvarna, comprando coisas para piquenique e alimentos para o jantar que Carolyn desejará preparar. Lá pelo meio-dia, haverá uma salva de frutas na mesa da cozinha, flores recém-colhidas no consolo da lareira e música no ar.

Acharei uma capa de chuva pendurada no corredor e umas botas de borracha de cano alto. Limparei e transportarei uma mobília de jardim que encontrarei atrás do celeiro até um espaço aberto, onde pousaremos nossos copos no muro de pedra, descansaremos nossos pés no portão da pastagem e lançaremos o olhar sobre o dorso das vacas através do nevoeiro onde supostamente estão o mar e as ilhas Aran. Voltando, ficarei surpreso ao ver parar na estrada um ônibus de turismo, com um bando de rostos japoneses atrás de câmeras japonesas tirando um bando de fotos. A maioria das câmeras estará focada no Chalé Rose, mas, quando o ônibus vai embora lentamente, um casal se virará para tirar uma foto de mim. Levarei o dedo ao boné e tentarei pensar em algo bem irlandês para dizer. Um dia, seremos estranhos numa terra estranha; no dia seguinte, seremos quase nativos.

Pelo meio-dia, teremos partido para uma caminhada de oito quilômetros até os dramáticos penhascos de Moher, que despencam trezentos metros até o mar. Carregaremos o almoço nas mochilas, rezando para que a garoa se transforme num pesado nevoeiro. A princípio percorreremos trilhas rurais, apenas um passo à frente de um rebanho de vacas que estarão sendo levadas de um pasto para outro por alguns garotos. No meio do caminho, porém, voltaremos à estrada principal, junto a carros velozes e ônibus de turismo fumacentos.

Depois choverá. Procuraremos abrigo num curral ao lado da estrada, esperando a chuva passar, e veremos um casal atravessar os campos vindo do que parecem ser os penhascos. Quando eles nos alcançarem, perguntaremos se podemos chegar ao centro de visitantes seguindo aquele caminho.

— Podem, mas é melhor não irem. Há cinquenta mil pessoas lá. É melhor subirem um pouco pela trilha para terem a melhor vista dos penhascos.

Meia hora mais tarde, estaremos saboreando queijo Stilton, pão crocante, presunto, maçãs e vinho, praticamente balançando nossos pés sobre o penhasco. O sol brilhará forte, e ficaremos só de camiseta.

Haverá algum lugar ou momento mais encantador no mundo? Nós riremos alto, cantarolando os versos de John Prine: "Um dedo de água e você acha que vai se afogar, enquanto o mundo continua a rodar."

Veremos um excursionista solitário subir a trilha dos penhascos vindo de Doolin, e ofereceremos a ele uma taça de vinho quando nos alcançar. Sim, vocês podem ir por ali o tempo todo, garantirá ele. Então percorremos todo o caminho de volta até o vilarejo passando por cima de muros de pedras e afastando arame farpado um para o outro, virando-nos frequentemente para observar a vista estonteante dos penhascos. Em oito quilômetros encontraremos apenas seis pessoas.

Então eu estarei de volta ao Chalé Rose, sentado com os pés sobre o portão, e as ilhas Aran aparecerão magicamente uma depois da outra no brilhante mundo azul que se estende defronte de mim. Poderei ouvir os ruídos de Carolyn e a música que vêm da cozinha. Logo ela se juntará a mim para tomarmos cerveja e apreciar o pôr do sol. Depois acenderemos a lareira cheia de turfa, comendo ali a maravilhosa torta de Carolyn, feita com galinha, presunto e alho-poró. Tipicamente irlandesa. É sempre bom montar um lar num local distante.

Dez dias mais tarde, viajaremos de barca durante uma hora até Inishmore, a maior e mais distante das ilhas Aran. Ali fica o último refúgio da cultura celta, e o ponto mais a oeste da Europa: próxima parada, Boston. Passaremos o dia pedalando pelo interminável labirinto de trilhas rurais cercadas de muros de pedras, conversando com estudantes num sítio arqueológico, rastejando até a borda de um penhasco com trezentos metros de altura na fortaleza Dun Aengus, datada de 2000 a.C., e entreouvindo alunos uniformizados discutindo em gaélico.

Estaremos tomando cerveja e comendo sanduíches numa mesa de piquenique num ensolarado jardim no alto do vilarejo, quando Jon e Cynthia Lynch chegarão.

— Vocês se importam?

— De jeito algum.

Eles terão acabado de chegar, enfiarão a cara nos guias de viagem e perguntarão:

— Vocês sabem se alugam bicicletas em Doolin?

— Alugam — diremos. — Há dois lugares bem na rua principal.

— E aonde se vai de bicicleta?

Falaremos da estrada litorânea que já teremos percorrido até um misto de casarão senhorial com hotel, chamado Aran View House, e do ótimo jantar que teremos comido lá. Falaremos do caminho de volta por uma paisagem rochosa chamada Burren, e do castelo Lemeneagh, datado do século XV, com cinco andares de altura. Para visitar as ruínas do castelo, nós teremos precisado invadir uma fazenda ainda em funcionamento, pois não haverá ninguém para nos guiar ou cobrar uma taxa. Também falaremos do vilarejo arruinado, com paredes de pedras desmoronadas, que cerca o castelo, e da igreja Carron, outra ruína do século XV, muito silenciosa e isolada em campos pertencentes a alguém. E do Portal Dolmen, um pequeno abrigo de pedra com 3.500 anos de idade, a mais antiga habitação construída do mundo, onde um fazendeiro sentado num carro terá recebido um donativo num balde de plástico e depois terá desaparecido, imaginaremos nós, na direção do pub mais próximo.

— O hotel é o melhor restaurante?

Nós diremos que gostamos do Branoch n'Aille, uma antiga casa de pedra dentro do vilarejo, com soalho de tábuas, mobília simples e comida maravilhosa.

— E os pubs?

— O McGann's tem ambiente bom e comida boa, mas a música parecia um pouco comum — dirá Carolyn. — Nós ouvimos os melhores músicos no McDermotts, mas comemos mexilhões maravilhosos numa mesa do lado de fora do McGann's.

Depois de voltar da ilha, leremos livros nas margens gramadas da pequena baía, depois percorreremos a pé os três quilômetros até o Chalé Rose. Pela última vez, beberemos uma cerveja e apreciaremos o pôr do sol com os pés no portão do pasto. Depois acenderemos o último fogo de turfa enquanto preparamos o último ensopado com carne, cenouras, ameixas e molho de cerveja.

Pela manhã, estaremos com as mochilas prontas, quando Tom e Breda Logan irromperem pela sala feito atores num palco. Eles baterão palmas, darão risadas e farão algazarra.

— E foram férias ótimas, não? — dirá ela.

— Eu diria que sim. Andei passando no meu trator, e essas cortinas estavam sempre fechadas.

— É a lua de mel de vocês, não é? — dirá ela.

— Mas pela cara dele não é a primeira, imagino — dirá ele.

Eu soltarei uma risada.

— Eu mesmo só estou casado há quatro anos. Fiquei solteiro até a idade de quarenta anos, mas então conheci a Brenda aqui e...

— Uau! — dirá ela. — Foi o paraíso, desde então.

Eles olharão um para o outro, e rirão em uníssono, batendo nas coxas.

— Eu cresci nesta casa, e morava aqui cultivando a terra, até que a Brenda falou: "Vamos construir uma casa nova do outro lado da estrada e alugar esta para turistas."

— Mas você ainda planta? — perguntará Carolyn.

— Planto, e nessa época do ano passo 16 horas por dia nos campos.

— E o que vocês fazem nos Estados Unidos? — perguntará Brenda.

— Eu sou advogada — dirá Carolyn.

— Eu sou professor, e escritor — direi. — Escrevo crônicas de viagem.

— Ah, é mesmo? Para os jornais? E sobre o que você escreve?

— Ah, só sobre os lugares que visito, e as pessoas que conheço.

— Colorido local e tudo o mais? — dirá ele. — Então você vai escrever sobre Doolin?

— Talvez — direi.

— Bom, não nos ponha no seu "colorido local".

— Está bem, não porei.
— Se fizer isso, pelo menos não conte a verdade — dirá ele.

Impresso nas oficinas da
SERMOGRAF - ARTES GRÁFICAS E EDITORA LTDA.
Rua São Sebastião, 199 - Petrópolis - RJ
Tel.: (24)2237-3769